ध्यान क्या है?

ओशो

डायमंड बुक्स

ISBN : 978-81-718-2205-8

अनुवादक : स्वामी ज्ञानभेद
संयोजक : स्वामी अमानो मनीष

प्रकाशक	**: डायमंड पॉकेट बुक्स (प्रा.) लि.**
	X-30, ओखला इंडस्ट्रियल एरिया, फेज-II
	नई दिल्ली-110020
फोन	: 011-41611861
फैक्स	: 011-41611866
ई-मेल	: sales@dpb.in
वेबसाइट	: www.dpb.in
संस्करण	: **2019**

ध्यान क्या है ....

प्रस्तावना

अतीत में संसार कुछ और ही था, सरल और स्पष्ट। छः सौ वर्ष पूर्व का लगभग छः सप्ताह जितना इन्द्रिय ज्ञान, अपरिमित ऊर्जा से, अब हम इसे एक दिन में प्राप्त कर सकते हैं। छः सप्ताह जितनी सूचना और जीवन को प्रभावित करने वाली उत्तेजना, अब हम एक दिन में प्राप्त कर लेते हैं। सीखने और ग्रहण करने का दबाव, पहले से लगभग चालीस गुना अधिक बढ़ गया है। आधुनिक मनुष्य में अब सीखने की क्षमता इतनी अधिक हो गई है, जितनी पहले कभी नहीं रही, क्योंकि अब सीखने को भी बहुत कुछ है। आधुनिक मनुष्य प्रतिदिन नई परिस्थितियों को अपने अनुकूल बनाने में समर्थ हो गया है, क्योंकि संसार में बहुत तेजी से परिवर्तन हो रहा है। यह एक बहुत बड़ी चुनौती है।

यह बड़ी चुनौती यदि स्वीकार की जाती है, तो यह चेतना के प्रसार में बहुत बड़े पैमाने पर सहायक होगी। आधुनिक मनुष्य या तो पूर्ण रूप से मानसिक रुग्ण होता जा रहा है अथवा इस बड़े दबाव से उसका रूपान्तरण होता जा रहा है। यह इस बात पर निर्भर है कि तुम इसे कैसे लेते हो। एक बात तय है कि पीछे लौटने का कोई रास्ता नहीं है। इन्द्रिय जनित ज्ञान और जीवन को प्रभावित करने वाली अपरिचित ऊर्जा अधिक-से-अधिक बढ़ती ही जायेगी। तुम्हें अधिक से अधिक सूचनाएँ मिलती रहेंगी, जीवन तीव्र से तीव्रतम लय में बदलता जाएगा। और तुम्हें नई चीजों को सीखने और उनको अनुकूल बनाने के योग्य बनना ही होगा।

अतीत में मनुष्य लगभग एक स्थिर संसार में रहता था। हर चीज जैसे रुकी हुई थी, स्थिर थी। तुम भी संसार उसी प्रकार छोड़ देते थे जैसा ठीक तुम्हारे पिता ने तुम्हारे लिये छोड़ा था। तुम उसमें कोई परिवर्तन या बदलाहट नहीं करते थे। चूँकि कुछ बदलता ही नहीं था, अतः अधिक सीखने का भी कोई सवाल नहीं उठता था। थोड़ी-सी शिक्षा ही काफी होती थी और तब तुम्हारे मस्तिष्क में कुछ स्थान खाली रहता था, और वह खाली स्थान ही मनुष्य को समझदार बने रहने में सहायक होता था।

अब मस्तिष्क में कोई खाली स्थान बचा ही नहीं है, जब तक कि तुम जान-बूझकर उसे स्वयं ही सृजित न करो।

आज ध्यान की आवश्यकता पहले से कहीं अधिक है। ध्यान करने की अब इतनी अधिक जरूरत है कि यह लगभग जीवन-मृत्यु का प्रश्न बन गया है। अतीत में यह कुछ लोगों की विलासिता थी — बुद्ध, महावीर या कृष्ण जैसे लोगों की ही इसमें रुचि हुआ करती थी। अन्य दूसरे लोग स्वाभाविक रूप से शांत, प्रसन्न और समझदार थे। उन लोगों को ध्यान करने के बारे में सोचने की आवश्यकता ही नहीं थी, क्योंकि अचेतन रूप से वह ध्यान ही करते थे। जीवन इतना शांत व धीमी गति से गतिशील था कि यहाँ तक कि मूढ़-से-मूढ़ लोग भी उससे रिश्ता जोड़ने में समर्थ थे। अब परिवर्तन इतनी भयानक व तेज रफ्तार से हुआ है कि सबसे अधिक बुद्धिमान लोग भी उससे संबंध बनाये रखने में असमर्थता का अनुभव करते हैं। प्रत्येक दिन जीवन भिन्न होता है, और तुम्हें उसके लिये फिर से सीखना होता है और फिर-फिर सीखने का यह क्रम जारी ही रहता है। अब तुम कभी सीखना बंद नहीं कर सकते, क्योंकि यह प्रक्रिया पूरे जीवन भर चलती ही रहती है। मृत्यु होने के अंतिम क्षण तक तुम्हें सीखने वाला ही बना रहना पड़ता है, केवल तभी तुम समझदार बने रह सक्ते हो। क्या तुम अपने को मानसिक रोगी होने से बचा सकते हो? और दबाव बहुत अधिक है— चालीस गुना अधिक।

इस दबाव को कैसे शिथिल किया जाये? तुम्हें सोच-समझकर ध्यानपूर्ण क्षणों में जाना ही होगा। यदि एक व्यक्ति दिन में कम-से-कम एक घंटे ध्यान नहीं करता, तो मानसिक रोग किसी दुर्घटनावश नहीं होगा। वह उसका सृजन अपने लिये स्वयं ही करेगा। उसे एक घंटे के लिये संसार से गायब होकर अपने-आपमें डूबना होगा। एक घंटे के लिये उसे इतना एकान्त चाहिये, जहाँ उसमें कोई भी चीज प्रविष्ट न हो सके न कोई स्मृति, न कोई विचार, न कोई कल्पना। एक घंटे तक उसकी चेतना में कोई विषय-सामग्री न हो, और यही उसे फिर युवा बना देगा, और उसे नई ताजगी देगा। इससे ही उसके अंदर ऊर्जा के नये स्रोत प्रवाहित होने लगेंगे और वह इस संसार में अधिक युवा, और ताजा होकर लौटेगा, वह अधिक सीखने में समर्थ होगा, आँखों में आश्चर्य और हृदय में अधिक प्रकाश के साथ वह फिर से एक बच्चे-सा सरल और सहज हो जाएगा।

ओशो, दि सीक्रेट ऑफ सीक्रेट्स

ध्यान है....

खेलपूर्ण होना

ध्यान, बुद्धि या मन की कोई चीज नहीं है, वह तो बुद्धि के पार की कोई चीज है। और इसके लिये पहला कदम है, इसके प्रति खेलप्रिय होना, विनोदी होना। यदि तुम उसके साथ खेलपूर्ण हो, तो बुद्धि (मन) तुम्हारे ध्यान को नष्ट नहीं कर सकती। अन्यथा यह एक दूसरी अहंकार-यात्रा में परिवर्तित हो जायेगी। यह तुम्हें बहुत गंभीर बना देगी। तुम सोचने लगोगे कि मैं एक महान ध्यानी हूँ। यही हजारों कथित संतों, नैतिकतावादियों, और कट्टर धार्मिकों के साथ हुआ है, ये लोग महज अहंकार के खेल, सूक्ष्म अहंकार के खेल ही खेल रहे हैं।

इसलिये मैं प्रारम्भ ही से इसकी जड़ें काट देना चाहता हूँ। इसके बारे में विनोदप्रिय या खेलपूर्ण बने रहो। यह एक गीत है जिसे गाना है। एक नृत्य है जिसे नाचना है। इसे एक मजाक की तरह लो। यदि तुम ध्यान के बारें में खेलपूर्ण हो सके तो तुम यह देखकर हैरान हो जाओगे कि ध्यान में दिन दूनी रात चौगुनी प्रगति होगी। केवल तुम किसी लक्ष्य पाने के पीछे नहीं भाग रहे, तुम केवल शांत बैठे हुये उसका उस क्षण आनंद ले रहे हो। शांत होकर बैठने का कृत्य ही उन क्षणों में आनंदित होना है। ऐसा नहीं, कि तुम किसी यौगिक शक्ति, सिद्धि, या चमत्कार की चाह कर रहे हो। यह सभी बकवास है, यह सभी पुरानी व्यर्थ की बातें हैं। वही पुराना खेल, नये शब्दों और एक नये धरातल पर खेला जा रहा है... जीवन को अपने-आपमें एक गहरे मजाक की तरह लेना चाहिये — और तभी अचानक तुम तनावरहित हो जाओगे, क्योंकि यहाँ कुछ ऐसा है ही नहीं, जिसके बारे में तनावपूर्ण हुआ जाये। और इसी विश्रामपूर्ण दशा में तुम्हारे अंदर कुछ परिवर्तन, एक मौलिक परिवर्तन, एक रूपान्तरण होने लगता है। जीवन की छोटी-छोटी बातों के नये अर्थ तथा महत्त्व प्रकट होने शुरू हो जाते हैं। तब फिर कोई भी चीज छोटी नहीं लगती, हर चीज एक नई गंध और नई आभा लिये दिखना शुरू

हो जाती है, तब हर कहीं एक दिव्यता का अहसास होने लगता है। फिर कोई न तो ईसाई, न हिन्दू और न मुसलमान बना रहता है। वह स्वाभाविक रूप से जीवन का प्रेमी बन जाता है। वह केवल एक ही चीज सीखता है कि जीवन में कैसे आनंदित हुआ जाये।

जीवन में आनंदित होना ही केवल परमात्मा की ओर जाने का मार्ग है। नृत्य ही तुम्हारा परमात्मा तक जाने का रास्ता है, तुम्हारा हँसना ही परमात्मा तक जाने का मार्ग है, तुम्हारा गीत गाना ही परमात्मा तक जाने का मार्ग है।

ध्यान है ....

सृजनात्मक होना

तुम अब तक जिस निश्चित तरीके से जीते रहे हो, क्या अब एक भिन्न तरीके से नहीं जीना चाहते? तुम अब तक जिस पूरे विश्वास से सोचते रहे हो, क्या तुम अपने अस्तित्व में नई झलकें नहीं चाहते?

तब सजग बनो और मन की मत सुनो। मन तुम्हारा बीता कल है, निरन्तर वह तुम्हारे वर्तमान और भविष्य को नियंत्रित करने का प्रयास कर रहा है। वह तुम्हारा मुर्दा अतीत है, जो जीवित वर्तमान को नियंत्रित किये जा रहा है, केवल उसके प्रति सजग बनो।

लेकिन इसका मार्ग क्या है? मन कैसे यह सब किये जा रहा है? मन की तरकीब यही है, वह तुमसे कहता है, कि यदि मेरी बात नहीं सुनोगे तो उतने योग्य नहीं बन सकोगे, जितना योग्य मैं हूँ। यदि तुम पुरानी चीज ही करते रहे, तो अधिक योग्य बन सकते हो क्योंकि तुमने उसे पहले भी किया है। यदि तुम कोई नई चीज करते हो, तुम उतने योग्य नहीं बन सकते। मन एक अर्थशास्त्री या योग्य विशेषज्ञ की तरह समझाये चला जाता है। वह कहे चला जाता है कि ऐसा करना आसान है, फिर कठिन तरीके से क्यों कर रहे हो? यह रास्ता कम व्यवधान का है।

याद रखो, जब कभी तुम्हारे सामने दो चीजें हों, दो विकल्प हों, तो नये का चुनाव करो। कठिन को चुनो। उसे चुनो, जिसमें अधिक सजगता की आवश्यकता हो। योग्यता की कीमत पर हमेशा चेतनता, होश को चुनो। और तभी तुम ऐसी स्थिति का सृजन कर सकोगे जिसमें ध्यान करना सम्भव होगा। यह सभी वह स्थितियाँ हैं, जिनमें ध्यान घटेगा। मैं यह नहीं कह रहा हूँ कि महज इन्हें करने से ही तुम ध्यान को प्राप्त कर लोगे, लेकिन वे ध्यान में तुम्हारी सहायता करेंगी। वे तुम्हारे अंदर उस आवश्यक स्थिति का सृजन करेंगी, जिसके बिना ध्यान नहीं घट सकता। कुछ कम योग्य बनो लेकिन

अधिक सृजनात्मक होओ। यही उद्देश्य बना लो। उपयोगी लक्ष्यों की अधिक चिंता मत करो, इसकी बजाय निरन्तर याद रखो कि तुम यहाँ जीवन को एक वस्तु बनाने के लिये नहीं हो। तुम यहाँ एक उपयोगिता बनने नहीं आये हो, यह तुम्हारी गरिमा के विरुद्ध है। तुम केवल अधिक-से-अधिक योग्य व जीवंत बनने, यहाँ आये हो। अधिक-से-अधिक होशियार बनने तुम यहाँ आये हो। अधिक-से-अधिक प्रसन्न बनने के लिये, आनंदपूर्ण होने के लिये आये हो। लेकिन यह सब मन के तरीकों से बिलकुल भिन्न है।

❑❑

ध्यान है ....

सजग होना

जो कुछ भी करो, उसे गहरी सजगता के साथ करो। केवल छोटी-छोटी चीजें ही पावन बन जाती हैं। तब भोजन बनाना और सफाई करना भी पवित्र कृत्य और पूजा बन जाते हैं। सवाल यह नहीं है कि तुम क्या कर रहे हो, सवाल यह है कि तुम उसे कैसे कर रहे हो?

तुम एक रोबोट की तरह फर्श साफ कर सकते हो, वह एक यांत्रिक क्रिया होगी; तुम्हें उसे साफ करना है, इसलिये उसे साफ कर रहे हो। तब तुम किसी सुंदर चीज से चूक जाओगे, तब तुम उन क्षणों को केवल फर्श की सफाई करने में बरबाद कर दोगे। फर्श साफ करना एक महान अवसर बन सकता था, तुम उसे चूक गये। फर्श तो साफ हो गया, लेकिन कोई चीज, जो तुम्हारे अंदर घट सकती थी, वह नहीं घटी। यदि तुम सजग रहते, तो न केवल फर्श साफ होता बल्कि तुमने भी गहरे में साफ होने का अनुभव किया होता। पूरे होश से भरकर स्पष्ट सजगता के साथ ही फर्श साफ करो।

काम करो, या बैठो या चलो, लेकिन एक चीज निरन्तर एक धागे-सी बनी रहे, कि अपने जीवन के अधिक-से-अधिक क्षणों को तुम्हें सजगता से प्रकाशित करना है प्रत्येक क्षण, प्रत्येक कृत्य में तुम्हारे होश की दीपशिखा जलती ही रहे। जो सबका सामूहिक प्रभाव होगा, वही बुद्धत्व है। सभी क्षणों का एक साथ सामूहिक प्रभाव होगा, सभी छोटी-छोटी दीपशिखाएँ साथ-साथ जल उठेंगी, तो वह महान प्रकाश का एक स्रोत बन जायेगा।

❑❑

ध्यान है....

तुम्हारा स्वभाव

क्या यह एक विधि है, जिसका अभ्यास किया जा सकता है? क्या यह कोई ऐसी चीज है जिसे मन या बुद्धि के द्वारा प्राप्त किया जा सकता है? यह ऐसा नहीं है। वह सब कुछ जो बुद्धि कर सकती है, वह ध्यान नहीं हो सकता है। यह कोई चीज ऐसी है जो बुद्धि के पार है, और मन यहाँ पूरी तरह असहाय है। बुद्धि या मन का ध्यान में प्रवेश नहीं हो सकता। जहाँ मन मिटता है, वहीं से ध्यान शुरू होता है। यह याद रखने की जरूरत है, क्योंकि अपने जीवन में हम जो कुछ भी करते हैं — वह मन के द्वारा ही करते हैं; जो कुछ हम प्राप्त करते हैं, वह मन के द्वारा ही प्राप्त करते हैं। और तब, जब हम अंदर की ओर जाते हैं, हम फिर विधियों, तरीकों और कुछ करने के संबंध में सोचना शुरू कर देते हैं, क्योंकि जीवन भर का अनुभव यह बताता है कि प्रत्येक चीज बुद्धि के द्वारा ही की जा सकती है।

जी हाँ! सिवाय ध्यान के प्रत्येक चीज बुद्धि के द्वारा ही की जा सकती है। प्रत्येक चीज, मन के द्वारा ही की जाती है, सिवाय ध्यान के। क्योंकि ध्यान कोई उपलब्धि नहीं है, वह तो पहले से ही एक स्थिति है, वह तुम्हारा स्वभाव है। उसे प्राप्त नहीं करना है, उसे केवल पहचानना है, उसे केवल याद करना है। वह वहाँ तुम्हारी प्रतीक्षा कर रहा है। अभी जरा-सा घूमो, और वह मौजूद है। तुम उसे हमेशा-हमेशा से साथ लेकर चल रहे हो।

ध्यान तुम्हारा आंतरिक स्वभाव है — वह तुम ही हो। वह तुम्हारा ही अस्तित्व है, उसका तुम्हारे कुछ करने से कोई लेना-देना नहीं है। तुम उसे अपने वश में नहीं कर सकते, उसे अपने अधिकार में नहीं रख सकते। वह कोई चीज नहीं है, जिसे मालकियत में रखा जा सके। वह तुम ही हो। वह तुम्हारा ही होना है।

❑❑

ध्यान है ....

कुछ न करना

मेरे पास लोग आते हैं और पूछते हैं, ध्यान कैसे किया जाये? मैं उनसे कहता हूँ, यह पूछने की जरूरत ही नहीं है कि ध्यान कैसे किया जाये। यह पूछो कि कैसे खाली हुआ जाये। ध्यान अविरल रूप से घटता है। यह पूछना उचित है कि कैसे बिना कुछ किये रहा जाये, क्योंकि यही सब कुछ है। यही ध्यान की पूरी तरकीब है। कैसे बिना कुछ किये रहा जाये, खाली हुआ जाये। जब तुम कुछ भी नहीं करते, तभी ध्यान का पुष्प खिलता है। जब तुम कुछ भी नहीं कर रहे हो, तभी ऊर्जा केन्द्र की ओर गतिशील होती है। यह केन्द्र की ओर प्रवाहित होना शुरू हो जाती है। जब तुम कोई काम करते हो, तो ऊर्जा बाहर की ओर गति करती है।

कुछ करना, बाहर की ओर जाने का रास्ता है और कुछ न करना अंदर की ओर जाने का मार्ग है। व्यस्त बने रहना एक पलायन है। तुम बाइबिल का पढ़ना भी व्यस्तता या धंधा बना लेते हो। धार्मिक और अधार्मिक धंधे में कोई भी फर्क नहीं है। सभी धंधे आखिर धंधे हैं, और वे तुम्हें, तुम्हारे अस्तित्व को बाहर से संबंधित होने में सहायक होते हैं। ये बाहर बने रहने के बहाने हैं।

मनुष्य नासमझ और अंधा है, और वह नासमझ तथा अंधा ही बने रहना चाहता है, क्योंकि अंदर जाना उसे घोर अव्यवस्था या गड़बड़ी में प्रवेश करने जैसा लगता है। और यह ऐसा है भी। अपने अंदर तुमने ही यह सारी अव्यवस्था सृजित की है। तुम्हें उसमें से गुजर कर उससे संघर्ष करना है। जरूरत है साहस की — अपने-आपको साहसी बनाना होगा और अंदर जाने का साहस करना ही पड़ेगा। मैं अभी तक इससे बड़े किसी साहस को नहीं जानता — जो साहस ध्यान करने के लिये होना चाहिये।

लेकिन वह लोग, जो बाहर अपने को व्यस्त रखे हुये हैं, सांसारिक या संसार के बाहर की वस्तुओं के साथ व्यस्त रहते हुये वे विचार करते हैं... और उन्हीं लोगों ने यह अफवाह फैला रखी है।

उनके अपनी रुचि के दर्शनशास्त्री हैं, जो कहते हैं कि तुम यदि अंतर्मुखी हो, तो इसका अर्थ है— तुम्हारा स्वभाव ही बीमार बने रहने का है, तुम्हारे साथ कुछ-न-कुछ गलत जरूर है। और ऐसे लोगों का बहुमत है। यदि तुम ध्यान करते हो, यदि तुम शांत होकर बैठते हो, तो वह तुम्हारा मजाक उड़ायेंगे, कहेंगे — यह कर क्या रहे हो? अपनी नाभि को देख रहे हो? यह क्या कर रहे हो, क्या अपना तीसरा नेत्र खोल रहे हो? आखिर कहाँ जा रहे हो? क्या कुछ तबियत खराब है?...... क्योंकि अंदर जाकर करोगे क्या? अंदर कुछ भी तो नहीं है।

अधिकतर लोगों के लिये अंदर का अस्तित्व है ही नहीं, जो कुछ है वह सब केवल बाहर है। और मामला ठीक इसका उलटा है — केवल अंदर ही असली है, वास्तविक है। बाहर तो कुछ भी नहीं है। जो कुछ है, वह एक सपना है। लेकिन वे सभी अंतर्मुखी लोगों को बीमार कहते हैं। वह ध्यान करने वालों को रोगी मानते हैं। पश्चिम में वे सोचते हैं कि पूरब थोड़ा-सा अस्वस्थ है, रोगी है। आखिर अकेले बैठे हुये अंदर देखे जाने की क्या तुक है? वहाँ जाकर तुम्हें मिलेगा क्या? वहाँ कुछ भी तो नहीं है।

ब्रिटेन के महान दार्शनिक डेविड ह्यूम ने एक बार कोशिश की... क्योंकि वह उपनिषदों का अध्ययन कर रहा था, और वह कहे जाते हैं — अंदर जाओ, अंदर जाओ, अंदर जाओ, एक यही उनका संदेश है। इसलिये उसने कोशिश की। एक दिन उसने अपनी आँखें बंद कीं — वह पूरा-का-पूरा अधार्मिक व्यक्ति था, बहुत तर्कयुक्त, गहरा निरीक्षण करने वाला — लेकिन ध्यानपूर्ण जरा भी न था।

उसने अपनी आँखें बंद कीं और कहा — यह कितना उबा देने वाला काम है। अंदर देखने से ही ऊबाहट होने लगती है। अंदर तो विचार चल रहे हैं, कभी-कभी कुछ भाव भी। और अंदर तो इन्हीं की घुड़दौड़ हो रही है — और तुम उनको देखे जा रहे हो — आखिर उन्हें देखते रहने की क्या तुक है? यह सब तो व्यर्थ हैं, इसका कोई उपयोग नहीं। और यही समझ काफी लोगों की है। जो ह्यूम का दृष्टिकोण है, वही अधिकतर लोगों का भी है। अंदर जाकर तुम्हें मिलेगा क्या? वहाँ तो अंधकार है, विचार इधर से उधर बह रहे हैं। तुम उनका करोगे क्या? उससे नतीजा क्या निकलेगा?

यदि ह्यूम ने थोड़ी देर तक और प्रतीक्षा की होती — हालाँकि ऐसे व्यक्ति के लिये यह करना मुश्किल था — यदि उसने थोड़ा धैर्य रखा होता, तो धीमे-धीमे विचार और भाव गायब हो जाते। लेकिन यदि उसके साथ ऐसा होता तो वह कहता, ''यह तो और भी खराब है, क्योंकि अब तो सब खाली-खाली है। कम-से-कम पहले विचार तो थे। देखने, विचार करने और व्यस्त बने रहने के लिये कुछ तो साथ था। अब तो विचार भी गायब हो गये, केवल खालीपन या शून्यता रह गई... इस खालीपन का किया क्या जाये? यह तो पूरी तौर से अनुपयोगी है।

लेकिन यदि उसने थोड़ी देर और प्रतीक्षा की होती, तो अंधकार भी मिट जाता। यह ठीक इसी तरह है जैसे तुम चिलचिलाती धूप से घर के अंदर प्रवेश करो तो हर जगह अंधेरा ही लगता है, क्योंकि तुम्हारी आँखों को कम रोशनी से तालमेल बिठाने के लिये कुछ समय चाहिये। वे बाहर की धूप पर स्थिर हो गई थीं, और उसके मुकाबले में तुम्हारा घर अंधेरा लगता है। तुम देख ही नहीं सकते, तुम्हें ऐसा लगता है जैसे रात हो। केवल तुम प्रतीक्षा करो, आराम से कुर्सी पर बैठ जाओ और कुछ सेकंड बाद ही आँखें तालमेल बिठा लेंगी। अब इतना अंधेरा नहीं लग रहा, थोड़ी-सी अधिक रोशनी है... तुम एक घंटे आराम कर लो, और हर चीज रौशन हो जायेगी। फिर वहाँ अंधेरा रह ही नहीं जायेगा। यदि ह्यूम ने थोड़ी देर और प्रतीक्षा की होती तो अंधेरा भी गायब हो जाता। क्योंकि तुम बाहर सूरज की गर्म रोशनी में कई जन्मों से रह रहे हो, तुम्हारी आँखें तेज रोशनी की अभ्यस्त हो गई हैं। उन्होंने लचीलापन खो दिया है। उन्हें लयबद्ध होने की जरूरत है। जब कोई घर के अंदर आता है तो थोड़ा समय लगता है। थोड़ा-सा समय, थोड़ा-सा धीरज चाहिये। जल्दबाज मत बनो।

जल्दबाजी में कोई भी अपने-आपको नहीं जान सकता। यह गहरे में बहुत-बहुत प्रतीक्षा करने वाली बात है। अनंत धैर्य की आवश्यकता है। धीमे-धीमे अंधेरा मिटेगा। फिर बिना स्रोत का प्रकाश प्रकट होगा। उसमें कोई लौ या ज्योति नहीं है, न तो कोई दिया जल रहा है वहाँ, और न वहाँ सूरज है। भोर जैसी हलकी रोशनी है, रात जा चुकी है और सूरज अभी निकला नहीं है... या संध्या समय गोधूलि की बेला हो जैसे, जब सूरज अस्त हो चुका है और रात अभी आई नहीं है। इसीलिये हिन्दू अपनी प्रार्थना के समय को संध्या कहते हैं। संध्या का अर्थ होता है सूर्योदय से पूर्व तथा सूर्यास्त के उपरान्त धीमा प्रकाश। स्रोत रहित प्रकाश।

जब तुम अंदर जाते हो, तो तुम्हें बिना स्रोत का प्रकाश मिलता है। पहली बार तुम अपने-आपको समझने की शुरुआत करते हो — कि तुम कौन हो, क्योंकि तुम वही प्रकाश हो। तुम वही सूर्योदय से पूर्व तथा सूर्यास्त के उपरान्त होने वाला मद्धिम प्रकाश हो। तुम वही संध्या हो। वही शुद्ध पारदर्शिता हो। तुम वही बोध ज्ञान हो। वही ज्ञान हो, जहाँ द्रष्टा और दृश्य मिट जाते हैं, और केवल प्रकाश रह जाता है।

❑❑

ध्यान है ....

साक्षी भाव

मन से पृथक होने पर, साक्षी बनने पर ही ध्यान का प्रारम्भ होता है। किसी भी वस्तु से अपने को पृथक करने का यही एक तरीका है। यदि तुम प्रकाश की ओर देख रहे हो, तो स्वाभाविक रूप से एक चीज तो निश्चित है, कि तुम प्रकाश नहीं हो, तुम वह हो जो उसकी ओर देख रहा है। यदि तुम फूलों को देख रहे हो, तो तुम फूल नहीं हो। तुम उन्हें देखने वाले हो, द्रष्टा हो।

निरीक्षण करना, होशपूर्वक देखना ही ध्यान है। अपने मन का निरीक्षण करो।

कुछ भी मत करो — न किसी मंत्र का जाप, न ईश्वर के नाम का जाप — बस निरीक्षण करो, देखते रहो कि मन क्या कर रहा है? कोई बाधा मत पहुँचाओ, न कुछ रोको, न कुछ दबाओ या दमन करो, और न अपनी ओर से कुछ भी काम करो। तुम बस निरीक्षण करने वाले बने रहो, और निरीक्षण करते रहने का चमत्कार ही ध्यान है। जैसे ही तुम निरीक्षण करते हो, धीमे-धीमे मन विचारों से खाली होने लगता है। लेकिन तुम सो नहीं रहे हो, तुम अधिक सजग और होशपूर्ण बन गये हो।

जैसे ही मन पूरी तरह खाली हो जाता है, तुम्हारी पूरी ऊर्जा, जागरण की एक लपट बन जाती है। यह लपट ध्यान के फलस्वरूप ही है। इसलिये तुम यह भी कह सकते हो कि ध्यान का ही दूसरा नाम है निरीक्षण करना, साक्षी होना, देखना — बिना कोई निर्णय लिये, और बिना कोई मूल्यांकन करते हुये। मात्र निरीक्षण करते हुये ही तुम तुरन्त मन के पार चले जाते हो।

जो कुछ भी महर्षि महेश योगी और उन जैसे दूसरे लोग कर रहे हैं, वह अच्छा है, लेकिन ये लोग जिसे ध्यान कहकर पुकारते हैं, वह ध्यान नहीं है। अतः जहाँ वे हैं, वे लोगों को भटका रहे हैं। यदि वे ईमानदार और प्रामाणिक होते तो उन्होंने लोगों से कहा होता कि यह तुम्हारे शारीरिक और मानसिक स्वास्थ्य के लिये, अधिक विश्रामपूर्ण जीवन व शांतिपूर्ण अस्तित्व के लिये ठीक है। लेकिन जब एक बार

वे उसे 'भावातीत ध्यान' कहकर पुकारते हैं, तो उन्होंने एक अति साधारण बात को अंतिम सत्य जैसा महत्त्व देकर इतना ऊँचा उठा दिया है, जिसको वह पूरा नहीं कर सकते। और पूरब में तो हज़ारों वर्षों से लोग वर्षों तक भावातीत ध्यान की स्थिति में बने रहते हैं। लेकिन वह उनका आत्मज्ञान नहीं बनता और न उसने उन्हें गौतम बुद्ध बनाया है।

यदि तुम ध्यान को सही रूप में समझना चाहते हो तो गौतम बुद्ध ही वह पहले व्यक्ति हैं, जिन्होंने ध्यान की ठीक और यथार्थ परिभाषा की — और वह है साक्षी होना।

❑❑

ध्यान है ....

एक छलांग

यदि तुम बराबर बुद्धि या मन का प्रयोग किये चले जाओ, तो कभी उसके पार नहीं जा सकते। तुम्हें एक छलांग लगानी होगी और ध्यान का अर्थ इसी छलांग से है। यही कारण है कि यह अतर्कपूर्ण और अविवेकपूर्ण है। और इसे तर्कपूर्ण बनाया भी नहीं जा सकता और न इसे कारण में सीमित किया जा सकता है। तुम्हें इसका अनुभव करना होगा। यदि तुम अनुभव कर लेते हो, केवल तभी तुम उसे जान सकते हो।

इसलिये इसको करने का प्रयास करो, उसके बारे में सोचो मत — प्रयास, केवल अपने विचारों के प्रति साक्षी होने का प्रयास। आराम से बैठकर अपनी आँखें बंद कर लो। अपने विचारों को सिनेमा की तस्वीरों की तरह पर्दे पर चलते हुये देखते रहो, उन्हें वस्तुओं की तरह लो। एक विचार उठता है, उसे गहराई से देखो। उसके बारे में सोचो मत, मात्र देखो। यदि तुमने उसके बारे में सोचना शुरू कर दिया तो तुम साक्षी न रहे, तुम जाल में फँस गये।

बाहर तो एक भोंपू जैसा शोर है। एक विचार उठता है, कोई कार गुजर रही है, या एक कुत्ता भौंकता है, या कुछ भी घटता है, उसके बारे में विचार मत करो। मात्र विचार को देखो। विचार उठा, उसने एक आकृति ली। अब वह तुम्हारे सामने है। शीघ्र ही वह गुजर जायेगा। कोई दूसरा विचार उसकी जगह ले लेगा। इस विचार प्रक्रिया को देखते रहो। यदि एक क्षण के लिये भी तुम इसके बारे में विचार किये बिना इस विचार प्रक्रिया को देखने में समर्थ हो सके, तो तुम साक्षी होने में कुछ प्राप्त कर लोगे और साक्षी के बारे में जान भी सकोगे। इसका स्वाद, विचार करने के स्वाद से भिन्न है, पूरी तरह से जुदा। लेकिन किसी को इसके साथ प्रयोग तो करना ही है। धर्म और विज्ञान दोनों दो विपरीत छोरों पर हैं। लेकिन एक चीज दोनों में समान है, और वह एक ही चीज पर जोर देती हैं। विज्ञान निर्भर है

प्रयोग पर, पर धर्म का भी जोर इसी पर है। केवल फिलॉसफी में ही प्रयोग करने का कोई स्थान नहीं है। फिलॉसफी बस विचारों पर आश्रित है। धर्म और विज्ञान दोनों प्रयोगों पर निर्भर हैं। विज्ञान वस्तुओं पर प्रयोग करती है और धर्म वैयक्तिकता पर। विज्ञान तुम्हारी अपेक्षा दूसरी वस्तुओं पर प्रयोग करने पर आश्रित है और धर्म सीधे-सीधे तुम्हारे साथ ही प्रयोग करने पर निर्भर है। यह जरा मुश्किल है, क्योंकि विज्ञान में वहाँ प्रयोग करने वाला है, वहाँ प्रयोग भी है, और वहाँ वस्तु भी है, जिसपर प्रयोग किया जाना है। वहाँ तीन चीजें हैं— वस्तु, व्यक्ति और प्रयोग। धर्म में तुम तीनों ही साथ-साथ हो। तुम्हीं को अपने आप पर प्रयोग करना है। तुम ही विषय या वह व्यक्ति हो। तुम्हीं वह वस्तु हो, और तुम ही प्रयोगशाला हो। विचार मत करते रहो। कहीं से भी प्रयोग करना शुरू करो। तभी तुम्हें सीधी तौर पर अनुभव होगा कि विचार करना क्या है और साक्षी क्या है? और तभी तुम जान सकोगे कि दोनों साथ-साथ नहीं किये जा सकते, जैसे तुम दौड़ना और बैठना एक साथ नहीं कर सकते। यदि तुम दौड़ते हो तो बैठ नहीं सकते, और यदि तुम बैठे हुये हो, तब तुम दौड़ नहीं सकते। लेकिन पैरों का कार्य बैठना नहीं है। टाँगों का कार्य तो दौड़ना है, बैठना उनका कार्य है ही नहीं। वस्तुतः बैठना तो टाँगों की न करने वाली क्रिया है। जब पैर क्रियाशील होते हैं, तब तुम बैठे नहीं रह सकते। बैठना पैरों का अक्रियाशील होना है, दौड़ना क्रिया है।

यही बात मन के साथ है। विचार करना मन की क्रिया है, साक्षी होना मन की अक्रियात्मक दशा है। जब मन कोई कार्य नहीं करता, तुम साक्षी हो जाते हो, तब तुम होशपूर्ण हो जाते हो।

❑❑

ध्यान है ....

वैज्ञानिकता

ध्यान, शुद्ध रूप से एक वैज्ञानिक विधि है। विज्ञान में तुम इसे निरीक्षण कहते हो, वस्तुओं का निरीक्षण करना। जब तुम अंदर की ओर जाते हो तो यह भी वही निरीक्षण है, ठीक एक सौ अस्सी डिग्री का पूरा घुमाव लेकर तुम निरीक्षण करते हो। यह वही है, जिसे हम ध्यान कहते हैं।

किसी परमात्मा की जरूरत नहीं है, किसी बाइबिल की जरूरत नहीं है। तुम्हें जैसे किसी पूर्व शर्त को पूरा करने के लिये किसी चीज की जरूरत होती है, वैसे ही इसके लिये किसी विश्वास की जरूरत नहीं है।

एक नास्तिक भी ध्यान कर सकता है, ठीक जिस प्रकार कोई अन्य कर सकता है। क्योंकि ध्यान तो अंदर की ओर जाने की एक विधि है।

❑❑

ध्यान है.... एक प्रयोग

तुम ईश्वर पर विश्वास नहीं करते? यह बात ध्यान में कोई भी व्यवधान नहीं है। तुम आत्मा पर भी विश्वास नहीं करते? यह भी ध्यान में कोई अवरोध नहीं है। तुम किसी पर कोई विश्वास नहीं करते। यह भी कोई रुकावट नहीं है। तुम तब भी ध्यान कर सकते हो, क्योंकि ध्यान तो केवल इतना कहता है कि अंदर कैसे जाया जाये। वहाँ आत्मा हो या न हो, वहाँ परमात्मा हो, न हो, ध्यान में यह बात महत्त्वपूर्ण नहीं है।

लेकिन एक बात निश्चित है, तुम हो। तुम मृत्यु के बाद रहोगे या नहीं, यह बात भी महत्त्वपूर्ण नहीं है। केवल एक ही चीज महत्त्वपूर्ण है।

ठीक अभी इस क्षण, तुम हो। तुम कौन हो? इसी जानने को अंदर प्रवेश करना ही ध्यान है। तुम्हें अपने ही अस्तित्व की गहराई में अंदर जाना है। हो सकता है यह सब क्षणिक हो, हो सकता है तुम भी शाश्वत न हो, हो सकता है मृत्यु के बाद सब कुछ समाप्त हो जाये। हमारी कोई शर्त है ही नहीं, कि तुम्हें विश्वास करना है। हम तो केवल इतना कह रहे हैं कि तुम प्रयोग करके देखो। जैसा है, कोशिश करके देखो। एक दिन ऐसा होता है, जब विचार रहते ही नहीं। और अचानक जब विचार समाप्त हो जाते हैं तो तुम और तुम्हारा शरीर दोनों पृथक लगते हैं — क्योंकि दोनों के बीच विचार ही पुल की तरह है। विचारों के द्वारा ही तुम शरीर से जुड़े हुए हो, यही दोनों को जोड़ने वाली कड़ी है। अचानक यह कड़ी अदृश्य हो जाती है — वहाँ तुम हो, तुम्हारा शरीर और उन दोनों के बीच गहरी खाई है। तब तुम जानते हो कि शरीर तो मरेगा पर तुम नहीं मर सकते। तब यह अंधविश्वास जैसी कोई चीज नहीं रह जाती। यह कोई धार्मिक विश्वास भी नहीं है, यह तो अनुभव है — स्वयं सिद्ध और स्वयं स्पष्ट है। उस दिन मृत्यु समाप्त हो जाती है, उस दिन संदेह समाप्त हो जाते हैं, क्योंकि अब तुम हमेशा की तरह

अपने को बचाने में नहीं लगे हो। तुम्हें कोई भी नष्ट नहीं कर सकता, तुम शाश्वत हो, अनाशवान हो। तब आस्था का उदय होता है, वह उफन पड़ती है। विश्वास या श्रद्धा में होना ही परमानंद में होना है। श्रद्धायुक्त होना ही परमात्मा में होना है। श्रद्धा से ओत-प्रोत होना ही परिपूर्णता है। इसलिये मैं विश्वास करने के लिये नहीं कहता। मैं कहता हूँ ध्यान के साथ प्रयोग करो।

❑❑

ध्यान है....

मौन

मन का अर्थ है—शब्दों का भंडार और स्वयं का अर्थ है खामोशी।

मन और कुछ नहीं है, वह केवल संगृहीत हुये शब्द हैं। मौन वह है, जो सदा से तुम्हारे पास है ही, वह संग्रह नहीं किया गया है। स्वयं का यही अर्थ होता है। यही तुम्हारा आंतरिक गुण है।

मौन की पृष्ठभूमि में तुम शब्दों का संग्रह किये जाते हो और सभी शब्दों का भंडार ही मन कहा जाता है।

मौन ही ध्यान है, यह सवाल है, गेस्टाल्ट को बदलने का, शब्दों से ध्यान हटाकर मौन की ओर ले जाने का, जो वहाँ सदा से है।

❑❑

ध्यान है....

स्वर्ग

ध्यान चित्त की स्वाभाविक दशा है, जिसे हम खो चुके हैं, लेकिन स्वर्ग प्राप्त किया जा सकता है। जरा बच्चे की आँखों में देखें,...... देखकर वहाँ तुम्हें महान शांति और निर्दोषिता दिखाई देगी। प्रत्येक शिशु ध्यानपूर्ण दशा में ही जन्म लेता है, पर उसे समाज के तौर-तरीकों में दीक्षित होना ही पड़ता है — उसे सिखाया जाता है कि विचार कैसे किया जाये, गणना कैसे की जाये, तर्क और वाद-विवाद कैसे किया जाये? उसे शब्द, भाषा और वस्तुओं का साधारण ज्ञान सीखना होता है और धीमे-धीमे उसका अपने भोलेपन से, निर्दोषिता से संबंध विच्छेद हो जाता है। वह समाज द्वारा प्रदूषित और गंदा बना दिया जाता है। वह एक कुशल यंत्र जैसा बन जाता है। वह मनुष्य रह ही नहीं जाता। सब कुछ जो आवश्यक है, वह एक बार फिर उसी स्थान को पा लेता है। तुम उसे पहले से जानते हो। इसलिये जब पहली बार तुम ध्यान के बारे में जानते हो, तो तुम्हें आश्चर्य होगा — क्योंकि तब एक गहन भाव उठेगा तुम्हारे अंदर, जैसे कि तुम इसे पहले से जानते हो। और यह अनुभव सच्चा है, तुम इसे पहले से जानते ही हो। तुम उसे भूल गये हो। हीरा, कूड़े के ढेर में खो गया है। लेकिन यदि तुम कूड़े के ढेर को हटा सको तो तुम हीरा फिर से ढूंढ़ सकते हो — यह तुम्हारा है ही।

वास्तव में तुम उसे खो नहीं सकते, तुम केवल उसे भूल सकते हो। हम सभी ध्यानी बनकर ही जन्म लेते हैं, तब फिर हम बुद्धि के रास्ते पर चल पड़ते हैं। लेकिन हमारा असली स्वभाव, कहीं गहरे में एक अंतर्धारा की प्रकार छिपा रहता है। किसी भी दिन, थोड़ी-सी खुदाई करने पर तुम उस स्रोत को पा लेते हो, जो अब भी प्रवाहित हो रहा है, ताजे जल का पावन स्रोत। और जीवन का सबसे बड़ा आनंद इसी स्रोत को पा लेना है।

❑❑

ध्यान है....

स्मरण

जहाँ भी तुम हो, स्वयं का स्मरण करो। जो 'तुम' हो, यह चेतना 'कि तुम हो'—अविरल रूप से बनी रहे। तुम्हारा नाम नहीं, जाति या राष्ट्रीयता नहीं — यह व्यर्थ की चीजें हैं, एकदम बेकार। बस, स्मरण यही रखना है कि 'मैं' हूँ। यह कभी नहीं भूलना चाहिये। यह वही है जिसे हिन्दू लोग 'आत्म-स्मरण' कहते हैं। जिसे बुद्ध 'सम्यक् जागरण' कहते हैं, जिसे गुरजियेफ 'आत्म-स्मृति' (सेल्फ रिमेम्बरिंग) कहता है और कृष्णमूर्ति जिसे 'अवेयरनेस' या 'होश' कहते हैं।

ध्यान का सबसे सारपूर्ण भाग यही याद रखने का है कि 'मैं' हूँ। चलते, बैठते, खाते, बात करते, याद रखें कि 'मैं' हूँ। इसे कभी विस्मरण न करें। यह कठिन होगा, श्रमपूर्ण होगा। प्रारम्भ में तो तुम इसे भूलते रहोगे, केवल कुछ ही क्षण ऐसे होंगे जब तुम्हें प्रदीप्त होने का अनुभव होगा, और फिर वह खो जायेगा। लेकिन दुःखी न हों, केवल कुछ क्षण ही बहुत हैं। चलते रहो, जब भी तुम्हें स्मरण आ जाये, धागे को फिर से पकड़ लो। जब तुम भूल जाओ, चिंता मत करो— फिर से स्मरण करो, फिर से धागा पकड़ लो। और धीमे-धीमे यह खाली स्थान कम होते जाएंगे, यह अंतराल मिटना शुरू हो जाएगा, एक अविरलता, निरन्तरता बन जायेगी। और जब भी तुम्हारी चेतना निरन्तर बनी रहती है, तुम्हें मन या बुद्धि का प्रयोग करने की आवश्यकता ही नहीं रह जायेगी। तब कोई योजना नहीं होती, तब तुम अपनी चेतना के बाहर रहकर भी काम करो, लेकिन बुद्धि के बाहर जाकर नहीं। तब फिर न तो किसी माँफी माँगने की जरूरत होगी और न किसी स्पष्टीकरण देने की कोई जरूरत होगी। तब तुम ही होते हो, जो कुछ भी तुम हो, फिर कुछ भी छिपाने को होता ही नहीं। तुम जो कुछ भी हो, तुम हो। तुम उसके अतिरिक्त और कुछ कर ही नहीं सकते। फिर तुम निरन्तर आत्म-स्मरण की स्थिति में बने रहते हो। इस आत्म-स्मरण, या परिपूर्ण होश के द्वारा ही प्रामाणिक धर्म और प्रामाणिक नैतिकता आती है। ❑ ❑

ध्यान है ....

परम स्वतंत्रता

यदि जीवन स्वाभाविक रूप से, सुंदरता से गतिशील हो, यदि यहाँ जीवन को नकारने वाले शिक्षक न हों, यदि राजनीतिज्ञ और पुरोहित-पादरी तुम्हें उलझाने व भटकाने के लिये न हों — तो लगभग बयालीस वर्ष की आयु आते-आते सेक्स की परिपक्वता प्राप्त हो जाती है, और ध्यान परिपक्व होने लगता है। लगभग बयालीस वर्ष की आयु होने पर स्वयं अपने अंदर जाने का भाव उठना प्रारम्भ हो जाता है। लगभग चौदह वर्ष की आयु में किसी का भी दूसरे की ओर फिसलना शुरू हो जाता है, वह बहिर्मुखी हो जाना है। प्रेम करना, बहिर्मुखी होना है। किसी से संबंध बनाना, दूसरे के बारे में सोचना है। ध्यान, अंतर्मुखी हो जाना है। ध्यान स्वयं अपने बारे में, अपने केन्द्र के बारे में सोचना है।

चौदह और बयालीस वर्ष की अवस्था के बीच एक परिवर्तन आता है। धीमे-धीमे कोई भी जीवन को जीते हुये जानता है कि प्रेम क्या है, वह उसकी तृप्ति और उसकी निष्फलता को जानता है, वह उसके आनंद और उदासी को जानता है, वह उसकी सुंदरता और कुरूपता को जानता है, और वह यह भी जानता है कि जहाँ चरम आनंद के क्षण हैं और उसके बाद अंधकार की गहरी घाटियाँ भी हैं। तब कोई भी धीमे-धीमे स्वयं अपनी ओर सरकने लगता है, क्योंकि दूसरे पर आश्रित होकर कभी भी कोई वास्तविक आनंद और अद्वैतता को प्राप्त नहीं कर सकता। यदि तुम्हारी प्रसन्नता और सुख दूसरे पर आश्रित हैं तो उस आनंद में कभी भी स्वतंत्रता की सुगंध नहीं हो सकती। और जिस प्रसन्नता में स्वतंत्रता का गुण नहीं वह अधिक आनंद हो भी नहीं सकता। यदि तुम दूसरे पर निर्भर हो, तब सीमाएँ आ जाती हैं। प्रेम करने के द्वारा जो सुख मिलता है वह क्षणिक है। तुम किसी दूसरे से केवल कुछ क्षणों के लिये ही मिलते हो और फिर जुदा हो जाते हो, और टूटकर अलग गिर जाते हो। कभी-कभी उसके मध्य में ही तुम बिखर कर अलग हट जाते हो। उस समय जब एक क्षण के लिये तुम एक दूसरे से

जुड़ते हो, और तभी यह सोचना शुरू कर देते हो कि क्या कोई रास्ता है जिससे अस्तित्व के साथ एक हुआ जा सके और कभी बिखर कर अलग न होना पड़े।

यही वह ध्यान है। प्रेम दूसरे व्यक्ति के द्वारा एक क्षण के लिये अस्तित्व के साथ जुड़ना है। ध्यान, अस्तित्व के साथ शाश्वत रूप से जुड़ जाना ही है।

योग का अर्थ है एक साथ जुड़ना, संयुक्त हो जाना। यह जब कहीं, गहरे केन्द्र में घटता है, तभी आनंद की प्राप्ति होती है और तभी वहाँ स्वतंत्रता होती है। और तभी परमानंद प्राप्त होता है और तब उसके बाद अंधेरी घाटियाँ नहीं आतीं। तब वहाँ शाश्वत आनन्द होता है। निरन्तर कभी समाप्त न होने वाला उत्सव चलता रहता है।

❑❑

ध्यान है ....

संवेदनशीलता

यह चैतन्य का ही प्रकाश है जो चीजों को मूल्यवान और असाधारण बना देता है। तब छोटी चीजें भी छोटी नहीं रह जातीं। जब कोई व्यक्ति, सजगता, संवेदनशीलता और प्रेम के साथ समुद्र तट पर किसी साधारण मोती को भी छू देता है, तो वह कोहिनूर बन जाता है। और यदि अपनी अचेतन स्थिति में किसी कोहिनूर का भी स्पर्श करो तो उस समय वह एक साधारण मोती-सा लगता है — और कभी वह भी नहीं लगता। तुम्हारे जीवन में जितनी अधिक जागरूकता या होश होगा, तुम्हारा जीवन उतना ही अधिक गहरा या समृद्ध और उतना ही अधिक अर्थपूर्ण होगा। अब पूरे संसार में लोग यही पूछ रहे हैं, "आखिर इस जीवन का अर्थ क्या है?" वास्तव में इसका अर्थ ही खो गया है, क्योंकि तुम अर्थ खोजने का रास्ता ही खो बैठे हो — और वह रास्ता है होशपूर्ण होना।

❑❑

ध्यान है....

विकसित होना

बूढ़े होना किसी कीमत का नहीं है, प्रत्येक जानवर भी बूढ़ा हो जाता है, इसके लिये किसी बुद्धि की कोई आवश्यकता नहीं। विकसित होने का पूरी तरह एक भिन्न प्रकार का अनुभव है। बूढ़े होना, जमीन के समान्तर चलने जैसा है, (होरिजेंटल)। और विकसित होना, खड़ी हुई सीधी रेखा में बढ़ना है, (वर्टिकल)। यह तुम्हें ऊँचाइयों और गहराइयों में ले जाता है, और यह काफी आश्चर्यजनक है। तुम्हें भी जानकर ताज्जुब होगा कि समय, जमीन के समानान्तर (होरिजेंटल) है। एक क्षण व्यतीत होता है, दूसरा आता है... एक सीधी समानान्तर रेखा में। समय होरिजेंटल है और बुद्धि भी होरिजेंटल है। एक विचार के पीछे-पीछे दूसरा विचार आता है, दूसरे के बाद तीसरा। और विचार इसी तरह आते ही रहते हैं, एक रेखा में, एक कतार में, एक जुलूस की तरह या ठीक एक यातायात की तरह — लेकिन इनकी गति होरिजेंटल है।

ध्यान की गति वर्टिकल है, खड़ी हुई सीधी रेखा की तरह। यह बुद्धि के पार और समय के पार गतिशील है। और शायद अंत में तुम पाते हो कि समय और बुद्धि दोनों ही बराबर हैं, एक ही चीज के दो नाम हैं विचारों का, क्षणों का समानान्तर रेखा में चलता हुआ जुलूस है। ध्यान है समय और मन (बुद्धि) दोनों का रुक जाना, और तभी अचानक तुम शाश्वतता में उठना शुरू कर देते हो। शाश्वतता, समय का भाग नहीं है और शाश्वतता कोई विचार भी नहीं है, वह एक अनुभव है।

❑❑

ध्यान है ....

पलायनवादी न होना

मनुष्य, भविष्य में रहता है और एक नकली जिन्दगी जीता है। वह वास्तव में जीता नहीं है, सिर्फ जीने का बहाना करता है। वह जीने की आशा करता है, जीने की इच्छा करता है, लेकिन जीता कभी नहीं। और आने वाला कल नहीं आता, वह हमेशा आज होता है। और जो भी जब आता है वह हमेशा अभी और यहीं होता है। और 'वह' यह नहीं जानता कि अभी और यहीं में कैसे जिया जाये? वह केवल यह जानता है कि अभी और यहीं से पलायन कैसे किया जाये।

पलायन करने के रास्ते का ही नाम है, 'इच्छा', तन्वा यही बुद्ध का शब्द है, जो वर्तमान से, वास्तविकता से अवास्तविकता में पलायन है।

वह मनुष्य जो इच्छा करता है, वह पलायनवादी है। अब यह बड़ी अजीब बात है कि ध्यानी लोगों के बारे में यह खयाल किया जाता है कि वह पलायनवादी हैं, भगोड़े हैं। यह पूरी तरह बकवास है। केवल ध्यानी ही पलायनवादी नहीं है—जबकि अन्य सभी पलायनवादी हैं। ध्यान का अर्थ है, इच्छाओं को छोड़ देना, विचारों से बाहर हो जाना, बुद्धि के पार चले जाना। ध्यान का अर्थ है उस क्षण वर्तमान में तनावरहित, विश्रामपूर्ण होना। संसार में केवल ध्यान ही एक ऐसी चीज है, जो पलायन नहीं है, यद्यपि ऐसा सोचा जाता है कि यह सबसे अधिक पलायनवादी चीज है। जो लोग ध्यान को बुरा बताते हैं, वह हमेशा इस तर्क के साथ इसे दोषपूर्ण मानते हैं कि यह एक पलायन है, जीवन से दूर भागने का प्रयास है। ये लोग स्वाभाविक रूप से व्यर्थ की बातें करते हैं, वह यह समझते भी नहीं कि वे कह क्या रहे हैं?

ध्यान जीवन से पलायन नहीं है। ध्यान जीवन की ओर खिसकना है। बुद्धि, जीवन से पलायन है, इच्छा करना भी जीवन से एक पलायन है।

❑❑

ध्यान है....

एक स्वाभाविक या निर्दोष विधि (नैक)

विश्व में सबसे अधिक सरल कला है, शांत या मौन हो जाना। यह कोई क्रिया नहीं है, यह अक्रिया है। फिर यह कठिन हो कैसे सकती है? मैं आलस्य के माध्यम से बुद्धत्व का मार्ग दिखला रहा हूँ। इसे पाने के लिये कुछ भी नहीं करना है, क्योंकि यह तुम्हारा स्वभाव है।

तुम अन्दर गहरे में भी ठीक वही हो, जैसे तुम बाहर हो। सौंदर्य, मौन, अद्वैतता, और आनंद। लेकिन कृपया, जब कभी स्वयं अपने पर भी कृपा करें। इसी क्षण बैठ जायें और कुछ भी न करें, न तो शारीरिक रूप से और न मानसिक रूप से। विश्राम करें, पर अमेरिकन तरीके से नहीं... क्योंकि मैंने बहुत अमरीकी पुस्तकें देखी हैं जिनका शीर्षक होता है— ('हाऊ टु रिलैक्स') कैसे विश्रामपूर्ण हुआ जाये? यह शीर्षक ही बतलाता है कि इनसान विश्राम करने के बाबत कुछ जानता ही नहीं। यहाँ 'कैसे' जैसा कुछ है ही नहीं।

हाँ ! यह ठीक है — कार की मरम्मत कैसे की जाये, तब तुम्हें कुछ करना पड़ेगा। लेकिन जहाँ तक विश्रामपूर्ण होने का सवाल है, तुम्हें उसके लिये कुछ करना ही नहीं है। बस कुछ भी काम करो ही मत। मैं जानता हूँ, तुम्हें शुरू में यह थोड़ा कठिन लगेगा। इसलिये नहीं, क्योंकि विश्रामपूर्ण होना कठिन है। यह इसलिये है क्योंकि तुम कुछ-न-कुछ करने के आदी बन गये हो। आदी बनने की इस लत को मिटाने में थोड़ा समय लगेगा।

इसी क्षण में रहो और निरीक्षण करो। स्वयं में होना, कुछ करना नहीं है। और निरीक्षण करना भी कोई क्रिया नहीं है। तुम शांत होकर कुछ न करते हुये, जो कुछ हो रहा है, उसके साक्षी बन जाओ। तुम्हारे मन में विचार चल रहे होंगे, तुम्हारे शरीर को भी कहीं-कहीं कुछ तनाव का अनुभव हो सकता है, तुम्हें सिर में एक ओर कहीं तेज दर्द भी हो सकता है। बस सभी के साक्षी बने रहो। उससे तादात्म्य

स्थापित मत करो। पहाड़ी पर निरीक्षक बने हुये, घाटी में जो कुछ भी अन्यथा घट रहा है, उसका निरीक्षण करो। यही आचरण करने की स्वाभाविक और निर्दोष विधि ('नैक') है।

ध्यान न तो विज्ञान है और न कला है। वह तो आचरण करने की एक निर्दोष और स्वाभाविक विधि है ('नैक') है। ठीक एक तरीका है। जो सब कुछ चाहिये, वह है थोड़ा-सा धैर्य।

पुरानी आदतें जारी रहेंगी, विचारों की भीड़ आती-जाती रहेगी। और तुम्हारा मन हमेशा भीड़ भरा वह समय है, जब यातायात हमेशा ठप्प ('जाम') हो जाता है। तुम्हारा शरीर शांत होकर बैठे रहने का अभ्यस्त नहीं है— तुम चक्कर खाते हुये ऊपर उछलते रहोगे। लेकिन इस बारे में फिक्र मत करो। बस निरीक्षण करते रहो कि दिमाग चक्कर खाते हुए उछल रहा है। नियमित, अनियमित, व्यर्थ, की कल्पनाओं, सपनों और विचारों से भरा हुआ है। तुम केन्द्र में बने हुए बस निरीक्षण करते रहो।

संसार के सभी धर्मों ने लोगों को कुछ-न-कुछ करने की सीख दी है। विचारों के इसी तरीके को रोक देना है और शरीर को एक स्थिर स्थिति में बैठने के लिये जोर देना है। यह जो है, इसी को 'योग' कहते हैं— शरीर को स्थिर करने के लिये बाध्य करने का एक लम्बा अभ्यास। सभी धर्मों की सभी प्रार्थनाएँ, एकाग्रता गहन विचार की हैं। मन के साथ वे यही कर रहे हैं। वे विचारों को चलते रहने की इजाजत नहीं देते, वे उसे रुकने को बाध्य कर रहे हैं। हाँ! तुममें ऐसा करने की क्षमता है। और यदि तुम दृढ़ता से इसे जारी रखो तो तुम विचारों के प्रवाह को रोकने में समर्थ हो सकते हो। लेकिन असली चीज यह नहीं है। यह तो धोखा देने जैसी है।

जब स्थिरता स्वयं अपने आप आती है, जब शांति बिना किसी प्रयास के उतरती है, जब तुम विचारों का निरीक्षण करते रहते हो, तो एक क्षण आता है जब विचार थमने लगते हैं और शांति घटनी शुरू हो जाती है, यही सुंदर है। विचार अपने आप रुक जाते हैं यदि तुम उनसे तादात्म्य स्थापित न करो, यदि तुम साक्षी बने रहो और यह मत कहो— "यह मेरा विचार है।"

तुम यह मत कहो, "यह बुरा है, यह अच्छा है। यह उस स्थान पर होना चाहिये और यह उस स्थान पर नहीं होना चाहिये।" तब तुम निरीक्षक नहीं रहे, तुम्हारे कुछ पूर्वाग्रह हैं, तुम्हारे कुछ विशिष्ट सोचने के ढंग हैं। निरीक्षणकर्ता के पास न तो कोई पूर्वाग्रह या पक्षपात है और न वह कोई निर्णय करता है। वह साधारण रूप से एक दर्पण की प्रकार ही देखता है।

जब तुम दर्पण के सामने किसी चीज को लाते हो, वह उसे प्रतिबिम्बित करता है, स्वाभाविक रूप से उसमें प्रतिबिम्ब बनता है। वहाँ कोई निर्णय नहीं होता कि "यह मनुष्य कुरूप है, यह मनुष्य सुंदर है। अहा! वह तुम्हारी नाक तो बहुत सुंदर है।" दर्पण कुछ कहता ही नहीं। उसका काम किसी वस्तु को प्रतिबिम्बित करना है और वह उसे प्रतिबिम्बित करता है। यह वही है, जिसे मैं ध्यान कहता

हूँ, तुम स्वाभाविक रूप से प्रत्येक वस्तु को प्रतिबिम्बित करते हो।

और मैं तुम्हें गारंटी देता हूँ,... मैं गारंटी दे सकता हूँ क्योंकि यह मेरे साथ हुआ है और मेरे कई लोगों के साथ हुआ है। बस धैर्यपूर्वक निरीक्षण करते रहो। हो सकता है कुछ दिन यों ही गुजर जायें, कुछ महीने या कुछ साल भी लग जाते हैं। इसके बारे में निश्चित रूप से कुछ कहना इसलिये कठिन है क्योंकि प्रत्येक व्यक्ति का भिन्न संग्रह होता है। तुमने ऐसे लोग देखे होंगे जो पुरानी वस्तुओं या डाक टिकटों का संग्रह करते हैं। प्रत्येक का अपना एक भिन्न संग्रह होता है। उसके गुण भिन्न हो सकते हैं। इसलिये उसके लिये भिन्न-भिन्न समय लगेगा—लेकिन जितना अधिक साक्षी बने रह सकते हैं, बनें। और इस ध्यान के लिये किसी विशेष समय की भी कोई जरूरत नहीं। तुम फर्श साफ करते हुए, शांति पूर्वक अपने-आपका, फर्श साफ करते हुए निरीक्षण कर सकते हो।

मैं अपने हाथों को अचेतन रूप से हिला सकता हूँ, बिना कोई निरीक्षण किये हुए अथवा मैं उन्हें पूरे होश के साथ हिला सकता हूँ। इसमें कोई गुणात्मक अंतर नहीं है। जब तुम अचेतन रूप से हाथों को हिलाते हो तो यह एक यांत्रिक प्रक्रिया है। और जब तुम पूरे होश के साथ उन्हें गति देते हो तो उसमें एक सौंदर्य है, यहाँ तक कि हाथों में भी, जो तुम्हारे ही शरीर के अंग हैं, तुम्हें शांति और शीतलता का अनुभव होगा। और मस्तिष्क के बारे में तो कहना ही क्या? सतत् निरीक्षण करते हुये, धीमे-धीमे विचारों की भीड़ कम-से-कम होती जाती है। शांति के क्षण प्रकट होना शुरू हो जाते हैं। एक विचार आता है, तो दूसरा विचार आने से पूर्व वहाँ एक शांति होती है, खाली जगह होती है। यही अंतराल तुम्हें ध्यान की पहली झलक देंगे, और तुम्हें घर वापस आने की प्रथम आनंद की अनुभूति होगी।

❑❑

ध्यान है ....

पारदर्शिता

एक बार तुम समझ लो कि ध्यान क्या है फिर चीजें स्पष्ट हो जाती हैं। अन्यथा तुम अंधकार में ही टटोलते रह सकते हो।

ध्यान, मन की दशा न होकर, एक पारदर्शिता की स्थिति है। मन तो उलझन है, भ्रम है। मन कभी साफ होता ही नहीं। वह हो भी नहीं सकता। विचार तुम्हारे चारों ओर बादलों का सृजन कर देते हैं—वे सूक्ष्म बादल हैं। उनके द्वारा एक धुंध उत्पन्न हो जाती है और पारदर्शिता खो जाती है। जब विचार अदृश्य हो जाते हैं, जब तुम्हारे चारों ओर बादल नहीं घुमड़ते, जब तुम स्वाभाविक रूप से अपने आप में स्थित होते हो, पारदर्शिता घटती है। तब तुम बहुत दूर तक, अस्तित्व की सीमा तक उसे देख सकते हो, तब तुम्हारी स्थिर दृष्टि, अस्तित्व के केन्द्र तक प्रवेश योग्य बन जाती है।

ध्यान, पारदर्शिता है, दृश्य की परिपूर्ण पारदर्शिता। तुम उसके बारे में सोच नहीं सकते। तुम्हें विचार करना छोड़ देना पड़ता है।

ध्यान है ....

खाली होना

शताब्दियों तक रिक्तता को बुरा माना जाता रहा। रिक्तता में ही सौंदर्य है। और मूर्ख लोग तुम्हें यह बताते रहे हैं कि 'खाली दिमाग शैतान का कारखाना'। खाली दिमाग तो परमात्मा का कारखाना है। भरा हुआ दिमाग शैतान का कारखाना है।

लेकिन किसी को प्रमाणित रूप से खाली होना होता है। महज आलसी बनने का यह अर्थ नहीं है कि तुम रिक्त हो; कोई भी काम न करने का यह अर्थ नहीं है कि तुम रिक्त हो। अंदर हजारों विचारों का शोरगुल है। तुम बाहर से तो आलसी बने हुये हो लेकिन तुम्हारे अंदर बहुत-सा काम चल रहा है। कई दीवारें बनाई जा रही हैं, नये कारागार निर्मित हो रहे हैं, वह सब इसलिये कि जब तुम पुराने से ऊब जाओ, तुम नये में प्रवेश कर सको। पुरानी जंजीरें किसी समय टूट सकती हैं, इसलिये तुम नई जंजीरों का सृजन कर रहे हो, ताकि यदि पुरानी जंजीरें टूटती हैं तो तुम्हें बहुत रिक्तता का अनुभव होगा।

स्वाभाविक रूप से कभी ऐसा होता है— क्योंकि स्वतंत्र बनना तुम्हारा स्वभाव है। इसलिये एक बार जब अपने होने के बावजूद, तुम सूर्यास्त को देखकर आनंद पाने के लिये अपनी सभी इच्छाएँ भूल जाते हो, अपनी सारी वासनाओं का विस्मरण कर देते हो, सूर्यास्त इतना सुंदर और विह्वल कर देने वाला होता है, कि तुम अपना अतीत और भविष्य दोनों भूल जाते हो, और केवल वर्तमान रहता है। तुम उस क्षण के साथ इतने एकाकार हो जाते हो कि न तो द्रष्टा बचता है और न दृश्य। द्रष्टा ही दृश्य बन जाता है। तुम सूर्यास्त से अलग नहीं हो। तुम एक सेतु बन जाते हो। ऐसे सम्पर्क से तुम पारदर्शी हो जाते हो, और इसी पारदर्शिता के कारण तुम आनंद का अनुभव करते हो। लेकिन फिर तुम अंधकार के गर्त में वापस गिर जाते हो, और उसकी सरल-सी वजह यह है कि उस पारदर्शिता से बाहर आते ही, तुम्हें रिक्त आकाश में बने रहने के लिये साहस की आवश्यकता है।

मैं इसी को संन्यास कहता हूँ। इसी साहस को मैं संन्यास कहता हूँ पलायन नहीं। केवल पारदर्शिता में आने के लिये, वह बिना आकार दिये, वह दृश्य को विकृत किये बगैर, मेघरहित आकाश को निहारता है और पक्षियों का संगीत सुनता है। और फिर बार-बार, हर बार तुम रिक्तता के साथ रिक्त बने रहने के आनंद के लिये और भी अधिक लयबद्ध होते जाते हो।

धीमे-धीमे तुम देखते हो कि यह खालीपन भी मात्र रिक्तता ही नहीं है, वह एक परिपूर्णता है, लेकिन ऐसी परिपूर्णता जिसके बाबत तुम कभी चेतन नहीं रहे, एक ऐसी परिपूर्णता, जिसका तुम्हें कभी स्वाद नहीं मिला।

इसलिये प्रारम्भ में तो वह खाली ही दिखाई देता है, पर अंत में वह पूर्ण, परिपूर्ण और समग्र रूप से पूर्ण हो जाती है। वह शांति, मौन और प्रकाश से भरा हुआ, पूर्ण है।

❑❑

ध्यान है ....

जानना

तुम्हारे मन के अन्दर एक बहुत ही अंतर्वेधी दृष्टि है, जो देखती रहती है कि तुम्हारे क्या उद्देश्य हैं। जब तुम कोई काम करते हो, तुरन्त ही देखने लगते हो कि तुम्हारा उद्देश्य पूरा हुआ या नहीं अथवा इच्छा की पूर्ति हुई या नहीं? क्योंकि यदि तुम उस उद्देश्य से चूक जाते हो, तो मन तुम्हें बेवकूफ बनाये चला जाता है और कहता है कि तुम्हारा तो उद्देश्य कुछ और था। उदाहरण के लिये, तुम क्रोधित होते हुये घर आते हो और अपने बच्चे को पीट बैठते हो। मन कहेगा, "यह तो ठीक उसके भले के लिये किया है जिससे उसका आचरण सुधरे।" यह तर्कपूर्ण ढंग से मात्र समझाना है। जरा गहरे में जायें... तुभ क्रोधित थे और तुम किसी को ढूंढ़ रहे थे जिस पर तुम अपना क्रोध उतार सको। तुम ऑफिस में अपने बॉस पर क्रोध प्रकट नहीं कर सके। वह इसके लिये कहीं अधिक मजबूत है। और यह जोखिम भरा काम है और आर्थिक रूप से भी खतरनाक है। नहीं, तुम्हें किसी असहाय की जरूरत थी। अब यह बच्चा पूरी तरह असहाय है, वह तुम पर आश्रित है। वह प्रतिक्रिया व्यक्त नहीं कर सकता, वह बेचारा कुछ भी नहीं कर सकता। वह 'जैसा का तैसा' व्यवहार नहीं कर सकता। तुम उससे अधिक उपयुक्त शिकार और कोई दूसरा नहीं खोज सकते।

अब देखें, क्या तुम बच्चे से नाराज थे? यदि तुम हो, तब मन तुम्हें बेवकूफ बना रहा है। तुम्हारा मन तुम्हें दिन के चौबीसों घंटे बेवकूफ बनाये चला जाता है और तुम उसके साथ सहयोग करते हो। तब अंत में तुम्हें दुःख होता है, तुम अपने को नर्क में पाते हो। असली उद्देश्य को देखने के लिये, हर क्षण निरीक्षण करते रहो। यदि तुम ठीक उद्देश्य खोज सकते हो तो मन तुम्हें धोखा देने के मामले में अधिक-से-अधिक असहाय होता जायेगा। और इस धोखे से तुम जितनी दूर होते जाओगे, उतने ही अधिक तुम मन के पार जाने में समर्थ हो सकोगे, और उसके मालिक बन सकोगे।

मैंने सुना है...

एक वैज्ञानिक अपने मित्र से कह रहा था — कोई वजह नहीं देखता कि जब हम लोग अधिवेशन में बाहर गये थे तो तुमने अपनी पत्नी से कौमार्य बेल्ट पहनने के लिये क्यों जोर दिया था? आखिरकार हमारे बूढ़े साथियों के बीच, एमा के चेहरे को, आकृति को देखकर, ऐसा कौन होगा जो...?

मैं जानता हूँ, अच्छी तरह जानता हूँ, दूसरे ने उत्तर दिया, "लेकिन मैं जब घर लौटता हूँ तो हमेशा यही कहता हूँ कि मेरी चाभी खो गई है।" जरा देखें, अचेतन उद्देश्य का निरीक्षण करें। मन निरन्तर तुम पर मालकियत जताता, तुम्हें धोखा देता जाता है, क्योंकि तुम उसके असली उद्देश्य को देख पाने में समर्थ हो जाते हो, तो वह ध्यान के बहुत निकट है क्योंकि तब मन की तुम्हारे ऊपर पकड़ नहीं रह जाती।

मन एक यांत्रिक प्रक्रिया है, उसके पास समझ नहीं है। मन एक कम्प्यूटर की तरह है — उसके पास समझ हो ही कैसे सकती है? उसके पास कुशलता है, लेकिन समझ नहीं है। उसकी कार्य करने की उपयोगिता है लेकिन उसके पास जागरूकता नहीं है, वह एक रोबोट है, जो अच्छी तरह काम तो करता है, लेकिन वह अधिक सुनता नहीं क्योंकि तब तुम अपनी आंतरिक समझ खो बैठोगे। तब यह ठीक इस प्रकार होगा जैसे तुम मशीन से पूछ रहे हो कि वह तुम्हारा प्रदर्शन करे। तुम उस मशीन से पूछ रहे हो जिसके पास मौलिकता है ही नहीं, हो भी नहीं सकती। मन का एक भी विचार कभी मौलिक होता ही नहीं, वह सदैव पुनरावृत्ति होता है। जरा निरीक्षण करें, जब भी मन कुछ कहे, देखें, वह तुम्हें फिर उसी दिनचर्या में धकेल रहा है। कुछ भी नया करने की कोशिश करें तो मन की पकड़ तुम पर से कम होती जायेगी।

जो लोग किसी भी प्रकार सृजनात्मक होते हैं वह आसानी से ध्यानी बन जाते हैं, लेकिन जो लोग अपने जीवन में सृजनात्मक नहीं हैं, उन्हें सबसे अधिक कठिनता होती है। यदि तुम पुनरुक्ति भरा जीवन जी रहे हो तो मन का तुम्हारे ऊपर काफी अधिक नियंत्रण है — तुम उससे अलग हिल भी नहीं सकते। तुम्हें डर लगता है। प्रत्येक दिन कुछ-न-कुछ नया करो। पुरानी रूटीन की सुनो ही मत। वास्तव में यदि मन कुछ कहता है तो उससे कहो, "यह तो हमेशा ही करते रहे हैं, अब हमें कुछ और भी करने दो।" यहाँ तक कि छोटे-छोटे परिवर्तन भी... जिस तरह तुम अपनी पत्नी से हमेशा व्यवहार करते रहे हो — कभी-कभी उसे थोड़ा बदलो, जिस तरह तुम हमेशा चलते रहे हो, कभी-कभी उसमें थोड़ा परिवर्तन करो, जिस तरह से तुम हमेशा बात करते रहे हो — थोड़ा उसका तरीका बदलो। और तुम देखोगे कि मन तुम पर से अपनी पकड़ खो रहा है, तुम थोड़े स्वतंत्र बनते जा रहे हो।

❑❑

ध्यान है ....

निर्मल होना

तुम जो कुछ भी करो, उसे गहरी सजगता से करो, तब सदैव छोटी चीजें भी दिव्य बन जाती हैं। तब भोजन बनाना और सफाई करना भी दिव्य हो जाता है, वह कृत्य पूजा बन जाते हैं। प्रश्न यह नहीं है कि तुम क्या कर रहे हो? प्रश्न बस इतना है कि उसे कैसे कर रहे हो?

तुम फर्श को एक रोबोट की प्रकार भी साफ कर सकते हो, वह एक यांत्रिक प्रक्रिया होगी। तुम्हें उसे साफ करना ही है, इसलिये तुम साफ कर रहे हो। तब तुम, कोई ऐसी चीज जो सुंदर है, उससे चूक जाओगे। तब तुम फर्श की सफाई में उन क्षणों को व्यर्थ नष्ट कर देते हो। फर्श को साफ करना एक महान अवसर हो सकता था, तुम उसे चूक गये। फर्श तो साफ हो गया, लेकिन कोई चीज जो तुम्हारे अंदर घट सकती थी, नहीं घटी। यदि तुम होश से भरे होते तो फर्श को साफ करते हुए तुम्हें स्वयं भी निर्मल होने का अनुभव होता। पूरे होश के साथ, स्पष्ट सजगता से ही फर्श साफ करो।

कोई भी काम करो—या बैठो, या चलो, लेकिन एक चीज निरन्तर एक धागे-सी बनी रहे, कि अपने जीवन के अधिक-से-अधिक क्षणों को तुम्हें सजगता से प्रकाशित करना है। प्रत्येक क्षण, प्रत्येक कृत्य में तुम्हारे चैतन्य या होश का दीप जलता ही रहे। जो इन सभी का सामूहिक प्रभाव होगा वही बुद्धत्व है। सभी क्षणों का एक साथ सामूहिक प्रभाव होगा, सभी छोटे दीप एक साथ जलकर, एक महान प्रकाश का स्रोत बन जाएंगे।

ध्यान है ....

फूल की खिलावट

याद रखें। ध्यान तुम्हारे अंदर अधिक-से-अधिक समझ लायेगा, अनंत मेधावी बनायेगा, दीप्तिमयी विकसित बुद्धि होगी तुम्हारी। ध्यान, तुम्हें अधिक जीवंत, और संवेदनशील बनायेगा; तुम्हारा जीवन समृद्ध होगा। जरा इन साधुओं को देखो। उनका जीवन लगभग ऐसा लगता है, जैसे वह जीवन ही नहीं है। ये लोग ध्यानी नहीं हैं। ये आत्मपीड़क हो सकते हैं, अपने-आपको सता रहे हैं, और पीड़ा में आनंदित हो रहे हैं... मन बहुत बेईमान है, वह ऐसी चीजें किये जाता है और उन्हें तर्कपूर्ण ढंग से समझाये चले जाता है। साधारण रूप से तुम दूसरों के प्रति ही हिंसक होते हो, लेकिन मन बड़ा बेईमान है—वह अहिंसा सिखा सकता है, वह अहिंसा का उपदेश दे सकता है, तब वह अपने लिये ही हिंसक बन जाता है। और जो हिंसा, तुम स्वयं अपने पर ही करते हो, लोगों द्वारा उसका सम्मान किया जाता है, क्योंकि उन लोगों का खयाल है कि एक साधु बनना ही धार्मिक बनना है। यह महज एक बकवास है।

परमात्मा कोई साधु नहीं है, अन्यथा न तो पुष्प होते और न हरे-भरे वृक्ष, केवल सूखा मरुस्थल ही होता। परमात्मा एक साधु नहीं है, अन्यथा जीवन में न तो गीत-संगीत होता, और न जीवन में नृत्य होता, केवल कब्रिस्तान और श्मशान होता। परमात्मा कोई साधु की तरह नहीं, परमात्मा तो जीवन का आनंद ले रहा है। जैसी कि तुम कल्पना कर सकते हो, उसकी अपेक्षा परमात्मा कहीं अधिक खाने-पीने और मौज मनाने वाला है। यदि तुम परमात्मा के बारे में सोचना ही चाहते हो तो 'इपीकुरस'[1], के संबंध में सोच लो।

---

[1] इपीकुरस – एक यूनानी मस्तमौला, जो चार्वाक की प्रकार खाने, पीने और मौज मनाने को ही जीवन का लक्ष्य मानता था।

परमात्मा एक सतत खोज है, अधिक-से-अधिक प्रसन्नता, प्रफुल्लता के संबंध में और परमानंद की। इसे हमेशा याद रखें। लेकिन मन बहुत चालबाज है। वह तर्क देकर लकवा की बीमारी को भी ध्यान बता सकता है। वह तर्क देते हुये बुद्धूपन को मुक्तावस्था बता सकता है। वह तर्क द्वारा जड़ता को त्याग बता सकता है। निरीक्षण करते रहो। हमेशा याद रखो कि तुम सही दिशा की ओर गतिशील हो, और तुम निश्चित ही फूल की तरह खिलोगे ही।

❑❑

ध्यान है ....

होशपूर्ण होना

और याद रखें, प्रत्येक स्थिति को ध्यान का अवसर बना लेना है। ध्यान है क्या, जो कुछ तुम कर रहे हो, उसके प्रति होशपूर्ण होना, उसके प्रति सजग रहना। जो कुछ तुम्हारे साथ घट रहा है जैसे कोई तुम्हारा अपमान करता है, तो सजग बने रहो। तुम्हारे अंदर क्या होता है, जब अपमान तुम तक पहुँचता है, इस पर ध्यान करो। यह पूरे, गेस्टाल्ट को बदल रहा है। जब कोई तुम्हारा अपमान करता है, तुम उस व्यक्ति पर एकाग्र हो जाते हो — "वह मेरा अपमान क्यों कर रहा है? वह करने वाला होता कौन है? मैं बदला कैसे ले सकता हूँ? यदि वह बहुत शक्तिशाली है तो तुम समर्पण कर देते हो, तुम जल्दी-जल्दी अपनी पूँछ हिलाना शुरू कर देते हो। यदि वह अधिक शक्तिशाली नहीं हुआ और तुम देखते हो कि वह कमजोर है, तुम उस पर झपट पड़ते हो। लेकिन यह सब करते हुये तुम अपने-आपको पूरी तरह भूल ही जाते हो; दूसरा व्यक्ति ही तुम्हारा केन्द्र-बिंदु बन जाता है। ध्यान के लिये यह अवसर चूक जाने जैसा है।"

जब कोई तुम्हारा अपमान करता है, ध्यान करो। गुरजियेफ ने कहा, "जब मेरे पिता मर रहे थे, मैं केवल नौ वर्ष का था।" उन्होंने मुझे अपने बिस्तरे के पास बुलाकर मेरे कान में फुसफुसाकर कहा — 'मेरे बेटे! मैं तुम्हारे लिये सांसारिक वस्तुओं के रूप में कुछ अधिक छोड़कर तो नहीं जा रहा हूँ लेकिन मेरे पास एक बात तुझे बताने को है; जो मेरे पिता ने अपनी मृत्युशय्या पर मुझे बताई थी। उसने मेरी बहुत अधिक सहायता की; वही मेरा खजाना है। तुम अभी इतने बड़े नहीं हुए हो, कि यह सब समझ सको, जो मैं तुमसे कह रहा हूँ, लेकिन इसे अपने पास रखना और याद रखना। एक दिन जब तुम बड़े हो जाओगे, तब इसे समझ सकोगे। यह वह कुंजी है जो बड़े-बड़े खजानों के दरवाजों के तालों को खोल सकती है।'

उस समय गुरजियेफ वास्तव में उसे नहीं समझ पाया था, लेकिन वह ऐसी बात थी जिसने उसकी पूरी जिन्दगी बदल दी। और उसके पिता ने एक बहुत मामूली बात बताई थी। उन्होंने कहा था — "जब भी

कोई तुम्हारा अपमान करे मेरे बेटे, तुम उससे कहना कि तुम उस पर चौबीस घंटे ध्यान करोगे, और तब तुम उसका जवाब दोगे।" गुरजियेफ विश्वास ही नहीं कर सका था कि यह इतनी महत्त्वपूर्ण कुंजी है। वह विश्वास ही नहीं कर सका था कि यह बात इतनी मूल्यवान है कि मुझे इसे याद रखना चाहिये। और हम नौ वर्ष के एक बच्चे को इसके लिये माफ कर सकते हैं। लेकिन चूँकि यह बात उसके पिता ने उसे मरते समय बताई थी, जो उसे बहुत अधिक प्यार करते थे और यह बताने के तुरन्त बाद उन्होंने अंतिम साँस ली थी, वह बात उस पर एक छाप बन गई, और वह उसे भूल न सका। जब कभी भी उसे अपने पिता की याद आती थी, उसे उनकी बात याद हो जाती थी।

बिना प्रामाणिक रूप से समझे हुये, उसने उसका अभ्यास करना प्रारम्भ कर दिया। यदि कोई उसका अपमान करता था तो वह कहता था — श्रीमान्, मुझे इस पर चौबीस घंटे ध्यान करना है, क्योंकि मेरे पिता ने मुझे ऐसा करने को कहा था, और चूँकि अब वह यहाँ हैं नहीं, मैं मृतवृद्ध व्यक्ति की आज्ञा का उल्लंघन नहीं कर सकता। वह मुझे बहुत अधिक प्रेम करते थे और मैं भी उनहें बहुत अधिक प्रेम करता था और अब उनकी आज्ञा का पालन करूँ, इसके सिवा मेरे पास कोई दूसरा रास्ता है भी नहीं।

तुम अपने पिता की आज्ञा का, जब कि वह जीवित हों, एक बार उल्लंघन भी कर सकते हो, लेकिन जब तुम्हारे पिता मर गये हों, तो तुम कैसे उनकी आज्ञा का उल्लंघन कर सकते हो? अस्तित्त्व इसलिये बराए मेहरबानी, मुझे माफ करें, मैं चौबीस घंटे बाद लौटकर उसका उत्तर दूंगा। और वह कहता है, "चौबीस घंटे इस पर ध्यान करने से मुझे अपने अस्तित्त्व से गहरी अंतर्दृष्टि मिली।" कभी-कभी मुझे लगता है कि उसके द्वारा अपमान करना ठीक था, मैं वही हूँ जो उसने कहा था। इसलिये मैं उस व्यक्ति के पास जाता और कहता — "श्रीमान! बहुत-बहुत धन्यवाद, आप ठीक कहते थे। आपने मेरा कुछ भी अपमान नहीं किया, वह तो एक साधारण-सी तथ्यात्मक बात थी। आपने मुझे मूर्ख कहा था, और वह मैं हूँ।"

या कभी-कभी ऐसा हुआ कि चौबीस घंटे ध्यान करने के बाद, मुझे मालूम होता कि वह तो पूरी तरह झूठ कह रहा था। लेकिन जब कोई चीज झूठ ही हो, तो उसमें बिगड़ने की क्या बात? इसलिये मैं उसके पास लौटकर यह कहने जाता भी नहीं कि आप झूठ कह रहे थे। एक झूठ तो झूठ है ही, फिर उसके बारे में फिक्र क्या करनी?

लेकिन निरीक्षण करते हुये और ध्यान करते हुये धीमे-धीमे वह दूसरों की क्रियाओं की तुलना में, अपनी ही प्रतिक्रियाओं के प्रति अधिक-से-अधिक सजग होता गया।

❑❑

ध्यान है....

मजाक व एक हास-परिहास

लाखों लोग ध्यान से इसलिये चूक जाते हैं क्योंकि उनके द्वारा ध्यान के मूल अर्थ से भिन्न कुछ गलत जोड़ लिया गया है। यह बहुत गम्भीर है, अंधकारमय है, इसमें कोई चीज चर्च और मठों की है। ऐसा लगता है जैसे ध्यान केवल उन लोगों के लिये है, जो मृतक जैसे लगभग मरे-मरे से हैं, जो उदास व गम्भीर हैं, जिनके लटके हुये लम्बूतरे चेहरे हैं, जो खुशी मनाना, हास-परिहास, खेल की भावना और उत्सव सब कुछ भूल चुके हैं। यही सब तो ध्यान के गुण हैं। ध्यान से भरा व्यक्ति वास्तव में खेलपूर्ण होता है: उसके लिये जीवन एक मजाक होता है।

जीवन एक खेल ही है, लीला है। वह उसका बहुत आनंद लेता है। वह गम्भीर नहीं होता, तनावरहित या विश्रामपूर्ण होता है।

❑❑

ध्यान है ....

समझ

ध्यान के संबंध में जो सबसे प्राथमिक और आवश्यक बात तुम्हें समझनी होगी, वह यह है कि कोई विधि ध्यान तक नहीं ले जाती। जहाँ तक ध्यान का संबंध है, कथित पुरानी विधियाँ और जीवन को समृद्ध बनाने वाली (बायो फीड बैक) विधियाँ भी एक जैसी हैं। ध्यान किसी विधि के दौरान संयोग से निकली कोई वस्तु नहीं हैं। ध्यान तो मन के पार घटता है। कोई भी विधि, मन के पार नहीं जा सकती।

लेकिन विज्ञान के क्षेत्र में एक बहुत बड़ी गलतफहमी होती जा रही है, जिसका एक निश्चित आधार है। सारी गलतफहमी का आधार यह है— जब किसी का अस्तित्व ध्यान की स्थिति में होता है तो वह मन में विशेष प्रकार की तरंगें उत्पन्न करता है। यह तरंगें बाहर के तकनीकी साधनों से भी उत्पन्न की जा सकती हैं। लेकिन यह लहरें ध्यान सृजित नहीं कर पायेंगी — यही गलतफहमी है।

ध्यान उन तरंगों को सृजित करता है। यह मन ही है जिसमें आंतरिक संसार प्रतिबिम्बित होता है। अंदर जो भी घट रहा है तुम उसे देख नहीं सकते। लेकिन मन में क्या घट रहा है, इसे तुम देख सकते हो..... जब एक व्यक्ति नींद में है तो हम जिस तरह की तरंगें बन रही हैं, उन्हें जाँच सकते हैं। जब व्यक्ति कोई स्वप्न देख रहा है, और जब कोई ध्यान कर रहा है, उन्हें जाँच सकते हैं। लेकिन मात्र तरंगें सृजित करने से तुम वह स्थिति उत्पन्न नहीं कर सकते क्योंकि ये तरंगें तो केवल लक्षण हैं, संकेत हैं। यह बहुत अच्छा है, तुम उनका अध्ययन कर सकते हो। लेकिन याद रखें, ध्यान तक जाने के लिये कोई शार्टकट या अलग से कोई पगडंडी नहीं है, और न कोई यांत्रिक विधि इसमें सहायक हो सकती है। वास्तव में ध्यान के लिये किसी विधि की जरूरत ही नहीं है, भले ही वह वैज्ञानिक विधि ही हो।

ध्यान तो शुद्ध रूप से एक समझ है। यह प्रश्न केवल शांत होकर बैठ जाने का नहीं है, न यह प्रश्न मंत्रजाप करने का है। यह प्रश्न तो मन की सूक्ष्म कार्यविधि को समझने का है। यदि तुम मन की कार्यविधि

को एक बार समझ गये, तुम्हारे अंदर एक बहुत बड़ी जागरूकता या एक होश का उदय होता है, जिसका मन से कोई सम्बन्ध नहीं। इस जागरूकता का उदय तुम्हारे अस्तित्व से, तुम्हारी आत्मा और चेतनता से होता है।

मन में केवल एक मंत्र जैसी व्यवस्था है। लेकिन जब होश का उदय होता है तो उसके चारों ओर निश्चित ही एक ऊर्जा-मंडल उत्पन्न हो जाता है। इस ऊर्जा-मंडल को मन द्वारा नोट किया जाता है। मन की यांत्रिक व्यवस्था अति सूक्ष्म है।

और तुम बाहर से अध्ययन कर रहे हो, इसलिये अधिक-से-अधिक तुम मन के बारे में ही जान सकते हो। यह देखकर कि जब कोई व्यक्ति मौन, निर्मल और शांतिपूर्ण होता है, तो मन में निश्चित रूप से हमेशा तरंगें प्रकट होती ही हैं। विज्ञान की सोच यह कहेगी कि यदि हम मन में तरंगों को एक नमूने के रूप में उत्पन्न कर सकते हैं तो किसी जीवन को समृद्ध करने वाली विधि द्वारा, हम अस्तित्व में चेतना की ऊँचाइयों तक भी पहुँच सकेंगे। यह सवाल कारण और प्रभाव का नहीं है। मन में यह तरंगें ध्यान का कारण नहीं हैं, बल्कि उसके विपरीत ये उसका प्रभाव हैं। लेकिन प्रभाव से तुम कारण की ओर गति नहीं कर सकते। यह सम्भव है कि जीवन को समृद्ध बनाने वाली विधि (बायोफीड बैक) द्वारा तुम निश्चित रूप से मन में कुछ उसी तरह के नमूने उत्पन्न कर सको और वह व्यक्ति को शांति, मौन और निर्मलता का अनुभव करा सकें। क्योंकि कोई भी व्यक्ति स्वयं यह नहीं जानता कि ध्यान क्या है और उसके पास तुलना करने का भी कोई उपाय नहीं है। वह यह विश्वास करते हुए कि वह ध्यान ही है, पथभ्रष्ट किया जा सकता है—लेकिन ऐसा है नहीं! क्योंकि जैसे ही "बायोफीड बैक" की यांत्रिक-व्यवस्था रोक दी जाती है, शांति और मौन की तरंगें भी तुरन्त गायब हो जाती हैं और मौन शांति और निर्मलता भी चली जाती है।

और तुम इन वैज्ञानिक उपकरणों के साथ वर्षों तक अभ्यास भी किये जाओ, फिर भी यह तुम्हारी प्रकृति या चरित्र नहीं बदल सकेंगी, यह तुम्हारा सदाचार नहीं बदल सकेंगी, यह तुम्हारी वैयक्तिकता नहीं बदल सकेंगी। तुम जैसे-के-तैसे ही बने रहोगे।

ध्यान रूपान्तरण होता है। वह तुम्हें चेतना के उच्चतम शिखर तक ले जाता है और तुम्हारी पूरी जीवन शैली को बदल देता है। वह तुम्हारी प्रतिक्रियाओं को उत्तरों में इस सीमा तक बदल देता है कि विश्वास ही नहीं होता कि एक व्यक्ति जो क्रोध की स्थिति में जिस प्रकार प्रभावित होता था, अब क्रोध की उसी स्थिति में वह गहरी करुणा और प्रेम से भरा व्यवहार कर रहा है। ध्यान, अस्तित्व की एक ऐसी दशा है, जहाँ तुम समझ के द्वारा पहुँचते हो।

इसे समझ की जरूरत है, विधियों की कोई जरूरत नहीं।

❑❑

ध्यान है....

आनंद को बांटना

स्वयं अपनी ही उपस्थिति में प्रसन्न होना ही ध्यान है। ध्यान, स्वयं तुम्हारे होने में ही प्रसन्नता का साधन है। यह बहुत स्वाभाविक चेतना की, परम विश्राम की दशा है, जहाँ तुम कुछ भी नहीं कर रहे हो। जिस क्षण, 'कुछ करने' का प्रवेश होता है, तुम तनाव से भर जाते हो। तुरन्त बेचैनी प्रविष्ट हो जाती है, इसे किया कैसे जाये? अब करना क्या है? सफल कैसे हुआ जाये? ऐसा कैसे हो कि असफल न होना पड़े? तुम पहले ही भविष्य में गतिशील हो चुके होते हो। ध्यान में तो बस होना है, करना कुछ भी नहीं है — न कोई क्रिया, न कोई विचार, न कोई भाव। तुम उस क्षण जैसे हो, बने रहो, और यही परिपूर्ण प्रसन्नता है।

जब तुम कुछ भी नहीं कर रहे हो तो यह प्रसन्नता आती कहाँ से है? यह कहीं से भी नहीं आती, या हर कहीं से आती है। यह अकारण है, क्योंकि अस्तित्व जिस चीज से बना है, वह है आनंद। इसे न कारण की और न किसी तर्क की जरूरत है। यदि तुम अप्रसन्न हो तो तुम्हारे अप्रसन्न होने का कुछ कारण है, पर यदि तुम प्रसन्न हो तुम स्वाभाविक रूप से प्रसन्न हो — उसका कोई कारण है ही नहीं।

तुम्हारा मन कारण खोजने का प्रयास करता है, क्योंकि उसे विश्वास नहीं होता कि कुछ भी अकारण होता है, क्योंकि वह अकारण को नियंत्रित नहीं कर सकता। अकारण के साथ मन पूरी तरह असहाय हो जाता है, इसलिये मन कोई-न-कोई कारण ढूंढ़ता रहता है। लेकिन मैं तुम्हें यह बताना चाहता हूँ कि तुम जब भी प्रसन्न होते हो, तुम बिना किसी कारण ही प्रसन्न होते हो। जब भी तुम अप्रसन्न होते हो, तुम्हारे पास अप्रसन्न होने का कुछ कारण होता है क्योंकि प्रसन्नता भी ठीक उसी पदार्थ की तरह है जिससे तुम बने हुए हो। वह तुम्हारा अस्तित्व है, वह तुम्हारा ही, अंदर सबसे भीतरी केन्द्र है। आनंद ही तुम्हारा सबसे अधिक आंतरिक केन्द्र है।

जरा वृक्षों की ओर देखो, पक्षियों को सुनो, घुमड़ते मेघों को निहारो, सितारों की ओर ताको.....

और तुम्हारे पास यदि आँखें हैं, तुम सभी देखने में समर्थ हो सकोगे कि पूरा अस्तित्व आनंद में झूम रहा है। प्रत्येक वस्तु स्वाभाविक रूप से प्रसन्न है। वृक्ष आनंदित है बिना किसी कारण; वे प्रधानमंत्री या राष्ट्रपति बनने नहीं जा रहे हैं और न वह धनी होने जा रहे हैं, और न कभी उनके पास कोई बैंक बैलेन्स होगा। जरा फूलों की ओर दृष्टिपात करो, वह बिना किसी कारण खिले हैं। यह पूरी तरह अविश्वसनीय लगता है कि आखिर फूल इतने प्रसन्न क्यों हैं? पूरा अस्तित्व ही जिस पदार्थ से बना है उसे कहते हैं—आनंद।

❑❑

ध्यान है ....

तनावरहित या विश्रामपूर्ण होना

ध्यान विश्राम है, परम विश्राम की स्थिति, सभी क्रियाओं का पूरी तरह रुक जाना — शारीरिक, मानसिक और भावनात्मक सभी प्रकार की प्रक्रियाएँ। जब तुम ऐसी गहन विश्राम की दशा में होते हो, जब तुम्हारे अंदर कुछ भी नहीं चल रहा होता है, जब सभी कार्य ज्यों-के-त्यों रुक जाते हैं, जब तुम गहरी नींद से भरे हुए, फिर भी जागे हुए होते हो, तभी तुम जान पाते हो कि तुम कौन हो। तभी अचानक कोई खिड़की खुल जाती है। यह प्रयास के द्वारा तो खुल ही नहीं सकती। क्योंकि प्रयास करने से तनाव उत्पन्न होता है और तनाव ही हमारे सभी दुःखों का कारण है। इसलिये मूलभूत आवश्यक बातों में यह समझ लेना बहुत जरूरी है कि ध्यान, प्रयास करना नहीं है।

ध्यान के प्रति किसी को भी बहुत अधिक खेलपूर्ण होना चाहिये, उसे हास-परिहास की तरह लेते हुये उसमें आनंद लेना सीखना है। उसे इसके बारे में गंभीर नहीं बनना है— तुम गम्भीर हुये नहीं कि तुम चूक गये। किसी को भी बहुत आनंदपूर्वक होकर उसमें प्रवेश करना है। और उसे सतत जागरूक बने रहना है कि वह गहरे-से-गहरे विश्राम में जी रहा है।

यह कोई एकाग्रता नहीं है, बल्कि ठीक इससे उलटा है। यह तो परम विश्राम है। जब तुम पूरी तरह तनावमुक्त या विश्रामपूर्ण होते हो, तब पहली बार तुम्हें अपनी वास्तविकता का अनुभव होना प्रारम्भ होता है। तुम अपने अस्तित्व के सामने चेहरे-से-चेहरा मिलाकर खड़े होते हो। जब तुम किसी काम में लगे होते हो तो इससे अधिक व्यस्त होते हो कि अपने-आपको देख ही नहीं पाते। सक्रियता ही तुम्हारे चारों ओर बहुत अधिक धुआं निर्मित कर देती है, वह तुम्हें काफी धूल से भर लेती है। अतएव प्रत्येक दिन कम-से-कम कुछ घंटों के लिये सारी सक्रियता ही मिटा देनी होती है। ऐसा केवल प्रारम्भ में ही होना है।

जब तुम विश्राम में बने रहने की कला सीख लेते हो तो तुम विश्रामपूर्ण और सक्रिय साथ-साथ हो सकते हो, तब तुम्हें ज्ञात होता है कि विश्रामपूर्ण होना इतनी आंतरिक चीज है कि बाहर कुछ भी होने से उसमें कोई बाधा नहीं पड़ सकती। परिधि पर क्रियाशीलता बनी रहती है, लेकिन केन्द्र पर तुम विश्रामपूर्ण रहते हो। इसलिये केवल प्रारम्भ में कुछ घंटों के लिये क्रियाशीलता रोकनी होती है। जब कोई भी यह कला सीख लेता है तो फिर दिन के चौबीसों घंटों का तो फिर सवाल ही पैदा नहीं होता, कोई भी सामान्य जीवन के सभी क्रिया-कलाप करते हुये भी ध्यानपूर्ण बना रह सकता है।

लेकिन याद रखें, कुंजी रूप में केवल एक शब्द है, और वह है, विश्राम, परम विश्राम। कभी विश्राम और तनावहीनता के विरुद्ध न जायें। अपने जीवन को कुछ इस तरह से संयोजित करें कि सभी व्यर्थ की क्रियाशीलता समाप्त हो जाये, क्योंकि नब्बे प्रतिशत तो व्यर्थ की सक्रियता है। अपने-आपको बराबर व्यस्त रखना, अपने का मारने जैसा है। जो अत्यावश्यक है, केवल वही काम करो और अपनी अधिक-से-अधिक ऊर्जा का प्रयोग अपनी अंतर्यात्रा में करो। तभी वह चमत्कार घटता है, जब सक्रिय होते हुएं भी तुम उसके ही साथ-साथ विश्रामपूर्ण भी बने रहते हो। यही धार्मिक और सांसारिक होने का मिलन बिंदु है, यही इस संसार और पार का तथा सही भौतिकता और आध्यात्मिकता का मिलन बिंदु है।

❑❑

ध्यान है....

उत्तेजनारहित होना

यदि तुम किसी ईसाई कैथोलिक, जैन और बौद्ध साधुओं, मुनियों और श्रावकों के पास जाओ तो तुम उन्हें उत्तेजित या भयातुर पाओगे। हो सकता है अपने-अपने मठों में वे इतने उत्तेजित न हों, पर मठों से बाहर की दुनिया में तुम उन्हें बहुत-बहुत भयातुर और उत्तेजित पाओगे। क्योंकि संसार में प्रत्येक कदम पर प्रलोभन है। पर ध्यान करने वाला व्यक्ति उस स्थिति तक आ जाता है जहाँ कोई प्रलोभन नहीं रह जाता। जरा इसे समझने की कोशिश करें। प्रलोभन कभी बाहर से नहीं आता, वह हमारी ही दमित इच्छा है, दमित ऊर्जा है, दमित क्रोध है, दमित सैक्स और दमित लालच है, जो प्रलोभन उत्पन्न करता है। प्रलोभन तुम्हारे ही अंदर से आता है, उसका बाहर के साथ कुछ लेना-देना नहीं है। ऐसा नहीं है कि कोई शैतान आकर तुम्हें प्रलोभन देता है, वह तुम्हारा ही दमित मन है जो शैतान बनकर तुमसे बदला लेना चाहता है।

इस मन को नियंत्रित करने के लिये किसी को भी इतना अनुभव शून्य होते हुये बर्फ की तरह जम जाना होगा कि जीवन ऊर्जा को अंगों या शरीर में गति करने की छूट ही न दी जाये। यदि ऊर्जा को गति करने की छूट दे दी गई तो दमन सतह तक आयेंगे ही। यही कारण है कि लोगों ने यही सीखा है कि कैसे अनुभव शून्य हुआ जाये, कैसे दूसरों को स्पर्श करते हुए भी ऐसा लगे कि उन्हें स्पर्श किया ही नहीं, कैसे लोगों को देखकर भी अनदेखा किया जाये।

लोग जीवन को लोहे की तरह ढाल लेते हैं — "हेलो! कैसे हैं आप? किसी का किसी चीज से कोई मतलब नहीं। यह दो व्यक्तियों के आमने सामने के टकराव को ठीक टालने जैसा है। लोग एक दूसरे की आँखों में नहीं झाँकते, एक दूसरे से हाथ नहीं मिलाते, वह एक दूसरे की ऊर्जा को महसूस करने की कोशिश नहीं करते, वह अपने को एक-दूसरे में उड़ेलने की इजाजत नहीं देते। बहुत डरे-डरे से रहते हैं। किसी

तरह उन्होंने ऐसा इंतजाम कर लिया है, अपने को इतना ठंडा और मृत बनाकर, जैसे एक सुरक्षा कवच से अपने को ढक रखा है। ध्यान से भरे व्यक्ति ने तो सीखा है कि कैसे छलकती हुई अधिकतम ऊर्जा को अपने अनुकूल बनाकर रहा जाये। वह शिखर पर रहता है, वह शिखर पर ही निवास बनाकर रहता है। निश्चित ही उसमें एक ऊष्मा है, लेकिन वह ज्वरग्रस्त नहीं है, उसकी ऊष्मा उसके जीवन का संकेत है। वह उत्तेजित नहीं, शांत है, अनिद्वग्न है, क्योंकि वह अपने साथ इच्छाओं को लिये नहीं चल रहा। वह इतना है कि अब उसे किसी और आनंद की तलाश नहीं है। वह इतने आराम से अपने घर में है, कि उसे अब कहीं और जाना नहीं है, उसे दौड़ते हुये किसी का पीछा नहीं करना है। वह बहुत शांत, शीतल और उत्तेजनारहित हो गया है।

❑❑

ध्यान है ....

एकात्म होना

सेक्स में इतनी अधिक कशिश इसीलिये है क्योंकि एक क्षण के लिये सेक्स के साथ तुम एकाकार हो जाते हो। लेकिन उस क्षण तुम्हें होश नहीं रहता। तुम्हें बेहोशी की ही तलाश है क्योंकि तुम एक हो जाना चाहते हो। लेकिन तुम जितनी अधिक उसकी तलाश करते हो, उतने अधिक तुम सचेतन होते जाते हो। तब तुम सेक्स के आनंद का अनुभव नहीं करोगे, क्योंकि वह आनंद तो कहीं गहरे-अचेतन से आ रहा है। तुम चरम प्रेम के क्षण में अचेतन हो जाते हो। तुम्हारा होश खो जाता है। एक क्षण के लिये तुम जैसे अतल गहराई में उतर जाते हो — लेकिन अचेतन रूप से। लेकिन तुम उसे जितना अधिक खोजते हो, उतना अधिक तुम उसे खो देते हो। अंत में संभोग में एक क्षण ऐसा आता है जब गहरे अचेतन में जाने के क्षण फिर नहीं घटते। वह अतल गहराई खो जाती है, वह आनंद खो जाता है। तब वह कृत्य एक मूर्खतापूर्ण हो जाता है। वह मात्र एक यांत्रिक स्खलन रह जाता है, फिर उसमें दिव्यता जैसी कोई चीज नहीं रह जाती।

हम अभी तक केवल अचेतन रूप से ही एकात्म को जानते रहे हैं, हमने कभी सचेतन एकात्मकता को नहीं जाना है। ध्यान यही सचेतन एकात्मकता है। यह कामुकता का ठीक दूसरा विपरीत छोर है। एक छोर सेक्स है, अचेतन रूप से एकात्म होने की स्थिति है, तो दूसरा छोर है, ध्यान, सचेतन एकात्मकता। सेक्स, एकात्म की अनुभूति होने का निम्नतम बिन्दु है और ध्यान-शिखर एकात्मकता की अनुभूति का सर्वोच्च शिखर है। जो अंतर है, वह अंतर है चेतना का। पश्चिम का चित्त अब ध्यान के संबंध में विचार कर रहा है, क्योंकि सेक्स की अपील ही खो गई है। जब भी कोई समाज दमन से मुक्त हो जाता है तो ध्यान का अनुसरण करेगा ही, क्योंकि अवरोधरहित सेक्स, उसके रोमांस और सौंदर्य की हत्या कर देता है, वह उसकी दिव्यता को नष्ट कर देता है। यदि बहुत अधिक सेक्स

हो, तो तुम निरन्तर अचेतनता में नहीं बने रह सकते। एक सेक्स दमित समाज कामुक बन सकता है लेकिन दमनमुक्त, अवरोध मुक्त समाज कामुकता के साथ हमेशा के लिये नहीं रह सकता। उसे अतिक्रमण करना ही होगा। इसलिये यदि समाज कामुक है, तो वह ध्यान का अनुसरण करेगा ही। मेरे लिये कामुकता से मुक्त समाज होना ही, तलाश करने, और जानने की दिशा में उठाया गया पहला कदम है।

❑❑

ध्यान है....

पुनर्सृजन

मैं सेक्स के विरुद्ध नहीं हूँ, और न मैं सेक्स को छोड़ने के लिये कह रहा हूँ। इसे समझने की कोशिश करें, उस पर ध्यान दें — मात्र बेहोशी या मूर्च्छा में ही रहते हुए एकदम जाकर प्रेम न करने लगें — और यही तुम्हारा सबसे बड़ा ध्यान बन जायेगा। अधिक सचेतन, सजग, जागरूक होकर देखें, कि वास्तव में हो क्या रहा है ? क्या आनंद के यह क्षण सेक्स के माध्यम से आ रहे हैं, अथवा इसलिये हैं, क्योंकि कुछ क्षणों के लिये चाह समाप्त होकर सेक्स विलीन हो गया है ? संभोग करने के कुछ घंटों बाद तक, तुम सेक्स के बारे में सोचते ही नहीं, क्योंकि तुम शांत हो, संतुष्ट हो। फिर इच्छा उठेगी और फिर मिटेगी, फिर आंदोलित हो उठोगे और तुम्हारी झील में लहरें उठने लगेंगी, और किनारे रेत पर निशान छोड़ जाएंगी। यदि कोई भी किसी के कामकृत्य पर ध्यान करे तो जीवन के महान छिपे रहस्य उसकी समझ में आना शुरू हो जाते हैं। उनकी चाभी सेक्स ही थामे हुए है। यह कुंजी केवल बच्चे पैदा करने के लिये ही नहीं है, यह तुम्हीं को पुनः सृजित किये जाने वाली कुंजी भी है। यह मात्र संतान उत्पन्न किये जाने के लिये ही नहीं है, यह वास्तव में मनोरंजन के लिये, तनाव रहित होने के लिये भी है।

अंग्रेजी में 'रिक्रियेशन' शब्द, अपना मूल अर्थ खो चुका है। अब 'रिक्रियेशन' का अर्थ है छुट्टी का आनंद लेना, हँसी-मजाक में खुश होना, इधर-उधर खेलना, मनोरंजन करना। लेकिन वास्तव में जब तुम खेल रहे हो और अवकाश मना रहे हो, तो किसी चीज का तुम्हारे अंदर जो सृजन हो रहा है — वही वास्तव में 'रिक्रियेशन' है, वह मात्र मनोरंजन नहीं है। कुछ ऐसी चीज है, जो कार्य करते हुये मर जाती है और दिन-प्रतिदिन के संसार में फिर से जन्मती है। ओर लोगों के जीवन में सेक्स सबसे अधिक मनोरंजक कृत्य है। वही उनका मनोरंजन है। लेकिन एक उच्च्च धरातल पर वह वास्तव में पुनर्सृजन है, वह मात्र एक हास-परिहास नहीं है। वह अपने में महान रहस्य छिपाये हुए है, और पहला रहस्य है— कि जब तुम ध्यान

करते हो, तभी उसे देख सकोगे—वह आनंद तभी मिलता है जब सेक्स तिरोहित हो जाता है। और जब भी तुम आनंद के क्षणों में होते हो, समय भी तिरोहित हो जाता है—यदि तुम उस पर ध्यान करते हो तो मन भी मिट जाता है। और ध्यान की यही विशेषताएँ हैं।

मेरा अपना निरीक्षण यही है कि संसार में ध्यान की पहली झलक तो संभोग के द्वारा ही आनी चाहिए; इसके सिवा कोई दूसरा मार्ग नहीं है। संभोग के द्वारा ही ध्यान को जीवन में प्रविष्ट होना चाहिये, क्योंकि यही सबसे अधिक ध्यानपूर्ण घटना है। लेकिन केवल तभी, यदि तुमने इसे ठीक से समझ लिया, यदि तुम उसके अंदर गहराई से डूबे, यदि तुमने उसका प्रयोग किसी नशे की दवा की तरह नहीं किया, तब धीमे-धीमे ज्यों-ज्यों अधिक समझ विकसित होती है, उतनी ही अधिक माँग भी तिरोहित होने लगती है, और एक दिन ऐसी स्वतंत्रता आती है, जब सेक्स फिर बार-बार लौटकर नहीं आता। तब कोई भी मौन, शांत और पूर्ण रूप से स्वयं में स्थिर हो जाता है। दूसरे की ज़रूरत ही नहीं रह जाती है। वह फिर भी प्रेम कृत्य में जा तो सकता है यदि कोई उसका स्वयं चुनाव करता है, लेकिन उसे कोई ज़रूरत नहीं रहती।

तब वह एक प्रकार की सहभागिता होती है।

❑❑

ध्यान है....

विश्रामपूर्ण होना

जब मैं यह कहता हूँ, "अहंकार को गिरा दो, मन को मिटा दो" तो मेरे कहने का अर्थ यह नहीं है कि तुम अपनी बुद्धि का प्रयोग कर ही नहीं सकते। वास्तव में तब तुम बुद्धि में जकड़ते नहीं हो, तुम उसका कहीं अधिक अच्छा, कहीं अधिक योग्यता से प्रयोग कर सकते हो—क्योंकि जो ऊर्जा पकड़ने और जकड़ने में लग रही थी, अब और उपलब्ध होती है। और जब तुम निरन्तर दिन के चौबीस घंटे बुद्धि से ही काम करते हो, तो मन को थोड़ा-सा विश्राम चाहिये।

क्या तुम्हें पता है ?—यहाँ तक कि धातुओं को भी विश्राम की आवश्यकता होती है, वे भी काम करते-करते थक जाती हैं। इसलिये मन के इस सूक्ष्म तंत्र के बारे में तो कहना ही क्या ? यह विश्व में सबसे सूक्ष्म यांत्रिक व्यवस्था है। इतनी-सी छोटी खोपड़ी में, तुम इतनी जटिल जीवन-पद्धति को संचालित करने वाला कम्प्यूटर लिये हुए हो, जिसका मुकाबला मनुष्य द्वारा बनाया कोई कम्प्यूटर अब तक करने में समर्थ नहीं है। वैज्ञानिक कहते हैं कि अकेले एक मनुष्य के दिमाग में सारे संसार के पुस्तकालय समा सकते हैं और फिर भी शेष काफी जगह खाली रहेगी। और तुम निरन्तर उसी का प्रयोग किये जा रहे हो और वह भी व्यर्थ में, अनावश्यक रूप से। तुम यह भूल ही गये हो कि उसे भी थोड़ा विश्राम दिया जाये। सत्तर वर्ष या अस्सी वर्ष तक तुम उसका स्विच 'ऑन' ही रखते हो, काम करते-करते वह भी थक गया है। यही कारण है कि लोगों ने कुशाग्रता खो दी है, और इसका साधारण-सा एक ही कारण है कि वे इसे बहुत अधिक थका चुके हैं। यदि मस्तिष्क को थोड़ा सा आराम मिल सके, यदि तुम कभी एक बार मस्तिष्क को अवकाश दे सको, तो वह फिर से युवा हो सकेगा, वह अधिक बुद्धिमान, अधिक कार्यकुशल और योग्य हो सकेगा।

इसीलिये मैं यह नहीं कह रहा हूँ कि तुम अपने मस्तिष्क का प्रयोग मत करो, मस्तिष्क के द्वारा अपना भी प्रयोग मत होने दो। अभी तो मस्तिष्क या मन ही मालिक है और तुम उसके केवल एक गुलाम

हो। ध्यान तुम्हें कुछ और ही बना देता है और मन फिर गुलाम हो जाता है। और स्मरण रखें, मन का मालिक जैसा बनना खतरनाक है, क्योंकि आखिरकार मन एक यंत्र है। लेकिन यदि मन गुलाम है तो यह बुहत अधिक महत्त्वपूर्ण और उपयोगी है। मशीन को, मशीन की प्रकार ही कार्य करना चाहिये, न कि मालिक की तरह। हमारी सभी प्राथमिकताएँ ऊपर नीचे हो गई हैं तुम्हारी चेतना को ही मालिक बनना चाहिये।

इसलिये जब कभी तुम उसका प्रयोग करना चाहते हो, पूरब में या पश्चिम में — तुम्हें उसकी असली ज़रूरत बीच बाजार में ही होगी — उसका प्रयोग करो। लेकिन जब तुम्हें उसकी ज़रूरत नहीं है, जब तुम अपने घर में तरणताल के किनारे या अपने उद्यान में विश्राम कर रहे हो, उसकी कोई आवश्यकता है ही नहीं। उसे एक तरफ रख दो। भूल ही जाओ उसके बारे में। तब उस क्षण में ही बने रहो।

❑ ❑

ध्यान है ....

मालिक बनना

बिना भाषा के समाज का कोई अस्तित्व है ही नहीं। उसे भाषा की ज़रूरत है। लेकिन अस्तित्व को उसकी कोई ज़रूरत नहीं है। मैं यह नहीं कह रहा हूँ कि तुम्हें बिना भाषा के रहना चाहिये। तुम्हें उसका प्रयोग तो करना ही होगा। लेकिन तुम्हें चाहिये यह कि तुम उसकी शब्दों के प्रति समझने की यांत्रिकता का बटन घुमाने में समर्थ होकर उसे चला सको या बंद कर सको।

जब तुम एक सामाजिक प्राणी की प्रकार रह रहे हो, तभी भाषा तंत्र की जरूरत है, लेकिन जब तुम अस्तित्व के साथ अकेले हो, तुम्हें उसका बटन 'ऑफ' करने की योग्यता होनी चाहिये। यदि तुम बटन घुमाकर उसे बंद कर सकते हो—और यदि वह खुला ही रहे, और तुम उसे बंद करने में समर्थ नहीं हो—तब तुम्हें उसका गुलाम बनना ही होगा। मस्तिष्क को एक उपकरण ही बना रहना चाहिये, मालिक नहीं।

जब मस्तिष्क या मन मालिक बन जाता है, तो बिना ध्यान की स्थिति हो जाती है। जब मालिक तुम होते हो, तुम्हारी चेतना मालिक होती है, तो एक ध्यानपूर्ण दशा अस्तित्व में आती है। इसीलिये ध्यान का अर्थ है, मन के उपकरण का मालिक बनना।

❑❑

ध्यान है....

अंतराल में बने रहना

अपनी मानसिक प्रक्रियाओं के प्रति सजग रहें कि मन किस प्रकार कार्य करता है। जिस क्षण भी तुम मन की कार्य-विधि के प्रति सजग हो जाते हो, तुम मन रहते ही नहीं। जागरूकता या सजगता का अर्थ ही है कि उसके पास चले गये तुम, उससे अलग अब तुम साक्षी हो। और तुम जितने अधिक सजग होगे, उतने ही अधिक तुम अनुभव और शब्दों के बीच के अंतराल को देखने में समर्थ हो सकोगे। उनके बीच खाली स्थान तो हैं, लेकिन होशपूर्ण होने के कारण ही वे कभी दिखाई नहीं देते।

दो शब्दों के बीच हमेशा एक खाली स्थान होता ही है, वह कितना भी अबूझ, बहुत छोटा-सा तथा ज्ञानेन्द्रियों की पहुँच से परे भले ही हो। अन्यथा दो शब्द दो नहीं हो सकते, वे एक ही हो जायेंगे। संगीत के दो स्वरों के बीच भी हमेशा एक अंतराल होता है, एक मौन होता है। दो शब्द या दो स्वर दो हो ही नहीं सकते, जब तक कि उनके बीच कोई अंतराल न हो। हमेशा उनके मध्य एक मौन होता ही है, लेकिन उसके लिये उसका अनुभव करने के लिये, किसी को भी बहुत सजग, और बहुत ध्यानपूर्ण होना होगा।

तुम जितने अधिक होश से भरते जाते हो, मन उतना ही मंद और शांत होता जाता है। यह हमेशा तुलनात्मक है। तुम जितना कम जागरूक हो, मन उतना ही अधिक तीव्र है, और तुम जितने अधिक सजग हो, तो मन की क्रियाशीलता उतनी ही मंद हो जाती है। जब तुम मन के प्रति अधिक होशपूर्ण होते हो, मन शिथिल और सुस्त हो जाता है और विचारों के मध्य का अंतराल लम्बा होता जाता है और तब उसे देख सकते हो तुम।

यह ठीक एक सिनेमा फिल्म की प्रकार है। जब प्रोजेक्टर धीमी गति से चलाया जाता है, तुम वह खाली स्थान या अंतराल देख सकते हो। यदि मैं अपना हाथ ऊपर उठाता हूँ, तो इसे हजारों हिस्सों

में फिल्माया जाता है। प्रत्येक भाग या स्थिति की एक अलग फोटो होती है। जब ये हजारों फोटोग्राफ तुम्हारी आँखों के सामने तेजी से गुजरते हैं, तो तुम उनके बीच के अंतराल को नहीं देख पाते हो, तब तुम हाथ ऊपर उठने की प्रक्रिया देखते हो। लेकिन धीमी गति में दो फोटो के बीच के अंतराल दिखाई देते हैं। मन भी ठीक एक फिल्म की प्रकार है। उसमें भी खाली स्थान हैं। तुम अपने मन के प्रति जितना अधिक ध्यान देते हो, तुम उन्हें उतना ही अधिक देख सकते हो। यह ठीक एक गेस्टाल्ट चित्र की प्रकार है। एक ऐसा चित्र जिसमें एक ही समय दो छवियाँ अंकित होती हैं। एक बार में या तो पहली छवि देखी जा सकती है अथवा दूसरी, लेकिन तुम एक साथ दोनों छवियाँ नहीं देख सकते। यह एक वृद्धा की तस्वीर हो सकती है और उसी समय एक युवा स्त्री की भी तस्वीर हो सकती है। लेकिन यदि एक बार तुम एक चित्र पर ध्यान केन्द्रित करो तो तुम दूसरा नहीं देख सकोगे। और जब तुम दूसरे चित्र पर ध्यान केन्द्रित करते हो तो पहला चित्र खो जाता है। तुम भले ही यह अच्छी तरह जानते हो कि तुमने दोनों ही छवियाँ देखी हैं, पर तुम उन्हें साथ-साथ नहीं देख सकते। ऐसी ही चीज मन के साथ भी होती है। यदि तुम दो शब्दों को देखते हो तुम उनके बीच के अंतराल को नहीं देख पाते, और यदि तुम अंतराल को देखते हो तो शब्दों को नहीं देख पाते।

खाली स्थान प्रत्येक शब्द का अनुसरण कर रहा है, और प्रत्येक शब्द, अंतराल का अनुसरण कर रहा है, लेकिन तुम साथ-साथ दोनों को नहीं देख सकते। यदि तुम अंतरालों पर ध्यान केन्द्रित करते हो तो शब्द खो जायेंगे और तुम ध्यान की स्थिति में चले जाओगे। वह चेतना जो केवल शब्दों पर केन्द्रित है, उसका ध्यान से कोई संबंध नही, और जो चेतना अंतरालों पर केन्द्रित है, वह ध्यान है। तुम जब भी अंतरालों के प्रति जागरूक या सजग होते हो, तो शब्द खो जाते हैं। यदि तुम सावधानी से निरीक्षण करो तो तुम शब्दों को कहीं पाओगे ही नहीं। तुम्हें केवल अंतराल मिलेंगे।

तुम दो शब्दों के मध्य की भिन्नता का अनुभव तो कर सकते हो, पर तुम अंतरालों के मध्य के अंतर को महसूस नहीं कर सकते। शब्द सदैव बहुवचन हैं और अंतराल सदैव एक वचन है। वे मिलकर एक हो जाते हैं।

अंतराल पर चेतना का केन्द्रित करना ही ध्यान है।

❑❑

ध्यान है....

वर्तमान में रहना

मन एकाग्रता है। वह अतीत में रहने की विधि है। ध्यान, वर्तमान में ही रहने की विधि है। यह वर्तमान के विषय में दिया गया शुद्धतम उत्तर है। यह कोई प्रतिक्रिया नहीं है, यह निर्णय लेकर कार्य नहीं करता, अस्तित्वगत जो भी दिखाई देता है, उसे देखकर ही यह कार्य करता है। अपने जीवन में इसका निरीक्षण करें। ऐसा करने में बहुत अंतर हो जाता है, जब तुम निर्णय लेकर कोई कार्य करते हो। तुम एक व्यक्ति को देखते हो, तुम्हें वह आकर्षक लगता है—एक सुंदर आदमी, बहुत अच्छा और भोला दिखाई देता है। उसकी आँखें सुंदर हैं, उसकी चाल सुंदर है, लेकिन तब वह व्यक्ति अपना परिचय देता हुआ कहता है कि "मैं एक यहूदी हूँ"—और तुम ईसाई हो, तुरन्त ही कोई चीज तुम्हारे अंदर खड़खड़ाने लगती है और एक दूरी बन जाती है। अब वह आदमी न तो भोला ही रह गया और न सुंदर रह गया। यहूदियों के बारे में कुछ विचार हैं। अथवा वह ईसाई है और तुम यहूदी हो।

ईसाइयों के संबंध में तुम्हारी कुछ धारणा है—अतीत में ईसाइयों ने यहूदियों के साथ क्या किया था, दूसरे ईसाई, यहूदियों के साथ क्या कर रहे हैं, किस प्रकार सदियों तक वह यहूदियों को यातनाएँ देते रहे..... और अकस्मात रूप से वह चूँकि ईसाई हैं—और कुछ चीज तुरन्त परिवर्तित हो जाती है। यह जो कुछ हो रहा है, वह पूर्वाग्रहों, निर्णयों या निष्कर्षों के फलस्वरूप है। यह निष्कर्ष इस आदमी को देखकर नहीं निकाला गया है, क्योंकि यह आदमी वह आदमी नहीं हो सकता, जिसे तुम सोचे हुए थे कि वह यहूदी होना चाहिये.... क्योंकि प्रत्येक यहूदी एक भिन्न प्रकार का व्यक्ति होता है, प्रत्येक हिन्दू एक भिन्न प्रकार का मनुष्य होता है, ऐसा ही प्रत्येक मुसलमान के संबंध में भी है।

तुम अपने पूर्वाग्रहों के विरुद्ध कुछ भी नहीं कर सकते। तुम लोगों की श्रेणियाँ बनाकर कोई नियम नहीं बना सकते, तुम लोगों को कबूतर के दड़बों में कैद नहीं कर सकते, और कोई व्यक्ति दड़बे

का कबूतर हो भी नहीं सकता। हो सकता है सौ साम्यवादियों ने तुम्हारे साथ धोखा किया हो, लेकिन जब तुम उन सौ लोगों में से पहले साम्यवादी ही से मिलते हो तो उस श्रेणी पर या अन्य किसी बात पर विश्वास मत किये जाना जिसे तुमने पहले से अपने मन में बना रखा है कि साम्यवादी धोखेबाज होते हैं। यह व्यक्ति कुछ अलग तरह का हो सकता है, क्योंकि दो व्यक्ति एक जैसे होते ही नहीं।

जब तुम निष्कर्षों के आधार पर कोई कार्य करते हो, तो वह तुम्हारा मन है। जब तुम वर्तमान को देखते और वास्तविकता देखने में जब तुम किसी विचार को या तथ्य को अवरोध नहीं बनने देते हो, तुम उस क्षण उस सच्चाई को ही देखते हो और देखने के बाद ही जो कुछ करते हो, वही ध्यान है।

❑ ❑

ध्यान है....

एक घटना

जब मैं यह कहता हूँ कि तुम विचार करना छोड़ दो, तो बहुत शीघ्रता में कोई निष्कर्ष मत निकालो। मुझे चूँकि भाषा का प्रयोग करना ही है, इसलिये मैं कहता हूँ— "विचार करना छोड़ दो।" लेकिन यदि तुमने छोड़ने की शुरुआत की तो तुम चूक जाओगे, क्योंकि तुम फिर से इसे कम करते हुए एक कृत्य ही बना लोगे।

विचार छोड़ने का सच्चा अर्थ यही है— कुछ करो ही मत। चुपचाप बैठ जाओ। विचारों को अपने आप व्यवस्थित होने दो। मन को अपने आप गिरने दो। तुम मौन बैठे हुए किसी भी प्रकार बिना कुछ किये हुए, उस क्षण बस दीवार के कोने की ओर देखते रहो। बिना किसी तनाव के शिथिल होकर — बिना किसी प्रयास के। कहीं भी जाना नहीं है। जैसे तुम सो रहे हो, पर सजग हो — तुम जागे हुए हो और पूर्ण विश्राम में भी हो, लेकिन तुम्हारा पूरा शरीर गहरे विश्राम में चला गया है। विचार अपने आप थम गये हैं, उनके बीच तुम्हें उछल-कूद करने की कोई जरूरत नहीं, तुम्हें यह भी कोशिश नहीं करनी कि उन्हें ठीक से व्यवस्थित करो। यह कुछ ऐसा है जैसा एक सोता गंदला हो गया हो.... तुम क्या करोगे? क्या तुम उसमें कूदकर सोते को साफ बनने में सहायता देना शुरू करोगे? तुम उसमें और अधिक कीचड़ पैदा कर दोगे।

उस क्षण तुम बस उसके किनारे बैठ जाओ। प्रतीक्षा करो। इसमें कुछ करना ही नहीं है, क्योंकि तुम जो कुछ भी करोगे, तुम सोते को और अधिक कीचड़युक्त कर दोगे। यदि कोई सोते पर से गुजरा है और सूखे तथा सड़े पत्ते सतह पर आ गये हैं और कीचड़ हो गयी है, उस समय केवल प्रतीक्षा की ही जरूरत है। उस क्षण तुम सोते के किनारे बैठ जाओ, और उसे तटस्थ भाव से देखते रहो। और जैसे ही बहता हुआ सोता सड़े सूखे पत्तों को अपने साथ बहा ले जायेगा, कीचड़ अपने आप नीचे बैठने

लगेगी, क्योंकि वह हमेशा सतह पर नहीं बनी रह सकती। कुछ समय बाद अचानक तुम पाओगे— कि सोते का जल फिर से स्फटिक-सा साफ हो गया है।

जब कोई चाह तुम्हारे मन से होकर गुजरती है, मन का सोता कीचड़युक्त गंदला हो जाता है। इसलिये उस क्षण बस बैठ जाओ। कुछ भी करने का प्रयास करो ही मत। जापान में यह "उस क्षण बस बैठे रहने" को ही "जाजेन" कहते हैं। बिना कुछ किये बस बैठे रहो, और एक दिन ध्यान घट जाता है। ऐसा नहीं कि तुम उसे अपने पास लाते हो, वह स्वयं तुम्हारे पास आ जाता है। और जब वह आता है, तुम उसे तुरन्त पहचान लेते हो, वह तो सदा से वहीं था ही, लेकिन तुम्हीं सही दिशा में नहीं देख रहे थे। खजाना सदा से तुम्हारे पास ही है, लेकिन तुम ही कहीं किन्हीं विचारों के, इच्छाओं के और हजारों चीजों के कब्जे में हो। तुम्हारी दिलचस्पी केवल एक ही चीज में नहीं है.... और वह है तुम्हारा स्वयं का होना।

जितना अधिक तुम मन की यांत्रिकता को समझने लगोगे, उतनी ही अधिक संभावना होगी कि तुम उसमें कोई हस्तक्षेप नहीं करोगे। जितना अधिक तुम समझोगे कि मन कैसे कार्य करता है, उतनी ही अधिक सम्भावना है कि तुम 'जाजेन' में बैठने में समर्थ हो सकोगे। तुम इस योग्य बन सकोगे कि बस बैठे रहो, बिना कुछ किये बैठे रहो, तभी इस योग्य बन सकोगे कि ध्यान को घटने देने की स्वीकृति दे सको। वह तो एक घटना ही है।

❑❑

ध्यान है ....

एक रूपान्तरण

यदि तुम ध्यान के विरुद्ध अधिक प्रतिरोध का अनुभव करते हो, तो इसका अर्थ यह है कि कहीं अपने गहरे में तुम इसलिये सावधान हो कि कहीं कोई चीज ऐसी घटने जा रही है जो तुम्हारे पूरे जीवन को बदल देगी। तुम फिर से नया जन्म लेने में डर रहे हो। तुमने अपनी पुरानी आदतों में, अपने पुराने व्यक्तित्व में, अपनी पुरानी पहचान में ही सारी पूंजी लगा रखी है।

ध्यान और कुछ नहीं है, वह केवल तुम्हारे अस्तित्व को निर्मल करने का प्रयास है, तुम्हें ताजा और युवा बनाने का प्रयास है, तुम्हें अधिक जीवंत और अधिक जागरूक बनाने की एक कोशिश है।

यदि तुम ध्यान से डरते हो तो इसका अर्थ है कि तुम जीवन से डर रहे हो, तुम जागरूकता से डर रहे हो और प्रतिरोध इसीलिये है क्योंकि तुम जानते हो कि यदि तुमने ध्यान में गति की, तो कुछ-न-कुछ घटेगा जरूर। यदि तुम किसी तरह का कोई प्रतिरोध नहीं कर रहे हो, तो इसका कारण यह है क्योंकि तुम ध्यान को बहुत गम्भीरता से नहीं ले रहे हो, तुमने ध्यान को बहुत निष्ठापूर्वक नहीं लिया है। तब तुम चारों ओर खेल सकते हो, यहाँ कुछ डरने को है ही नहीं।

❑❑

ध्यान है ....

घर वापस लौटना

तुम्हारे दो तल हैं — एक तल है मन का और दूसरा तल है अमन का। अथवा मुझे कुछ इस प्रकार कहने दें — एक वह तल, जहाँ तुम अपने अस्तित्व की परिधि पर हो, और दूसरा वह तल, जहाँ तुम अपने अस्तित्व के केन्द्र पर हो। प्रत्येक वृत्त का एक केन्द्र होता है — हो सकता है, तुम्हें ज्ञात हो, या ज्ञात न हो। तुम कभी यह कल्पना तक नहीं कर सकते कि वहाँ कोई केन्द्र भी है, लेकिन वह होता ही है। तुम्हीं परिधि हो, तुम ही वह वृत्त हो, और तुम्हारे अंदर ही वह केन्द्र है। बिना केन्द्र के तुम हो भी नहीं सकते, तुम्हारे अस्तित्व में ही तुम्हारा नाभिकीय केन्द्र भी है।

उसी केन्द्र पर तुम पहले ही से एक बुद्ध हो, एक सिद्ध हो। एक कोई ऐसा जो पहले ही से घर पहुँच चुका है। परिधि पर तुम संसार में हो — मन में हो, सपनों, इच्छाओं, चिंताओं और हजारों खेल खेलने में व्यस्त हो। और तुम दोनों ही हो।

धीमे-धीमे तुम परिधि से केन्द्र की ओर और केन्द्र से परिधि की ओर सुगमता से गतिशील होने में समर्थ हो सकोगे — ठीक इस प्रकार जैसे तुम टहलते हुये घर के अंदर जाते हो और घर के बाहर निकल आते हो। तुम कुछ ऐसा सृजित नहीं करते कि तुम्हें लगे कि तुम्हारे ही दो भाग हो गये हों। तुम यह नहीं कहते कि मैं घर के बाहर हूँ और अब मैं घर के अंदर कैसे आ सकता हूँ? तुम यह नहीं कहते कि मैं घर के अंदर हूँ इसलिये अब मैं कैसे घर के बाहर आऊँ? बाहर धूप खिली है, ऊष्मा है, बहुत सुखद वातावरण है, तुम बाहर बाग में जाकर बैठ जाते हो। और तब धीमे बाहर गर्मी बढ़ती ही जाती है, तुम्हें पसीना आने लगता है। अब अधिक देर रुकना सुखद नहीं रहा, असुविधाजनक हो गया, तुम स्वाभाविक रूप से उठ खड़े होते हो और घर के अंदर चले जाते हो। अब वहाँ सुखद लग रहा है। इसी तरह तुम अंदर-बाहर आते-जाते रहते हो।

इसी प्रकार होश और समझ से भरा व्यक्ति, परिधि से केन्द्र की ओर और केन्द्र से परिधि की ओर गति करता रहता है। वह कभी भी, किसी जगह स्थित होकर नहीं बैठा रहता। बाजार से मठ में, संसार से संन्यास में, बहिर्मुखी बनने से अंतर्मुखी बनने में — वह निरन्तर गतिशील रहता है, क्योंकि ये दोनों ही उसके दो पंख हैं—वे एक दूसरे के विरुद्ध नहीं हैं। वे दो विरोधी दिशाओं में संतुलन संभाले हुए हो सकते हैं—उन्हें ऐसा होना भी चाहिये। यदि दोनों पंख एक ही ओर हों, तो पक्षी मुक्त आकाश में उड़ान नहीं भर सकेगा। उन्हें विरोधी दिशाओं में रहते हुये संतुलन साधना होता है, लेकिन फिर भी वे पंख उसी पक्षी के हैं, और वे उस पक्षी की ही सेवा कर रहे हैं। तुम्हारे बाहर का भाग और अंदर का भाग, ये दोनों तुम्हारे दो पंख हैं। इसे बहुत गहराई से समझ लेना है, क्योंकि यह संभावना है..... मन का झुकाव एक स्थान पर जमकर बस जाने का है। यहाँ ऐसे लोग हैं जो बाजार में जमकर बैठ गये हैं, वे कहते हैं कि अब वह इससे बाहर नहीं निकल सकते; वे कहते हैं कि उनके पास ध्यान के लिये कोई समय नहीं है। वे यह भी कहते हैं कि यदि कभी समय हो भी, तो वह यह नहीं जानते कि ध्यान किया कैसे जाये, और उन्हें यह विश्वास भी नहीं होता कि वह ध्यान कर भी सकते हैं। वे यह भी कहते हैं कि वे तो संसारिक जीव हैं, वह ध्यान करें कैसे? वे भौतिकवादी हैं, वे ध्यान कैसे कर सकते हैं? वे कहते हैं—दुर्भाग्य से हम लोग बहिर्मुखी हैं, हम लोग अंदर जा कैसे सकते हैं? उन्होंने केवल एक पंख का ही चुनाव कर लिया है और इस दौरान यदि इसके कारण निराशा आती है, जो स्वाभाविक रूप से आनी ही चाहिये। एक ही पंख के साथ निराशा आनी ही है।

फिर ऐसे भी लोग हैं जो संसार से ऊब चुके हैं और संसार से भाग जाना चाहते हैं। हिमालय स्थित किसी मठ में जाना चाहते हैं, संन्यासी या भिक्षु बनकर अकेले रहना चाहते हैं। अपने जीवन को अंतर्मुखी बनने के लिये बाध्य कर रहे हैं वे। वे अपनी आँखें बंद कर सभी खिड़की दरवाजे बंद कर लेते हैं, वह लाइबनीत्ज (दार्शनिक) के 'मोनेड्स' की प्रकार 'खिड़की रहित' बन गये हैं, और तब वे भी ऊब जाते हैं।

वे बाजार में भी ऊबे हुए थे, थक कर निराश हो गये थे। वह उन्हें एक पागलखाने की तरह दिखाई देता था; जहाँ वे विश्राम नहीं कर सकते थे। वहाँ बहुत अधिक लोगों से संबंध थे और पर्याप्त अवकाश नहीं मिलता था, स्वयं उनके लिये पर्याप्त स्थान भी न था। वस्तुओं में आसक्ति के कारण उन्होंने अपना अस्तित्व खो दिया था। वे अधिक-से-अधिक भौतिकवादी और कम-से-कम आध्यात्मिक बनते जा रहे थे। उन्हें दिशा-बोध नहीं रह गया था। वे अपनी मुख्य चेतना तथा 'अपने होने' का भी बोध खोते जा रहे थे। वे भाग खड़े हुए। ऊब कर, निराश होकर उन्होंने पलायन कर दिया। अब वे अकेले रहते हुए अंतर्मुखी जीवन जीने की कोशिश कर रहे हैं। देर या सबेर, वे फिर ऊब ही जायेंगे।

उन्होंने फिर दूसरे पंख का चुनाव कर लिया है, लेकिन फिर भी चुना एक ही पंख है। यह तरीका कुछ ऐसा है, जहाँ जीवन का एक किनारा दूसरे किनारे से छोटा और नीचा हो। वही गलती फिर दोहराते हुये वे विपरीत छोर पर आकर गिर पड़े हैं।

न मैं इसके लिये कहता हूँ और न उसके लिये कहता हूँ। मैं तो तुम्हें इतना समर्थ बना देना चाहता हूँ, कि तुम बाजार में रहते हुये भी ध्यान मग्न रह सको। मैं चाहता हूँ, तुम लोगों से संबंध बनाओ, उनसे प्रेम करो, घूमते-फिरते लाखों रिश्ते जोड़ो — क्योंकि वे तुम्हें समृद्ध बनाते हैं — और इसके ही साथ तुम्हें इस योग्य भी बनाते हैं कि तुम जब चाहो, अपने दरवाजे बंद कर सको, जब कभी सभी रिश्तों की छुट्टी कर दो, जिससे तुम स्वयं अपने आप से भी संबंधित हो सको।

दूसरों से भी रिश्ता जोड़ो लेकिन साथ-साथ स्वयं से भी संबंध जोड़ते रहो। दूसरों को भी प्रेम करो, लेकिन साथ-साथ स्वयं को भी प्रेम करो। बाहर जाकर देखो — संसार बहुत सुदर है, उसमें बहुत जोखिम हैं, चुनौतियाँ हैं, वे तुम्हें समृद्ध बनाती हैं। इस अवसर को चूको मत। जब भी संसार तुम्हारे दरवाजे पर दस्तक दे और तुम्हें पुकारे, बाहर आ जाओ, निर्भय बाहर निकल पड़ो — यहाँ कुछ भी खोने को नहीं, यहाँ हर चीज पाने जैसी है।

लेकिन खो नहीं जाना है। बाहर इतने आगे मत बढ़ते चले जाओ कि लौट ही न सको, और खो जाओ। जब कभी घर भी वापस लौटो। कभी-कभी संसार को भूल ही जाओ — वे क्षण ध्यान के लिये हैं। यदि तुम संतुलित बनना चाहते हो तो प्रत्येक दिन तुम्हें बाहर और अंदर में संतुलन साधना होगा। दोनों ओर समान वजन होना चाहिये जिससे अंदर तुम्हें कभी यह न लगे कि इस ओर वजन कम है।

झेन सद्गुरुओं के कहने का यही अर्थ है — "नदी में चलो, पर पैर जल को स्पर्श न करें।" संसार में रहो, पर संसार के बनकर मत रहो। संसार में रहो, लेकिन संसार को अपने अंदर प्रवेश करने की इजाजत मत दो। जब तुम लौटकर घर आते हो, तुम घर में ही आ जाते हो। जैसे फिर पूरा संसार तुम्हारे लिये तिरोहित हो जाता है।

❑❑

ध्यान है ....

आनंदपूर्ण होना

जीवन उद्देश्य रहित है। आश्चर्य मत करो। उद्देश्य का पूरा विचार ही गलत है—यह लालच के कारण ही होता है। जीवन तो महज एक आनंद है, खेलपूर्ण है, एक मजाक, एक हास-परिहास है, जिसका कहीं कोई उद्देश्य नहीं। जीवन स्वयं उद्देश्य ही है, उसका कोई दूसरा उद्देश्य नहीं।

जिस क्षण तुम यह समझ लेते हो, तो समझो, तुमने ध्यान के बारे में सब कुछ समझ लिया। तुम्हारे जीवन की जीवन-शैली है, आनंदपूर्ण, खेलपूर्ण और जीवन के अंतिम छोर तक बिना किसी उद्देश्य के साथ, दृष्टि में भी बिना किसी लक्ष्य के साथ। समग्रता में जीयो, जिसका पूरी तरह कोई लक्ष्य हो ही नहीं। ठीक उन छोटे बच्चों की प्रकार—जो समुद्र तट पर खेलते हुए सीपी, घोंघे और रंगीन पत्थर इकट्ठा करते रखते हैं, आखिर किस लक्ष्य के लिये? उनका कहीं कोई उद्देश्य होता ही नहीं।

❑❑

ओशो का हिंदी साहित्य

उपनिषद

सर्वसार उपनिषद

कैवल्य उपनिषद

अध्यात्म उपनिषद

कठोपनिषद

ईशावास्य उपनिषद

निर्वाण उपनिषद

आत्म-पूजा उपनिषद

केनोपनिषद

मेरा स्वर्णिम भारत
(विविध उपनिषद-सूत्र)

कृष्ण

गीता-दर्शन
(आठ भागों में अठारह अध्याय)

कृष्ण-स्मृति

महावीर

महावीर वाणी *(दो भागों में)*

जिन-सूत्र *(दो भागों में)*

महावीर या महाविनाश

महावीर : मेरी दृष्टि में

ज्यों की त्यों धरि दीन्हीं चदरिया

बुद्ध

एस धम्मो सनंतनो (बारह भागों में)

अष्टावक्र

अष्टावक्र महागीता (छह भागों में)

लाओत्से

ताओ उपनिषद (छह भागों में)

कबीर

सुनो भई साधो

कहै कबीर दीवाना

कहै कबीर मैं पूरा पाया

न कानों सुना न आंखों देखा
(कबीर और फरीद)

जगजीवन

नाम सुमिर मन बावरे

अरी, मैं तो नाम के रंग छकी

दरिया

कानों सुनी सो झूठ सब

अमी झरत बिगसत कंवल

सुंदरदास

हरि बोलौ हरि बोल

ज्योति से ज्योति जले

पलटू

अजहूं चेत गंवार

सपना यह संसार

काहे होत अधीर

धरमदास

जस पनिहार धरे सिर गागर

का सोवै दिन रैन

दादू

सबै सयाने एक मत

पिव पिव लागी प्यास

मलूकदास

कन थोरे कांकर घने

रामदुवारे जो मरे

शांडिल्य

अथातो भक्ति जिज्ञासा (दो भागों में)

अन्य रहस्यदर्शी

भक्ति-सूत्र (नारद)

शिव-सूत्र (शिव)

भजगोविन्दम् मूढ़मते (आदि शंकराचार्य)

एक ओंकार सतनाम (नानक)

जगत तरैया भोर की (दयाबाई)

बिन घन परत फुहार (सहजोबाई)

पद घुंघरू बांध (मीरा)

नहीं सांझ नहीं भोर (चरणदास)

संतो, मगन भया मन मेरा (रज्जब)

कहै वाजिद पुकार (वाजिद)

मरौ हे जोगी मरौ (गोरख)

सहज-योग (सरहपा-तिलोपा)

बिरहिनी मंदिर दियना बार (यारी)

दरिया कहै सब्द निरबाना
(दरियादास बिहारवाले)

प्रेम-रंग-रस ओढ़ चदरिया (दूलन)

हंसा तो मोती चुगैं (लाल)

गुरु-परताप साध की संगति (भीखा)

मन ही पूजा मन ही धूप (रैदास)

झरत दसहुं दिस मोती (गुलाल)

जरथुस्त्र: नाचता-गाता मसीहा (जरथुस्त्र)

प्रश्नोत्तर

नाहिं राम बिन ठांव

प्रेम-पंथ ऐसो कठिन

उत्सव आमार जाति, आनंद आमार गोत्र

मृत्योर्मा अमृतं गमय

प्रीतम छवि नैनन बसी

रहिमन धागा प्रेम का

उड़ियो पंख पसार

सुमिरन मेरा हरि करैं

पिय को खोजन मैं चली

साहेब मिल साहेब भये

जो बोलैं तो हरिकथा
बहुरि न ऐसा दांव
ज्यूं था त्यूं ठहराया
ज्यूं मछली बिन नीर
दीपक बारा नाम का
अनहद में बिसराम
लगन महूरत झूठ सब
सहज आसिकी नाहिं
पीवत रामरस लगी खुमारी
रामनाम जान्यो नहीं
सांच सांच सो सांच
आपुई गई हिराय
बहुतेरे हैं घाट
कोंपलें फिर फूट आईं
फिर पत्तों की पांजेब बजी
फिर अमरित की बूंद पड़ी
क्या सोवै तू बावरी
चल हंसा उस देस
कहा कहूं उस देस की
पंथ प्रेम को अटपटो
माटी कहै कुम्हार सूं
मैं धार्मिकता सिखाता हूं, धर्म नहीं

झेन, सूफी और उपनिषद की कहानियां

बिन बाती बिन तेल
सहज समाधि भली
दीया तले अंधेरा

तंत्र

संभोग से समाधि की ओर
तंत्र-सूत्र (पांच भागों में)

योग

पतंजलिः योग-सूत्र (पांच भागों में)
योगः नये आयाम

विचार-पत्र

क्रांति-बीज
पथ के प्रदीप

पत्र-संकलन

अंतर्वीणा
प्रेम की झील में अनुग्रह के फूल
ढाई आखर प्रेम का
पद घुंघरू बांध
प्रेम के फूल
प्रेम के स्वर
पाथेय

बोध-कथा

मिट्टी के दीये

ध्यान, साधना

ध्यानयोगः प्रथम और अंतिम मुक्ति
नेति-नेति
चेति सकै तो चेति
हसिबा, खेलिबा, धरिबा, ध्यानम्
समाधि कमल

साक्षी की साधना
धर्म साधना के सूत्र
मैं कौन हूं
समाधि के द्वार पर
अपने माहिं टटोल
ध्यान दर्शन
तृषा गई एक बूंद से
ध्यान के कमल
जीवन संगीत
जो घर बारे आपना
प्रेम दर्शन

साधना-शिविर

साधना-पथ
मैं मृत्यु सिखाता हूं
जिन खोजा तिन पाइयां
समाधि के सप्त द्वार (ब्लावट्स्की)
साधना-सूत्र (मेबिल कॉलिन्स)
ध्यान-सूत्र
जीवन ही है प्रभु
असंभव क्रांति
रोम-रोम रस पीजिए

राष्ट्रीय और सामाजिक समस्याएं

देख कबीरा रोया
स्वर्ण पाखी था जो कभी और
अब है भिखारी जगत का
शिक्षा में क्रांति
नये समाज की खोज
नये भारत की खोज
नये भारत का जन्म
नारी और क्रांति
शिक्षा और धर्म
भारत का भविष्य

विविध

अमृत-कण
मैं कहता आंखन देखी
एक एक कदम
जीवन क्रांति के सूत्र
जीवन रहस्य
करुणा और क्रांति
विज्ञान, धर्म और कला
शून्य के पार
प्रभु मंदिर के द्वार पर
तमसो मा ज्योतिर्गमय
प्रेम है द्वार प्रभु का
अंतर की खोज
अमृत की दिशा
अमृत वर्षा
अमृत द्वार
चित चकमक लागे नाहिं
एक नया द्वार
प्रेम गंगा
समुंद समाना बुंद में
सत्य की प्यास
शून्य समाधि

व्यस्त जीवन में ईश्वर की खोज
अज्ञात की ओर
धर्म और आनंद
जीवन-दर्शन
जीवन की खोज
क्या ईश्वर मर गया है
नानक दुखिया सब संसार
नये मनुष्य का धर्म
धर्म की यात्रा
स्वयं की सत्ता
सुख की शांति
अनंत की पुकार

अंतरंग वार्ताएं

संबोधि के क्षण
प्रेम नदी के तीरा
सहज मिले अविनाशी
उपासना के क्षण

ओशो साहित्य

अजहूं चेत गंवार

गूंगे केरी सरकरा

होनी होय सो होय

नाम सुमिर मन बावरे

का सोवै दिन रैन

अकथ कहानी प्रेम की

संभोग से समाधि की ओर

मैं मृत्यु सिखाता हूं

ध्यान सूत्र

गहरे पानी पैठ

दीया तले अंधेरा

नहिं राम बिन ठांव

शिव-सूत्र

ज्योष विज्ञान

मन ही पूजा मन ही धूप

कहे कबीर मै पूरा पाया

ओशो
सजिल्द प्रकाशन
अष्टावक्र महागीता
ताओ उपनिषद (भाग 1-6)
डायमंड बुक्स
X-30, ओखला इंडस्ट्रियल एरिया, फेज-2, नई दिल्ली-110020
फोन नं. 41611861-66, 40712100,
ईमेल : Sales@dpb.in, Website: www.dpb.in

দুটি শব্দ

এই অর্থনৈতিক টানা-পোড়েনের যুগে সবচেয়ে গুরুত্বপূর্ণ প্রশ্ন হল, যদি আপনার হাতে পয়সা থাকে তবে তা কোথায় খাটাবেন ? বেশীর ভাগ ক্ষেত্রে আমরা জীবনে জটিলতা সৃষ্টি করে ফেলি। ইনভেস্টমেন্টের ব্যাপারেও এই একই ঘটনা ঘটে থাকে। অর্থনৈতিক দিক থেকে বাবা বা দাদুর তুলনায় আমাদের কাছে অনেক বেশী বিকল্প আছে, তাই আমাদের নির্ণয় নেওয়ার ক্ষেত্রটি অনেক বেশী ব্যাপ্ত। ফলে বিভিন্ন ক্ষেত্র সম্পর্কে আমাদের জ্ঞান অর্জন করেই এগোতে হবে। ক্রেডিট কার্ডের বকেয়া পরিশোধ, ঋণ পরিশোধ, ব্যাঙ্কের বই, শেয়ার বাজারে অর্থ বিনিয়োগ, হেল্থ ইন্‌শিয়োরেন্স, প্রভৃতি বিষয় সম্পর্কে সঠিক হিসাব নিকাশের সাথে-সাথে রিটায়রমেন্ট পরিকল্পনাও করে ফেলতে হয়।

বর্তমান সময়ে ভারতে 950-টির বেশী মিউচ্যুয়াল ফাণ্ড পরিকল্পনা এবং লাভজনক রিটায়রমেন্ট পরিকল্পনার সাথে সাথে অর্থ বিনিয়োগের শতাধিক বিকল্প পথ আছে। ব্যাঙ্কের বই ও ক্রেডিট কার্ডের ব্যাপারেও এই একই কথা প্রযোজ্য, এছাড়াও শেয়ার বাজারের বহু বিকল্প পথের সাথে সাথে কার লোন, পার্সোনাল লোন, কনজ্যুমার লোন, হাউসিং লোন এবং ব্যবসায়িক লোনের দিকেও চোখ রাখতে হয়। বীমাও মানুষের জীবনের এক অবিচেছদ্য অংশ হয়ে উঠেছে, বর্তমান দিনে মানুষ পালিত পশুর নামেও বীমা করে ফেলছে।

সময় যত এগোচেছ মানুষের উচ্চাকাঙ্খাও ততই বৃদ্ধি পাচেছ। আজ আর মানুষ ঐতিহ্যবাহী পেনশিয়ান পরিকল্পনা, একটা ব্যাঙ্কের বই বা লাভজনক সীমিত পরিকল্পনা নিয়েই সন্তুস্ট না। তারা বেতন ও সঞ্চয়ের বই ছাড়াও ডীমেট বই এবং মিউচ্যুয়াল ফাণ্ডের সাথে সাথে বহু সুরক্ষিত বীমা করে ফেলছে। এছাড়াও অনেক গুলি ক্রেডিট কার্ড থাকাও অপরিহার্য্য হয়ে উঠছে।

এটা সত্যি যে, বাজারে প্রাপ্ত বহু প্রোডাক্ট মানুষের ভবিষ্যৎ-কে সুরক্ষিত করতে সাহায্য করে থাকে, কিন্তু অনেক সময় এর জন্য মানুষের পোর্ট ফোলিয়ো

এত বড় এবং জটিল হয়ে যায় যে তা গুছিয়ে রাখা মুশকিল হয়ে যায়। ভবিষ্যৎ-এর আর্থিক অবস্থা দৃঢ় করার জন্য মানুষ এমন কিছু প্রোড্রাক্ট জমিয়ে ফেলে, যেগুলির কোন প্রয়োজনই নেই এবং সেগুলির জন্য সমস্যা আরোও বৃদ্ধি পায়। এর ফলে মানুষেরা অর্থ জমা করার নির্দ্দিস্ট দিন ভুলে যায়, দেরীতে অর্থ প্রদানের জন্য তাকে বেশ মোটা অঙ্কের অর্থ জরিমানা হিসাবে দিতে হয়। তার উপর ঋণের ভারও ক্রমাগত বৃদ্ধি পেতে থাকে ও ভুলের জন্য জরিমানা দেওয়ার পরিমানও ততই বৃদ্ধি পায়।

এমন অবস্থায় বহু চিন্তা-ভাবনা করে অর্থনৈতিক পরিকল্পনা করা উচিত। পোর্টফোলিয়োর ডায়ভর্সিফাই করতে আপনাকে যতটা পরিশ্রম করতে হয়, অর্থনৈতিক পরিকল্পনাার ব্যাপারেও ততটাই পরিশ্রম করুন। নিজের অর্থনৈতিক পোর্টফোলিয়ো সুবিধাজনক করে তোলার সবচেয়ে বেশী লাভ হল এর উন্নততর প্রবন্ধন। এই বইতে ফায়নান্সিয়াল ফায়নান্সিয়াল প্ল্যালিং সম্পর্কে বেশী কিছু সহজ-সরল শৈলী তুলে ধরা হয়েছে। এই বই পড়ে পাঠকগণ অর্থনৈতিক জীবনের বেশ কিছু অনুশাসন সম্পর্কে জানতে পারবে, সে বিষয়ে কোন সন্দেহ নেই।

সূচীপত্র

অবশ্যই ফায়নান্সিয়াল প্ল্যানিং করুন

বেশীর ভাগ ক্ষেত্রে লোকেরা ফায়নান্সিয়াল প্ল্যানিং কে এড়িয়ে চলে। এর পিছনে বহু কারণ থাকতে পারে কিন্তু এটা আপনার দৃঢ় আর্থিক ভবিষ্যৎ-এর জন্য ঠিক নয়।

সফ্‌টওয়ার প্রফেশানাল মোহিত কুমারের 'মাঘ'-ই হল ফায়নান্সিয়াল প্ল্যানিং, কিন্তু তার এই শখ অসম্পূর্ণই থেকে গেছে। কয়েক বছর আগে সে তার কয়েক জন বন্ধুর কাছ থেকে কয়েকজন ফায়নান্সিয়াল প্ল্যানার্সের ফোন নম্বর নিয়েছিল। এদের মধ্যে কয়েক জনকে ফোন করার পর একজনের সঙ্গে দেখা করার জন্য সময়ও নির্দ্দিষ্ট করে ফেলেছিল কিন্তু নির্দ্দিষ্ট সময়ে সে এই ফায়নান্সিয়াল প্ল্যানেরের সঙ্গে দেখা করে উঠতে পারেনি। পুণরায় তার সঙ্গে দেখা করতে চাওয়াটা তার উচিত বলে মনে হয়নি, তাই সে প্ল্যানারকে আর ফোনই করেনি।

ছয়মাস বাদে সে আর এক ফায়নান্সিয়াল পরামর্শদাতার সঙ্গে সাক্ষাৎ করে। এইবার সে সামান্য চালাকি করে নিজের জন্য একটা ফায়নান্সিয়াল প্ল্যান তৈরী করে ফেলে। পুণরায় একমাস বাদে এই প্ল্যানারের সাথে সাক্ষাৎ করবে বলে ঠিক করে। এর মধ্যে তার কাছে কিছু জরুরী কাজ এসে যায় এবং ঠিক সময়ে বোনের বিয়ের জন্য তাকে তার বাড়ী যেতে হয়। ছয় মাস কেটে যাওয়ার পর মোহিতের কাছে ফায়নান্সিয়াল প্ল্যানিং-এর কথাটা অতীতে পরিণত হয়েছিল। তারপর এক বছর কেটে যায় কিন্তু মোহিতের শখ তখনও নিশ্চিহ্ন হয়ে যায়নি। তার কথা অনুযায়ী সে অতি শীঘ্রই ফায়নান্সিয়াল প্ল্যানিং করবে এবং অর্থ বিনিয়োগ শুরু করে দেবে। মোহিতের মতন এমন উদাহরণ বহু আছে। তার মতন এমন বহু লোক আছে যাদের কাছে ফায়নান্সিয়াল প্ল্যানিং ততটা গুরুত্বপূর্ণ নয়।

কালকেরটা কাল দেখা যাবে?

মানুষেরা ফায়নান্সিয়াল প্ল্যানিং কে কেন সচেতন ভাবে গ্রহণ করে না? এক লাইসেন্স প্রাপ্ত ফাইন্যাংশিয়াল প্ল্যানারের মতে বেশীর ভাগ ক্ষেত্রে আলসই এর একমাত্র কারণ। তার মতে 'যতক্ষণ না মানুষের সামনে কোন সংকট আসে, সাধারণত ততক্ষণ লোকেরা ফায়নান্সিয়াল প্ল্যানিং করেনা। হয় তো এই কারণেই যতক্ষণ না কোন ব্যক্তি পলিসি না থাকার জন্য সমস্যা ভোগ করে ততক্ষণ পর্যন্ত

সে কোন রকম বীমা পর্যন্ত করেনা।' ফায়নান্সিয়াল প্ল্যানিং নিয়ে লোকেদের নিস্ক্রিয়তার অন্যতম কারণ হল, তারা মনে করে যে, ভবিষ্যৎ সম্পর্কে চিন্তা করার জন্য তাদের হাতে পর্যাপ্ত সময় পড়ে আছে।

প্ল্যানে কি ধরণের দুর্বলতা থাকে ?

ফায়নান্সিয়াল পরামর্শদাতাদের মতে, ফায়নান্সিয়াল প্ল্যানিং-এর ব্যাপারে লোকেরা যে পিছিয়ে আছে তার অন্যতম কারণ হল, কিছু লোক মনে করে যে ধনী ব্যক্তিদের কাছে প্রচুর অর্থ, সুতরাং তাদের ক্ষেত্রে এটা খুবই জরুরী। সাধারণ লোকেরা মনে করে যে, যাদের কাছে কম পয়সা আছে তাদের ফায়নান্সিয়াল প্ল্যানিং-এর প্রয়োজনই নেই। কিন্তু বিশেষজ্ঞরা তা মনে করেনা। তাদের মতে এই ধরণের চিন্তার জন্য মানুষকে চরমতম মূল্য দিতে হয়। এই মিউচ্যুয়াল ফাণ্ড ম্যানেজারের মতে, 'আমি যখনই কোন বিনিয়োগ ক্যাম্পে যাই, তখন আমি একটা বিষয় দেখে সত্যিই খুবই অবাক হই যে, বেশীর ভাগ লোক মনে করে ধনীদের জন্যই ফায়নান্সিয়াল প্ল্যানিং-এর প্রয়োজন।' আসল কথা হল যদি আপনার হাতে পর্যাপ্ত অর্থ না থাকে তবে ভবিষ্যৎ-এর প্রয়োজনের কথা মাথায় রেখে অবশ্যই প্ল্যানিং করা উচিত।

বিশেষ হওয়ার প্রয়োজন নেই।

সাধারণ লোকেদের ফায়নান্সিয়াল প্ল্যানিং থেকে দূরে থাকার আর একটা কারণ হল ফায়নান্সিয়াল ব্যাপারে জ্ঞানের অভাব। ফায়নান্সিয়াল প্ল্যানার্সরাও মনে করে যে, লোকেদের ফায়নান্সিয়াল ব্যাপারে কম জ্ঞান থাকার জন্য তারা বিশেষজ্ঞদের সামনে লজ্জা বোধ করে, সেই কারণে বিশেষজ্ঞদের মতামত নিতে সংকোচ বোধ করে। আসলে এই ধরণের চিন্তা একেবারেই ভিত্তিহীণ। বিশেষজ্ঞদের জ্ঞান থাকার জন্যই তো আপনি তাদের স্বরণাপন্ন হচ্ছেন এবং তাদের সেবার বদলে উচিত পয়সাও দিচ্ছেন। তাই ফায়নান্সিয়াল প্ল্যানিং-এর জন্য বিশেষজ্ঞ হওয়ার প্রয়োজন নেই, বরং ফায়নান্সিয়াল প্ল্যানিং এবং অর্থ বিনিয়োগের গুরুত্ব বোঝাটাই জরুরী।

আজ শুরু করে দিন।

কারণ যাই হোক না কেন, এটা বোঝা খুবই জরুরী যে, ফায়নান্সিয়াল প্ল্যানিংকে কখনই অদেখা করা উচিত না। তাই এখন থেকেই শুরু করে দেওয়া উচিত–তার জন্য পেশাদার বিশেষজ্ঞ বা নিজের সাহায্যা গ্রহণ করতে পারেন। যদি পেশাদার বিশেষজ্ঞের সাহায্য নিতে হয় তবে বন্ধু-বান্ধব বা আত্মিয়স্বজনের পরামর্শ নিত পারেন। দু-তিনজন বিশেষজ্ঞের সাথে কথা বলে তাদের দক্ষতা, কার্যশৈলী প্রভৃতি দেখে নিন এবং তাদের মধ্যে তুলনা করার পরেই অন্তিম পরিণামে পৌঁছান।

■ ■ ■

ফায়নান্সিয়াল প্ল্যানিং-এর সূত্র

অবসর গ্রহণের পরের দিন গুলির জন্যই মানুষ সঞ্চয় বা বিনিয়োগ করে থাকে। কিন্তু তার জন্য বেশীর ভাগ লোক ঐতিহ্যবাহী রাস্তাতেই চলে। ফায়নান্সিয়াল প্ল্যানিং-এর কিছু সূত্র আপনাদের দেওয়া হল যা অর্থ বিনিয়োগ বা সঞ্চয় সম্পর্কে আপনার ঐতিহ্যবাহী ধারণাকে ভেঙে আপনাকে নতুন পথ দেখাবে ঃ

আমরা যখনই নিজেদের অবসর গ্রহণের পরের দিন গুলোর কথা ভাবি তখনই আমাদের সামনে একটাই ছবি উঠে আসে। বহু বছর ধরে দৌড়াদৌড়ির পর একটা অলস জীবন। একটা আরাম দায়ক, আনন্দময় জীবন, তখন আপনার হাতে এতটাই পয়সা থাকবে যে আপনি বাকি দিন গুলো নিশ্চিন্তে অতিবাহিত করতে পারবেন, কিন্তু যদি আপনি ঠিক মতন ফায়নান্সিয়াল প্ল্যানিং না করেন তবে এই দৃশ্য বদলে যেতে পারে।

অবসর গ্রহণের পরের দিন গুলি বর্ণহীন ও দুশ্চিন্তাগ্রস্থ হয়ে উঠতে পারে। অবসর গ্রহণের পরের দিন গুলিকে সুখময় করে তোলার জন্য নতুন ভাবে চিন্তা করা খুবই প্রয়োজন। স্টিফেন পালেন তাঁর বেস্ট সেলার বইতে অবসর গ্রহণের পরে আর্থিক প্রয়োজন মেটানোর জন্য কিছু উপায় বলে দিয়েছেন। এটা ফায়নান্সিয়াল প্ল্যানিং-সম্পর্কে নতুন পথ দেখায় এবং তা রপ্ত করে আপনি উন্নততর জীবন যাপন করতে পারেন।

চাকরি বদলান ঃ

আপনি যদি নিজের বর্তমান চাকরি নিয়ে সম্পূর্ণ রূপে সন্তুস্ট থাকেন তা হলেও তা একবার বদলানোর কথা ভাবুন। একটা বিষয় আপনার ভালো মতন জানা উচিত যে, এই ভাবে কাজ করতে থাকলে আপনি মাসের শেষে বেতন পাবেন ঠিকই কিন্তু কোন রকম উদ্ধৃত্ত পাবেন না। সর্বদা অন্য সুযোগের দিকে চোখ রাখা উচিত, যাতে আপনার উপার্জন বৃদ্ধি পায় এবং আপনার জীবনের স্তর উন্নততর হয়ে ওঠে। আরো একটা কথা মাথায় রাখবেন যে, বর্তমান দিনে আপনার

বিনিয়োগকর্তার ব্যাপারে ততটাই বিশ্বাস দেখান, যতটা সে আপনার প্রতি দেখায়। বর্তমান চাকরিকে নিজের যোগ্যতার সিঁড়ি বানিয়ে বেশী বেতন যুক্ত নতুন চাকরির সন্ধান করুন। সর্বদা স্থিতিস্থাপক মনোভাব বজায় রাখুন। নিজের বর্তমান কাজ ভালো মতন করুন এবং সেই সাথে উচ্চ পদ ও বেশী পয়সার দিকে চোখ রাখুন।

নগদ নারায়ণের জয় ঃ

সর্বদা নগদ অর্থ প্রদান করুন, অর্থাৎ যাই কিনুন না কেন নগদ অর্থে কিনুন। অপ্রয়োজনীয় কোন জিনিস ধারে কিনবেন না। এতে আপনি ঋণের জাল থেকে দূরে থাকতে পারবেন। বর্তমানে গুরুত্ব নেই এমন জিনিস কিনবেন না। সময় থাকতেই ক্রেডিট কার্ডের পয়সা দিয়ে দিন এবং সময়ে-সময়ে নিজের ব্যাঙ্ক ব্যালেন্স চেক্ করতে থাকুন। ধার করে সর্বদা স্থায়ী সম্পত্তি কিনুন, যেমন বাড়ী।

"আভি তো ম্যাঁ জবান হুঁ"

অবসরের কথা মাথায় এলেই, শোফার উপর আরাম করে বসে চায়ের কাপে চুমুক দিতে দিতে টি.ভি.তে ক্রিকেট ম্যাচ দর্শনকারী ব্যক্তির দৃশ্য চোখে ফুটে ওঠে। কিন্তু একটা অতি প্রচলিত কথা হল, "আরাম হারাম হ্যা।" অবসর জীবনের কথা ভাবেন কেন ? অবসর জীবনের কথা ভেবেই আমরা পয়সা জমাই এটা ঠিকই, বৃদ্ধ বয়সে কাজে লাগার জন্যই পয়সার প্রয়োজন কিন্তু সক্রিয় দিন গুলিতে যতটা সম্ভব বেশী পয়সা রোজগারের কথা মাথায় রাখাই শ্রেয়, অবসর গ্রহণের পর আরামে জীবন অতিবাহিত করার কথা না ভেবে, তাকে নতুন কোন কাজের জন্য সক্রিয় করে তোলার কথা ভাবুন।

কাল নয়, আজ দেখুন ঃ

নিজের পয়সার সদ্ব্যবহার করার চেষ্টা করুন। পয়সা কোটরের মধ্যে ভরে রাখার কোন মানে হয়না। নিজের মৃত্যু শয্যায় ছেলে-মেয়েদের টাকার গদিতে বসানোর পরিবর্তে তাদের বর্তমান প্রয়োজন সম্পূর্ণ করার চেষ্টা করুন। বাচ্চাদের তখনই আর্থিক সাহায্য করুন যখন তাদের তা সব থেকে বেশী প্রয়োজন। সন্তানদের খুশীতে দেখার তুলনায় বড় এই পৃথিবীতে কিছুই নেই।

■ ■ ■

হোম লোন নেওয়ার আগে তার সম্পর্কে জেনে নিন

মধ্যবিত্ত পরিবারের সব থেকে বড় স্বপ্ন হল একটা বাড়ী কেনা। এই স্বপ্ন বাস্তবায়িত করার জন্য একটা মোটা টাকার প্রয়োজন হয়। বাড়ী কেনার জন্য সঞ্চয় তো করতেই হয়, তার সাথে ব্যাঙ্ক থেকেও লোন নিতে হয়। হোম লোনের জন্য আর্জী করার থেকে শুরু করে বাড়ী কেনার স্বপ্ন সম্পূর্ণ করার জন্য বহু পথ অতিক্রম করতে হয়। এই পথ বাড়ী পছন্দ করার থেকে শুরু হয়। তারপর স্বপ্ন বাস্তবায়িত করার জন্য ঋণ গ্রহণের প্রয়োজন হয়। এতে কোন ব্যাঙ্ক সবচয়ে কম সুদ নেয় তা সন্ধানের কাজ শুরু হয়।

ঋণের টাকা বেশী হওয়ার কারণে তা শোধ করার মেয়াদও দীর্ঘকালীন হয়। লোনের সময় কালের মধ্যে সুদের দরও বদলাতে থাকে। সুদের হার বৃদ্ধি পাওয়ার জন্য অর্থ পরিশোধের সময় উদ্বৃত্তও দিতে হয়। যদি এই দর কমতে থাকে তবে মাসিক কিস্তি (ই এম আই)-এর সংখ্যাও কমতে থাকে। লোন নেওয়ার পূর্বে এই সমস্ত দিক দেখেই পরিকল্পনা করুন।

পরিকল্পনা গড়ে তুলুন ঃ

বাড়ী কেনার কথা চিন্তা করার পূর্বে আপনি তার জন্য কত টাকা খরচ করতে পারবেন তা ঠিক করে নিন। বাড়ী কেনার ক্ষেত্রে ধন বিনিয়োগের পরিবর্তে জীবনশৈলীর দিকে বেশী নজর দেওয়া উচিত, যদি আপনি ও আপনার সেই খানেই বসবাস করার পরিকল্পনা করে থাকেন। আপনার কত বড় বাড়ী কেনার ক্ষমতা আছে বা মাসে কতটাকা কিস্তি দিতে পারবেন সেদিকে নজর দেবেন।

যে কোন বাজেটের ক্ষেত্রে সবার আগে আমদানীর দিকে নজর দিতে হয়। এক্ষেত্রে স্বামী ও স্ত্রীর বেতন, আইনি সেটেলমেন্ট থেকে প্রাপ্ত রাশি, রয়ান্টি, ফিস এবং ডেবিডেন্ট থেকে প্রাপ্ত অর্থ অন্তর্ভুক্ত থাকে যা পুণরায় বিনিয়োগ করা সম্ভব হয়না। মাসিক আয় কত তা জানার পর আপনার মাসিক খরচ বাবদ টাকা

বাদ দিয়ে বাকি টাকা আপনি বাঁচাতে পারেন। এই টাকাই আপনি.লোনের কিস্তি হিসাবে পরিশোধ করতে পারেন।

দীর্ঘকালীন বাজেট ঃ

বেশীর ভাগ পরিবার বর্তমান আয়ের ভিত্তিতেই বাজেট করে থাকে। কিন্তু তাতে আগে কিছু বিষয় অন্তর্ভুক্ত করা উচিত। এটা একবারের প্রক্রিয়া নয়, সময়ের পরিবর্তের সাথে-সাথে এটা পরিবর্তিত হতে থাকে। হোম লোনের অবধি 25 বছরের হয়ে থাকে, তাই সমস্ত খরচের কথা মাথায় রেখে বাজেট তৈরী করা. উচিত।

এক্ষেত্রে বেতনের উদাহরণ নেওয়া যেতে পারে। পরিবারের সমস্ত সদস্যদের বেতন দীর্ঘকাল ধরে একই থাকবে না। আপনি যে স্হানে কাজ করেন সেখানে প্রোমোশান হতে পারে বা চাকরি বদলালেও বেতন বৃদ্ধি পাবে। অন্যদিকে কেরিয়ারের পথে বাধার সৃষ্টি হলে লোন পরিশোধের ব্যাপারে সমস্যার সৃষ্টি হতে পারে। সাধারণত কেরিয়ারে উন্নতির কথা মাথা রেখে, বেতন বৃদ্ধির চিন্তা করেই বাজেট বানানো উচিত। সমস্যাজনক পরিস্হিতির জন্য আগে থেকেই কিছু বন্দোবস্ত করে রাখাই শ্রেয়।

অর্থের পরিমাণ যেন সঠিক হয় ঃ

পরবর্ত্তী পদক্ষেপ হল, আপনি কত টাকা লোন নিতে চান তা ঠিক করা। সম্পত্তি কেনার কথা চিন্তা করার পরেই বাজেট ঠিক করতেই হয় কিন্তু ব্যাঙ্ক আপনাকে সর্বাধিক কত টাকা লোন দিতে পারবে তা জেনে নেওয়া খুবই বুদ্ধিমানের কাজ। ব্যাঙ্ক ঋণগ্রহণকারীর আয়, অতীতের লোন পরিশোধের ইতিহাস এবং সম্পত্তির দামের ভিত্তিতেই লোন দিয়ে থাকে। সাধারণত ব্যাঙ্ক ঋণগ্রহণকারীকে বার্ষিক আয়ের 3.5 থেকে 4 গুণ পর্যন্ত লোন হিসাবে দিয়ে থাকে। দীর্ঘকালীন লোনের ক্ষেত্রে এই রাশি আরোও অধিক হতে পারে।

এইসব ঠিক করার জন্য ব্যাঙ্ক আলাদা-আলাদা উপায় গ্রহণ করে থাকে। কয়েকটি ব্যাঙ্কের সাথে কথা বললেই আপনি বুঝতে পারবেন যে আপনি সবাধিক কতটাকা লোন পেতে পারেন। ব্যাঙ্ক সম্পত্তির দামের 85-90 শতাংশ লোন হিসাবে দিয়ে থাকে। বেশীর ভাগ ব্যাঙ্ক এত স্ট্যাম্প ও রেজিস্ট্রেশান শুল্কও অন্তর্ভুক্ত করে থাকে।

বেশীরভাগ ব্যাঙ্ক ঋণগ্রহণকারী এবং তার স্বামী বা স্ত্রীর আয়ের ভিত্তিতে

লোন দিয়ে থাকে। কথাবার্তা বললে কিছু ব্যাঙ্ক লোনের যোগ্যতা বৃদ্ধি করার জন্য আপনার নিকট আত্মিয়ের (অবিভাবক, ভাই-বোন এবং বাচ্চা) আয় জুড়তেও রাজী হয়ে যায়।

পরিশোধের ক্ষমতা ঃ

হোম লোন পরিশোধের ক্ষমতা আপনার আয় ব্যয় প্রক্রিয়ার উপর নির্ভর করে। যদি আপনার মাসিক আয় 15,000 টাকা এবং মাসিক ব্যয় 9,000 টাকা হয় তবে প্রতি মাসে 6,000 টাকা বেঁচে যায় যা আপনি লোন পরিশোধ করার ক্ষেত্রে ব্যবহার করতে পারেন।

লোনের যোগ্যতা গণনা এইরূপ হয়ে থাকে ঃ

11 শতাংশ সুদের হারে 20 বছরের জন্য 10 লক্ষ টাকা ঋণ নিলে মাসে প্রায় 1,1000 টাকা পরিশোধ করতে হয়।

ব্যাঙ্ক অতি সাধারণ ফর্মূলার মাধ্যমে লোনের যোগ্যতা বিচার করে থাকে। হোম লোনের য্যোগতা এক লক্ষ টাকা নির্ধারণ করার জন্য লোন পরিশোধের ব্যাপারে প্রাপ্ত রাশিকে নির্দ্দিষ্ট সময়ের জন্য প্রতি লক্ষ টাকার কিস্তি দিয়ে ভাগ করা হয়ে থাকে। (উপরে প্রদত্ত উদাহরণ অনুসারে লোনের যোগ্যতার = 4000 টাকাকে 1,1000 দিয়ে ভাগ করার পর এক লক্ষ টাকা দিয়ে গুণ করার পর 3,63 লক্ষ টাকা হয় ?)

লোন পরিশোধের ক্ষমতা যত বেশী হবে লোনের যোগ্যতা ততই বৃদ্ধি পাবে। লোন নেওয়ার সময় ব্যক্তিদের একটা কথা মাথায় রাখা উচিত লোন পরিশোধের সময় কালের মধ্যে সুদের হার পরিবর্তন হয়। এই পরিবর্তনের কারণে মাসিক কিস্তীতে প্রভাব পড়ে, ঋণগ্রহণকারী যদি যুবক হয় তবে সে সময় কাল বৃদ্ধি করতে প্রস্তুত হয়ে যায়। কিন্তু যদি ঋণগ্রহণকারীর বয়স 40 বছরের অধিক হয় তবে তার অতিরিক্ত টাকা প্রদান করা ছাড়া কোন উপায় থাকে না। ইনভেস্টমেন্টের সবচেয়ে ভালো ক্ষেত্র হল রিয়েল ইস্টেট, পারদর্শিতার অভাব এবং অনিশ্চিয়তার কারণে সাধারণ ইনভেস্টর্সরা প্রপার্টি সেক্টার থেকে বহু দিন দূরে ছিল। কিন্তু বর্তমান সময় পরিবর্তিত হচেছ, লোকেরা বিভিন্ন ধরণের প্রপার্টিতে অর্থ বিনিয়োগ করছে। তাদের জন্য রিয়েল ইস্টেট মিউচ্যুয়াল ফাণ্ডের মতন বহু বিকল্প রাস্তাও খুলে গেছে। ভারতীয় রিয়েল ইস্টেটের মার্ক নিয়ে সাধারণ লোকেদের চিন্তা-ভাবনা দিনে-দিনে বদলাচেছ।

সাত-আট বছর আগেও সাধারণ লোকরা রিয়েল ইস্টেট ইনভেস্ট করতে ভয় পেত। এর কাণর হল, পারদর্শিতার অভাব এবং অনিশ্চিয়তার পরিবর্তন। পরবর্তীকালে বলা হত, রিয়েল ইস্টেট এক ধরণের বেলুনের মতন, যার হাওয়া কখন বেরিয়ে যাবে, কিছুই বলা যায়না। এই কারণে এই ক্ষেত্রে অর্থ বিনিয়োগকারীর অভাবই দেখা যেত। গত 4-5 বছরের মধ্যে এই ছবি সম্পূর্ণ বদলে গেছে। বর্তমান দিনে লোকেরা এই সেক্টরে বিনিয়োগকে লাভজনক বলে মনে করছে।

বর্তমান দিনে মানুষের হাতে সামান্য পয়সা এসে গেলেই সবার আগে প্রপার্টি কেনার কথা ভাবে। শুধুমাত্র প্রয়োজনের জন্যই নয়, বেশী লাভ করার জন্যও। বিদেশী কম্পানি এবং বিদেশী পয়সা আসার জন্যও এই সেক্টরের অবস্থা পরিবর্তিত হচেছ। একই দামে লোকেরা আরোও ভালো কোয়ালিটির জিনিস পাচেছ, সেই সুযোগ লোকেরা কেন নেবেনা ?

■ ■ ■

শুধুমাত্র কর বাঁচানোর জন্যই বীমা করবেন না

বেশীর ভাগ লোকের কাছে বীমা হচ্ছে অর্থ বিনিয়োগের একটা উপায় মাত্র। লোকেরা একটা-দুটো জীবন বীমার পলিসি কিনে নিয়েই বাকি দিক গুলি নিয়ে মাথা ঘামায় না। তাদের কাছে মানে বাজে খরচ। এই ধরণের লোকেরা এটাও ভাবে যে, সুস্থ থাকলে স্বাস্থ্য বীমা করার প্রয়োজনই নেই। বীমা পরামর্শদাতাদের মতে লোকেদের মধ্যে এই ধরণের ভুল ধারণা বদ্ধমূল্য হয়ে আছে। এই কারণে আজও বহু লোকের কাছে কোন রকম বীমা নেই, তারা সুরক্ষারজন্য কোন রকম বীমা করেইনি। বেশীর ভাগ লোকেদের মস্তিস্কে বীমা সম্পর্কে এমন কিছু ভুল ধারণা আছে যা পরিবর্তিত করা খুবই অসুবিধা জনক। বীমা ক্ষেত্রে নিজেস্ব কোম্পানী গুলি প্রবেশ করা সত্ত্বেও লোকেদের মধ্যে পুরাতন ধ্যান-ধারণা এখনও সেই ভাবেই রয়ে গেছে।

দুটোর বেশী পলিসি করে কি হবে ঃ

বীমা এজেন্টদের কাছে হয়তো সব মিলিয়ে দুই লাখের বেশী পলিসি নেই কিন্তু তা সত্ত্বেও তারা মনে করে দুই লাখের বেশী পলিসি নেওয়া বেকার। একটু ভেবে দেখুন তো বর্তমান যুগে দুই লাখ টাকার গুরুত্ব কত খানি। যদি পরিবারের রোজগরের সদস্যের সাথে কোন রকম দুর্ঘটনা ঘটে যায়। তবে সেই অবস্থায় পরিবারের বাকি সদস্যরা কি করবে ?

বীমা অর্থ বিনিয়োগ ছাড়া কিছু নাঃ

বেশীর ভাগ লোকের মতে বীমা কর বাঁচানোর সবচেয়ে ভালো উপায় বা সামান্য-সামান্য টাকা জমিয়ে একটা নিশ্চিত সময়ের পর ম্যাচিত্তর হয়ে গেলে একটা মোটা টাকা আমদানির স্রোত। কিন্তু জীবন বীমা এই সমস্ত উদ্দেশ্যে করা হয় না। এর প্রকৃত উদ্দেশ্য হল কোন দুর্ঘটনার সময় পরিবারের লোকেদের আর্থিক সাহায্য করা। এর অর্থ খুবই পরিস্কার, যদি আপনি বীমাকে শুধুমাত্র অর্থ বিনিয়োগের ক্ষেত্র বলে ধরে নেন, তাহলে খুবই ভুল করবেন, এবং গুরুত্বপূর্ণ উদ্দেশ্যের জন্য সঠিক প্ল্যান করতেও ভুল হয়ে যাবে।

সুস্থ থাকলে স্বাস্থ্য বীমা করার দরকার কি ঃ

বীমা সংক্রান্ত আর একটা অতি সাধারণ ভুল মানুষ করে থাকে। তাহলে সুস্থ সবল লোকেদের স্বাস্থ্যবীমা করার কোন প্রয়োজন নেই। কখন কার সাথে কি হয় তা কি কেউ বলতে পারে, আর যদি তা হয়েই যায় তবে চিকিৎসা সংক্রান্ত মোটা খরচের হাত থেকে আপনি বাঁচবেন কি করে? বয়স কম থাকলে বীমা পলিসির প্রিমিয়ামও অনেক কম দিতে হয়। যদি আপনি কোন রকম অসুস্থতার পর এই পলিসি করেন তবে আপনার প্রিমিয়ামের পরিমাণ বৃদ্ধি পাবে আর তা না হলে বীমার থেকে চিকিৎসার খানিকটা খরচই পাবেন। এমন কি কোন গুরুতর রোগ হলে আপনি বীমার থেকে বঞ্চিত হয়ে যাবেন। এমন অবস্থায় সবচেয়ে বুদ্ধিমানের কাজ হল আপনি যত সুস্থই থাকুন না কেন বীমা করতে ভুল করবেন না।

বীমা মানে বাজে খরচ ঃ

বীমা এজেন্টদের মতে বেশীর ভাগ সময় লোকেরা এই প্রশ্নই করে যে, বীমার থেকে যখন কোন বড় রিটার্ন পাওয়া সম্ভব না, তখন তা করার প্রয়োজন কি? এই ধররে মনভাবাপন্ন লোক স্বাস্থ্যবীমা, মূল্যবান জিনিসের বীমা, বা অন্যান্য সাধারণ বীমা করতে সংকোচ করে। তারা ভাবে যে বছর জুড়ে তারা কোন রকম ক্লেস করেনি, সুতরাং প্রিমিয়াস স্বরূপ প্রদেয় অর্থ অপচয় হয়ে গেল। একটু ভেবে দেখুন তো, পাঁচ হাজার প্রিমিয়াম দিয়ে বছরের জন্য পাঁচ লাখের বীমা করা ভালো নাকি পাঁচ লাখ টাকা খরচ করা ভালো, হয়তো বীমা না থাকার কারণে আপনার ভবিষ্যৎ-এর জন্য সঞ্চিত অর্থে হাত পড়তে পারে বা গয়নাগাটিও বিক্রী করতে হতে পারে।

কোম্পানীগুলিও দোষী ঃ

বীমা কোম্পানী গুলিও লোকেদের জীবন বীমার বিভিন্ন দিক গুলি সম্পর্কে অবগত করে না। এই কোম্পানীগুলি ইউনাইটেড লিংকভের মতন অপেক্ষাকৃত দামী প্ল্যান গুলি বিক্রী করতে চায় আর এই কারণে জীবন বীমার বাস্তবিক উদ্দেশ্যগুলি এড়িয়ে যায়।

প্রয়োজনের হিসাবে প্ল্যান নির্ধারিণ করুন ঃ

বহু লোকই এটা জানে না যে, তাদের বিশেষ প্রয়োজন মেটানোর জন্য কোন কোন প্ল্যান আছে। উদাহরণ স্বরূপ বলা যায়, বহু লোক এটা জানে না যে জীবন বীমা বা স্বাস্থ্য বীমা ছাড়াও ব্যবসায়ী প্রতিষ্ঠান, ল্যাপটপ, টি.ভি. প্রভৃতির বীমা করা যায়। ইনশিয়োরেন্সের প্রয়োজন বুঝে সেই হিসাবেই সঠিক পলিসি নির্বাচন করাই সবচেয়ে বুদ্ধিমানের কাজ।

■ ■ ■

ইনভেস্টমেন্টের নতুন ক্ষেত্র

অতীত কাল থেকে আজ পর্যন্ত পয়সা ইনভেস্ট করার জন্য বহু নতুন ক্ষেত্রের উদ্ভব হয়েছে। বর্তমান যুগে রিটেল সেক্টারের ধূম পড়েছে। এর ফলে কমার্শিয়াল স্পেসের ডিমাণ্ডও খুবই বৃদ্ধি পেয়েছে। রিটেল এবং মাল্টিন্যাশনাল কোম্পানী গুলির সক্রিয়তার জন্য আজ অফিস এবং অন্যান্য কমার্শিয়াল স্পেসের খুবই ভালো রেট পাওয়া যাচ্ছে। বলা যায় যে কমার্শিয়াল প্রপার্টিতে প্রাইস এপ্রিসিয়েশ্যান এবং রেন্টাল মার্কেট লাভজনক চুক্তি। এই ছবি কতটা বদলে গেছে, তা বোঝা যায় রিয়েল ইস্টেট মিউচ্যুয়াল ফণ্ড, আই পিও ও, প্রপার্টি ইণ্ডেক্স প্রভৃতির ছবি দেখলে।

রেশিডেনশিয়াল প্রপার্টি ঃ

ছোট এবং সিঙ্গল ইনভেস্টর্সদের কাছে প্রপার্টিতে অর্থ বিনিয়োগ করার মানে হল রেশিডেনশিয়াল প্রপার্টি কেনা। ইনভেস্টমেন্টের জন্য আণ্ডার কন্সট্রাকশান বা রেডি প্রপার্টি ধরে রাখতে পারবেন বা এই এলাকা কত তাড়াতাড়ি উন্নতি করছে তার উপরেই লাভ নির্ভর করে। যদি ক্যাপিটাল এপ্রিসিএশ্যান হাউজিং লোনে ইনভেস্ট থেকে বেশী হয় তবে আপনার লাভও বেশী হবে। এমন অবস্হায় আপনি হাউজিং লোন নিয়ে প্রপার্টিতে ইনভেস্ট করতে পারেন।

রেশিডেনশিয়াল প্রপার্টিতে ইনভেস্ট করলে কতটা লাভ হতে পারে, তা একটা উদাহরণের সাহায্য বোঝা যেতে পারে। মনে করুন আপনি 100 টাকার প্রপার্টির জন্য 85 টাকা লোন নিয়েছেন এবং আপনার নেট ইনভেস্টমেন্ট হল 15 টাকা। দু বছরের মধ্যে সম্পত্তির দাম 15 শতাংশ বৃদ্ধি পায়। এর মধ্যে আপনাকে এনভেস্ট কস্ট 12 শতাংশ শোধও করতে হয়েছে। তখন আপনার নেট প্রফিট হবে 7.9 টাকা, অর্থাৎ দু বছরে 26 শতাংশ রিটার্ন পাবেন। ইনভেস্ট এবং লোন পরিশোধের জন্য ট্যাক্স বেনিফিটও পাবেন, যার ফলে রিটার্ন আরোও বৃদ্ধি পাবে।

কমার্শিয়াল প্রপার্টি ঃ

বড়-বড় ইনভেস্টর্সরা বড়-বড় লাভ আশা করে, তাই তারা কমার্শিয়াল স্পেসে

ইনভেস্ট করতে বেশী পছন্দ করে। বর্তমান রিটেল ভ্যালু দেখে রিটেল বা অফিস স্পেস কেনা অনেক বেশী লাভজনক বলে প্রমাণিত হয়। কমার্শিয়াল প্রপার্টির ইনভেস্টর্সরা সাধারণত প্রপার্টি রেন্ট বা লিজে দিয়ে দেয়। এতে নিয়মিত আমদানী তো হয়ই, তার সাথে প্রপার্টির দাম বৃদ্ধি পাওয়ার কারণে লাভের পরিমাণও বৃদ্ধি পায়। মোট ইনভেস্টের 11-12 শতাংশ রেন্টাল ইনকাম থেকেই উঠে আসে।

রেশিডেনশিয়াল প্রপার্টির মতন কমার্শিয়াল স্পেসেও দুই দিক থেকে ইনভেস্ট করা যেতে পারে, আণ্ডার কনস্ট্রাকশান পপার্টি অর্থাৎ রেডি বা ব্যবহৃত সম্পত্তি। আণ্ডার কনস্ট্রাকশান প্রপার্টি নেওয়ার পর তার দাম বৃদ্ধি পেল কিনা বা যেখানকার চাহিদার দিকে সর্বদা চোখ রাখতে হয় এবং রেন্টে দেওয়ার জন্য সঠিক সময়ের অপেক্ষা করতে হয়। যারা কমার্শিয়াল প্রপার্টিতে ইনভেস্ট করে তাদের ইনভেস্ট সেন্টের বেসিক মন্ত্র সর্বদা মাথায় রাখতে হয়–যত বেশী বিপদ, তত বেশী লাভ।

রিয়েল এস্টেট ফাণ্ড ঃ

ইণ্ডিভিজুয়াল প্রপার্টিতে ইনভেস্ট করার সময় একটা রিস্ক থেকেই যায় ? তার রিটার্নের জন্য একটা বিশেষ বর্গের উপর নির্ভর করতে হয়।এটা সেই পছন্দের ক্লাস, যা এই প্রপার্টি কেনার ক্ষমতা রাখে। এখন একটা নতুন উপায়ে নিজস্ব ইনভেস্টমেন্ট ইস্টেট অর্থাৎ ইনভেস্টেড প্রপার্টির থেকে অনেক বড় বর্গের মাধ্যমে লাভ পাওয়া সম্ভব। তাহলো রিয়েল ইস্টেট ফাণ্ডে ইনভেস্টমেন্ট। এই সেক্টরে অর্থ বিনিয়োগের সবচেয়ে বড় লাভ হল, এটিকে প্রোফেশানাল্সর ম্যানেজ করে। এই প্রোফেশানাল্স মার্কেটের চড়াই-উতরাই এবং উপস্থিত ট্রেণ্ড সম্পর্কে সমস্ত খবর রাখে এবং তারা নিজেদের ক্লাইন্ট অর্থাৎ আপনার লাভ দেখে অতি শীঘ্র কি করবে তা ঠিক করে ফেলে।

ফাণ্ড বেশী বড় হলে বিভিন্ন সেক্টারে ইনভেস্ট করা যেতে পারে, যেমন–রেশিডেনশিয়াল, কমার্শিয়াল, রিটেল বা অফিস স্পেস। সব মিলিয়ে বলা যায় যে, মিউচ্যুয়াল ফাণ্ড, এফডী, ইনশিয়োরেন্স, কোমাডিটীজ প্রভৃতি মধ্যে রিয়েল ইস্টেটও ইনভেস্টমেন্টের ভালো ক্ষেত্র বলে প্রমাণিত হচ্ছে। ফাণ্ডের এই বিস্তার রিস্ক কম করে বেশী লাভের সম্ভাবনা তৈরী করছে। হোম লোনের বোঝা যত শীঘ্র ঘাড় থেকে নেমে যায় সেটা তত বেশী লাভজনক বলে প্রমাণিত হয়।

2003 সালে হোম লোন নিলে তার উপর 7 শতাংশ সুদ দিতে হতো। বর্তমানে তা বৃদ্ধি পেয়ে প্রায় 12 শতাংশ হয়ে গেছে। আপনি যদি মোটা টাকা লোন নিয়ে থাকেন, অনক দিন ধরে যা পরিশোধের কথা আছে, এমন অবস্থায় আপনার কাছে যদি অতিরিক্ত অর্থ থাকে তাহলে কি সময়ের পূর্বেই লোনের অর্থ

পরিশোধ করে দেওয়া উচিত ? ঋণ গ্রহণকারীকে এই ব্যাপারে সিদ্ধান্ত নেওয়ার আগে বেশ কিছু বিষয় বিচার করা উচিত। সময়ের পূর্বে হোম লোন পরিশোধ করার ব্যাপারে সিদ্ধান্ত নেওয়ার আগে কয়েকটা বিষয়ের দিকে অবশ্যই নজর দেওয়া উচিত।

প্রী-পেমেন্ট পেনাল্টী : সময়ের আগে হোম লোন পরিশোধ করে দেওয়ার জন্য পেনাল্টী দিতে হবে কি ? কিছু ব্যাঙ্ক বা আর্থিক সংস্থান অতি শীঘ্রই অর্থ ফেরত পেয়ে খুশী হয়ে যায়। অন্যগুলি সময়ের আগে অর্থ প্রদান করা সত্ত্বেও পেনাল্টী স্বরূপ সম্পূর্ণ টাকাই আদায় করে নেয়, আবার কিছু ব্যাঙ্ক আগে টাকা দিয়ে দিলে পেনাল্টী স্বরূপ কোন অর্থই নেয় না। আপনি যদি লোনের কিছুটা অংশ সময়ের আগেই দিয়ে দেবেন বলে ঠিক করেন তবে ব্যাঙ্কের শর্ত গুলি অবশ্যই জেনে নেবেন। যদি আপনার ব্যাঙ্ক কোন রকম পেনাল্টী না নেয় তবে প্রতি বছর আপনি নিজের সুবিধা মতন টাকা প্রদান করতে পারেন।

দামী লোন গুলির টাকা আগে শোধ করুন : আপনি যদি কার লোন, পার্সনাল লোন প্রভৃতির মতন কিছু দামী ঋণ নিয়ে থাকেন বা যদি ক্রেডিট কার্ডের অদেয় টাকার পরিমাণ বেশী হয়ে গিয়ে থাকে তবে প্রথমে সেগুলি প্রদানের কথা ভাবুন। হোমলোন নিলে আপনি করের ছাড় তো পাবেনই, একই সাথে তার সুদের হার সাধাণরত এই ঋণ গুলির থেকে কম হয়।

বেশী টাকা রিটার্নের জন্য অর্থ বিনিয়োগ করুন : যে ক্ষেত্রে অর্থ বিনিয়োগ করছেন তার থেকে প্রাপ্ত সুদের পরিমাণ যদি হোম লোন স্বরূপ প্রদেয় অর্থের সুদের হারের থেকে বেশী হয় তবে প্রী-পেমেন্ট করা উচিত হবেনা। এমন অবস্থায় আপনি যে টাকা পাচেছন তার থেকে হোম লোনের পয়সা দেওয়ার পরেও আপনার হাতে কিছু পয়সা থেকে যাবে। এ বিষয়ে একটা জিনিস মাথায় রাখতে হবে যে, রিটার্ন বেশী হলে ঝুঁকিও বেশী থাকে।

লোনের কিছুটা অংশ সময়ের আগে না দেওয়াই শ্রেয় : সময়ের আগেই লোনের টাকা মিটিয়ে দেওয়ার সিদ্ধান্ত খুবই ভালো কিন্তু দীর্ঘ কাল ধরে লোনের একটা ছোট অংশ পরিশোধ করলে তা খুবই লাভজনক বলে প্রমাণিত হয়। হোম লোন নেওয়ার পর সময় যত কাটতে থাকে সুদের পরিমাণও তত কমতে থাকে। তখন মাসিক কিস্তীতে (ই এম আই) মূল ধনের পরিমাণ বৃদ্ধি পায়। কিছু ঋন গ্রহণকারী সময়ের পূর্বে অর্থ পরিশোধ করতে পছন্দ করেনা। বেশীর ভাগ ঋণ গ্রহণকারী ঋণ গ্রহণের আট বছরের মধ্যেই অর্থ পরিশোধ করে দেয়।

চাকরি ও বেতনের সমীক্ষা করুন : আপনি কি অতি শীঘ্রই রিটায়র

করবেন ? যদি তাই হয় তবে সময়ের আগেই হোম লোন পরিশোধ করা শ্রেয়। আপনার চাকরির অবস্হা কি টলমল করছে ? যদি ঋণগ্রহণকারীর চাকরি যাওয়ার ভয় থাকে এবং তার কাছে অতিরিক্ত অর্থ থাকলে লোন পরিশোধ করে দেওয়াই শ্রেয়। যদি সে লোন পরিশোধ করে দেয় এবং তারপর চাকরি চলে যায় তবে তার উপর অতিরিক্ত চাপ পড়বে না। নতুন ঋণ গ্রহণকারীদের জন্য কম সময়ের লোনই ভালো। এতে ই এম আই-এর পরিমাণ বেশী হলেও অতি শীঘ্র আপনার লোন শোধ হয়ে যাবে।

সময়ের পূর্বে অর্থ পরিশোধ করলে তা কিভাবে কাজ করে ঃ মনে করুন এক ব্যক্তি পাঁচ বছর আগে 30-30 লক্ষ টাকা দিয়ে দুটো বাড়ী কিনেছে। সে একটা বাড়ীতে থাকে আর অপরটাতে ভাড়াা দেওয়া আছে। আসুন দেখা যাক যে পাঁচ বছর বাদে এর মধ্যে একটা বাড়ীর লোন সময়ের পূর্বে প্রদান করার ফলাফল কি হয়েছে। কর গণনা করার সময় সে সম্পত্তিতে ভাড়া ও বসানো হয়েছে তার থেকে প্রতিমাসে অর্জিত 8000 টাকা আমদানী স্বরূপ দেখা হয়েছে। অনুমান করা যায় যে প্রতি বছর এতে শত করা 5 শতাংশ উদ্বৃও হয়েছে। ভাড়া স্বরূপ প্রাপ্ত অর্থের 30 শতাংশ বাড়ী রক্ষনা বেক্ষণ ও সম্পত্তির করের জন্য ছাড় দেওয়া হয়।

লোন সম্পর্কিত তথ্য ঃ লোন নেওয়া হয়েছে 30 লক্ষ টাকা, তার জন্য ফিক্সড সুদ 10 শতাংশ, লোন পরিশোধের মেয়াদ 15 বছর, তার থেকে 5 বছর কেটে গেছে, হাতে সময় থাকে 10 বছর, পাঁচ বছর বাদে মূল রাশি থাকে, 24, 34, 500 টাকা। যদি এই ব্যক্তি যে বাড়ীতে বাস করছে তার লোনের টাকা সময়ের আগেই দিয়ে দেয় তবে 6 থেকে 15 বছরের মধ্যে (দুটো বাড়ীর জন্য) 1,05,097 টাকা আয়কর বেঁচে যাবে। যদি ভাড়া দেওয়া বাড়ীর লোনের অর্থ সময়ের পূর্বেই দিয়ে দেওয়া যায় তবে 6 থেকে 15 বছরের জন্য (দুটো বাড়ীর উপর) 3,26,470 টাকা আয়কর বেঁচে যাবে। তাই যদি দুটো হোম লোনেরই সমস্ত শর্ত এবং অন্যান্য মানক সমান হয় তবে সময়ের আগের অর্থ পরিশোধ করে দেওয়াই ভালো।

■ ■ ■

সোনায় অর্থ খাটানোর ব্যাপারে টিপ্‌স

সোনার প্রতি ভারতীয়দের প্রেম সম্পর্কে সারা পৃথিবী অবগত। সারা পৃথিবীর কুড়ি শতাংশ সোনা ভারতে বিক্রী হয়। ভারতীয়রা আগে গয়নার জন্য পাগল ছিল ঠিকই, কিন্তু বর্তমান দিনে লোকেরা এটিকে উন্নততর বিনিয়োগ ক্ষেত্র বলে মনে করছে। এই দৃষ্টিভঙ্গীর জন্য ভারতবর্ষ সবচেয়ে বড় উপভোক্তা হয়ে উঠেছে ঠিকই কিন্তু তা সত্ত্বেও ব্যক্তি প্রতি ক্রয়ের ব্যাপারে ভারতবর্ষ অনেকটাই পিছিয়ে আছে। ভারত ব্যক্তি প্রতি সোনা ক্রয়ের পরিমাণ প্রায় 0.7 গ্রাম, কিন্তু সময় অতিবাহিত হয়ার সাথে-সাথে ভারত অর্থ বিনিয়োগের ক্ষেত্র হিসাবে সোনার জনপ্রিয়তা বৃদ্ধি পাচেছ। লোকেরা আজ আর শুধু গয়নায় কেনে না গিনি বা সোনার বাঁটও কেনে। আজ কাল গোল্ড এক্সচেঞ্জ ট্রেটেও ফাণ্ডও আছে যা দেশে সোনার স্টকের ভিত্তি হিসাবে কাজ করে।

সোনা ভায়দা এবং জীইটীএফ ঃ

সোনার জয়দা বাজারে সওদা ট্রেডিং ফ্লোর এক্সচেঞ্জের ইলেকট্রনিক্স প্ল্যাটফর্মে হয়ে থাকে। এতে ভবিষ্যৎ-এর একটা নির্ধারিত দামে সোনা কেনা বা বেঁচা হয়ে থাকে, কিন্তু তার জন্য এক্সচেঞ্জে মার্জিন মানী জমা করতে হয়, তাতে সোনার মাত্রা এবং তার গুণমানের উল্লেখ থাকে। ভারতের তিনটে অনলাইন কমোডিটি এক্সচেঞ্জ সোনার জন্য ভারদা সওদার সুবিধা প্রদান করে। সেগুলি হল, এমসীএক্স, এমসীডিএক্স এবং এন এম সিই।

জী ই টী এফ হল ওপেন এডেওফাণ্ড এবং অন্য যে কোন পুঁজি বাজার ইনস্ট্রুম্যান্টের মতন তা শেয়ার মার্কেটে কেনা বা বিক্রী করা যেতে পারে। রিলায়েন্স গোল্ড, ইউটি আই গোল্ড বা বেঞ্চমার্ক গোণ্ডের মতন ফাণ্ড স্টক মার্কেটে সূচীবদ্ধ আছে।

সুবিধার খেলা ঃ

সোনার ভায়দা বাজার এবং জী ই টী এফ-রে মতন ফাণ্ডে পার্থক্য শুধুমাত্র

মার্জিন মানীর। ভায়দা বাজারে যদি আপনি ভবিষ্যৎ-এ 12.5 লাখ টাকার সোনা কিনতে চান তবে আপনাকে পাঁচ শতাংশ অর্থাৎ 2.62 500 টাকার মার্জিন মানী জমা করে সওদা করতে পারেন, কিন্তু জিইটিএফ-এ সওদ করতে হলে আপনাকে পুরো 12.5 লাখ টাকাই জমা করতে হবে।

প্রকৃত লাভ ঃ

অনেক সময় মনে হয় যে জীইটিএফ বেশী লাভ দেয়, কিন্তু এটা ঠিক নয়। একটা উদাহরণের সাহায্যে বিষয়টা বুঝতে পারবেন। মনে করুন আপনি 2008 সালের শুরুতে এক কিলো সোনায় অর্থ বিনিয়োগ করেছিলেন। ভায়দা বাজারের কন্ট্রাক্ট অনুযায়ী তার মূল্য দাঁড়ায় 49300 টাকা, কিন্তু জীইটিএফ-এ বিনিয়োগ করলে আপনি 153800 টাকা পান, অর্থাৎ 14.63 শতাংশ রিটার্ন পাচ্ছেন। এটা ভায়দা বাজারের থেকে বেশী ঠিকই, কিন্তু একটু খেয়াল করে দেখুন, 14.63 শতাংশ রিটার্ন এব্রোলুট রিটার্ন। তাতে ব্রোকরেজ মার্জিন ও সুদের হার অন্তর্ভুক্ত নেই। অর্থ বিনিয়োগকারীকে সুদের দরুন অর্থ দিতে হয়, কারণ যে গোল্ড ফিউচারে বিনিয়োগের জন্য ধার নিয়ে থাকে। ঠিক এই ভাবেই ভায়দা সওদাতে এই সুদের দরুন 4144 টাকা দিতে হয়। ভায়দা সওদাতে তার দরুন লাভ হয় 145156 টাকা যেখানে জীইটিএফ-এ লাভ হয় 102784 টাকা। সুতরাং ভায়দা সওদাতেই অধিক রিটার্ন পাওয়া যায়।

ফিউচার্স অনেক বেশী লাভজনক ঃ

বেশী রিটার্ন দেওয়া ছাড়াও জীইটিএফ এখন-এর তুশলনায় ভায়দা সওদা অনেক বেশী লাভজনক। ফিউচার্স সওদা অনুসারে আপনার কাছে সোনা আছে কি নেই তাতে কিছু যায় আসে না। এক রত্তি সোনা না থাকা সত্ত্বেও আপনি ভায়দা বাজারে সওদা করতে পারেন। আপনি দীর্ঘকাল বা অল্পকাল দুটির জন্যই সওদা করতে পারেন। কিন্তু জী ইটী এফ-এ আপনি অল্পকালের জন্য সওদা করতে পারবেন না। গোল্ড ফিউচার্সে আপনি অনেক রাত পর্যন্ত সওদা করতে পারবেন। কিন্তু জী ইটী এফ এ শুধুমাত্র দিনের বেলাতেই সওদা হয়। অন্তরাস্ট্রীয় সময় অনুসারে সারা পৃথিবীতে সোনার মার্কেট সন্ধ্যের সময়তেই সক্রিয় হয়। ভায়দা সওদায় এর লাভ পাওয়া যায়। ভায়দা সওদার ক্ষেত্র অনেক বেশী ব্যাপ্ত। এটা আমাদের অর্থ ব্যবস্হাকে অন্তঃরাস্ট্রীয় অর্থব্যবস্হার সাথে সংযুক্ত তো করেই, সেই সঙ্গে এত হোজিঙ্গ থেকে শুরু করে প্রাইস ম্যানেজমেন্ট, বিনিয়োগ এবং আর্কিট্রেশানে-

এর সুবিধা থাকে। এর ফলে সোনার দামে উত্থান-পতনের প্রভাব কম পড়ে। কিন্তু জী ই টী এফ শুধুমাত্র ক্ষুদ্র বিনিয়োগকারীর উদ্দেশ্যই পূরণ করে।

জী ই টী এফ গোল্ড ফিউচার্সের পূরক ঃ

জী ই টী এফ-এর তুলনায় ভায়দা সওদা যে অনেক বেশী লাভজনক তা বেশ পরিস্কার ভাবেই বোঝা যাচ্ছে, কিন্তু বাজারে দুটি ইংস্টুম্যাংটসেরই উপযোগিতা আছে। বিনিয়োগকারীরা নিজেদের লক্ষ্য এবং প্রদপ্ত সোনার ভিত্তিতেই প্রোডাক্ট নির্বাচন করে থাকে। কিন্তু এটা পরিস্কার যে জী ই টী এফ সোনার ভায়দা বাজারের পূরক হিসাবেই কাজ করে থাকে। যদি ইচ্ছা হয় তবে যে কোন বিনিয়োগকারী দুটিতেই অর্থ বিনিয়োগ করতে পারে, কিন্তু বিনিয়োগকারীদের জন্য এটা সমস্যার সৃষ্টি করতে পারে কারণ দুটো ইনস্ট্রুম্যান্টস আলাদা-আলাদা প্ল্যাটফর্মের উপর কাজ করে।

■ ■ ■

আবাস ঋণ সম্পর্কে জরুরী কথা

ঋণ নেওয়ার জন্য প্রচুর খড়কুটো পোড়াতে হয়। কিছু অবজেকশান সার্টিফিকেট দিতে হয়, যার জন্য বিভিন্ন অফিসে যেতে যেতে জুতোর শোল ক্ষয়ে যায়। আসলে যে কোন কোম্পানীর কাছেই ঋণ প্রদানের ব্যাপারটা খুবই রিস্কী হয়ে উঠেছে। এত বেশী প্রতারণা শুরু হয়েছে যে, ব্যাঙ্ক এবং অন্যান্য ফাইনান্স কোম্পানী গুলি খুবই সতর্কতার সাথে কাজ করতে শুরু করেছে। আপনি যতটাকা ঋণ চাইছেন তা আপনি পেয়েই যাবেন তার কোন মানে নেই। আপনাকে কত টাকা ঋণ দেওয়া যায় তা ব্যাঙ্কই ঠিক করবে।

আজকাল লোকেরা ছোট বাড়ীতে অর্থ বিনিয়োগ করার পরিবর্তে বড় বাড়ীতে অর্থ বিনিয়োগ করে থাকে। সেই বাড়ী কেনা তার কাছে কষ্ট সাধ্য হলেও এর চলন খুবই বৃদ্ধি পেয়েছে। তার প্রধান কারণ হল, এই বাড়ী গুলিতে যে কোন রিসোর্টের মতন সুবিধা থাকে এবং তার দাম আকাশ ছোঁয়া। এই ধরণের ফ্ল্যাটস গুলি তৈরী হওয়ার আগেই বিক্রী হয়ে যায়, সেটা আলাদা ব্যাপার।

বর্তমান দিনের যুব সমাজ স্বপ্নের বাড়ী নিয়ে একটু বেশীই মাথা ব্যথা দেখাচেছ। স্হায়ী চাকরি ও ভালো মতন প্রাপ্ত লোকেরাই আজকাল বাড়ী কেনে, এবং তারা আবাস ঋণ নিতে এতটুকু ভুল করেনা। এই ধরণের লোকেরা অতি সহজে আবাস ঋণ পেয়েও যায়। বেতনের অর্থ গুলি ট্যাক্সের কুয়োতে ফেলার পরিবর্তে সেগুলি ভালো বাড়ীর পিছনে ব্যয় করাই শ্রেয়। আমাদের দেশের যেকোন সাধারণ মানুষ, এন আর আই বা ভারতের যে কোন নাগরিক আবাস ঋণের জন্য আবেদন করতে পারে। আবেদনকারীর বয়স 21 বা ততাধিক হতে হবে এবং 65 বছর বয়সের মধ্যে ঋণ পরিশোধ করে দিতে হবে।

ভারতের যেকোন স্হানে অবস্হিত প্রপার্টির জন্যই বেশীর ভাগ আবাস ঋণ কোম্পানী গুলি ঋণ দিতে ইচছুক থাকে। বিশেষ করে ব্যবসায়ী বা চাকরীজীবিদের তারা ঋণ দিতে খুবই আগ্রহী। এই কথার অর্থ হল ঋণ গ্রহণকারীর যেন মাসিক

কিস্তী প্রদানের ক্ষমতা থাকে। ঋণ গ্রহণের জন্য সর্বপ্রথম আবেদন করতে হয়। কোম্পানী গুলি এই আবেদন গুলি নির্বাচন করে নেয়। এর পর আবেদনকারীর ইন্টারভিউ নিয়ে এটা বুঝে নেয় যে, সে ঋণ পাওয়ার যোগ্য কিনা। আপনি যদি সেই ঋণ প্রাপক সৌভাগ্যবান ব্যক্তি হতে পারেন তবে আপনার স্বপ্ন বাস্তবায়িত হতে শুরু করে।

হয়তো আপনি ভাবছেন যে, ঋণ প্রদানকারী কোম্পানী গুলি কি ভাবে আপনার কাছ থেকে লাভবান হয়? তারা আপনার কাছ থেকে কিস্তী তো নেবেই, কিন্তু তার আগে আপনি ঋণ হিসাবে যত টাকা নেবেন তার 0.5 শতাংশ প্রসেসিং ফিস হিসাবে নিয়ে নেবে। এই টাকাটা নন-রিফাণ্ডেবেল ফিস হিসাবে নেওয়া হয়ে থাকে। এরপর আপনার যোগ্যতা ও কোম্পানীর যোগ্যতা খতিয়ে দেখে নেওয়া হবে। তার ভিত্তি হল আপনার আয়, আপনার আর্থিক স্থিতি, ব্যাঙ্ক-ব্যালেন্স এবং আপনার দেওয়া কাগজ-পত্রগুলি পরীক্ষা করে দেখা। আজকাল কোম্পানীগুলি যে প্রপার্টির জন্য আবেদন করা হচ্ছে সেটাও দেখে নেয়। প্রপার্টি দেখা বা মুল্য নির্ধারণের জন্য আইনী কাগজপত্র ব্যাঙ্কই তৈরী করে তা নয়।

আগেই বলেছি ঋণ পাওয়ার জন্য প্রচুর কাঠখড় পোড়াতে হয়। ঋণ দেওয়ার পূর্বে ব্যাঙ্ক আবেদনকারীর ঋণ ফেরত দেওয়ার ক্ষমতা, তার বয়স, শিক্ষাগত যোগ্যতা, আয়ের স্থিতি এবং নিরন্তরতা, তার সম্পত্তি, ধার দেনা, সঞ্চয় এবং তার উপর নির্ভরশীল আশ্রিতের সংখ্যা প্রভৃতি খতিয়ে দেখে।

আজকাল ব্যাঙ্ক গুলি ঋণ প্রদানের ব্যাপারে আবেদনকারীদের জন্য ফাস্ট প্রসেস গ্রহণ করছে। কিছু-কিছু ক্ষেত্রে কোম্পানীগুলি এজেন্ট মারফত ঋণ আবেদনের জন্য প্রক্রিয়া শুরু হয়ে যায়। এর পর ব্যাঙ্ক এক সপ্তাহের মধ্যেই প্রপার্টির কাগজপত্র দেখে ঠিক করে নেয় যে, আবেদনকারীকে ঋণ দেওয়া হবে কিনা। যদি কোন ব্যক্তির আবেদন খারিজ করে দেওয়া হয় তবে তাকে 0.5 শতাংশ ফিস (নন-রিফাণ্ডেবেল) দিতে হয়না, কিছু কোম্পানী আবার ভেরিফিকেশান ফিস আদায় করে। আপনাকে প্রদেয় সময়ের সীমা অনুসারে আপনি ঋণের কিস্তী নিতে পারেন, বাকি অর্থ এক বছরের মধ্যে বার্তার থেকে আরো কয়েক দিন বাদে নিয়ে নিতে পারেন। আপনি নিজের প্রয়োজন অনুসারে কিস্তীতে বা একসাথে টাকা নিতে পারেন।

ঋণের আবেদন খারিজ হওয়ার পিছনে বহু কারণ থাকতে পারে, যেমন ধরুন প্রপার্টি নিয়ে ব্যক্তি বিশেষের মনের পরিবর্তন বা ঋণ প্রদান করার ব্যাপারে ব্যক্তির আয় পর্যাপ্ত নয়। সবার প্রথমে নিজের পছন্দের প্রপার্টি নির্বাচনের চেষ্টা করুন। তারপর ঋণের জন্য কোন ভালো কোম্পানীতে আবেদন করুন, যা চলতি বাজারের থেকে কম সুদ নেয়। শুধু তাই নয়, নিজের পকেটেও হাত দিয়ে দেখে নিন যে, আপনি এই ঋণ পরিশোধ করতে সক্ষম কিনা, তারপরই আপনি মনের সুখে গাইতে পারবেন–"এক বাঙ্গলা বনে ন্যারা।"

■ ■ ■

চেকের মাধ্যমে হেল্থ প্রিমিয়াম দিন

2008 সালের আর্থিক বাজেটে প্রথমবার এটা ঠিক করা হয়েছিল যে মাতা-পিতার হেল্থ ইন্‌শিয়োরেন্সের প্রিমিয়াম বাবদ অর্থ মোট আয়ের মধ্যে না ধরে ট্যাক্সের আওতায় ধরা হবে। এই ব্যবস্হা অর্থ বাজেট 80 ডি এর আওতায় করা হয়েছিল। যা অনুসারে হিন্দু অবিভাজিত পরিবার গুলি 15 হাজার টাকা পর্যন্ত অতিরিক্ত ছাড় পাবে। এই ছাড় তখনই মানা হবে ঃ

1. নিজে বা স্বামী বা স্ত্রীই এই হেল্থ পলিসি করবে, তার আশ্রিত বাবা-মা বা হেল্থ পলিসি গ্রহণকারী একা হবে।
2. হিন্দু অবিভাজিত পরিবারের যে কোন সদস্যের ক্ষেত্রেই প্রযোজ্য।

এছাড়াও হেল্থ ইন্‌শিয়োরেন্স করদাতা বা তার পরিবারে অন্য সদস্যের স্বাস্থ্যের জন্য করা হলে এবং যদি সে বরিস্ঠ নাগরিক হয় তবে সেই ছাড় বৃদ্ধি পেয়ে 20 হাজার হয়ে যাবে। সেই সঙ্গে তার জন্য কত অর্থই প্রদান করতে হবে তার কোন মানে নেই, অন্যান্য মাধ্যম যেমন চেক, ড্রাফ্‌ট বা অনলাইন পেমেন্ট করা যেতে পারে।

এই ব্যবস্হাপনায় আরো একটা বিষয় মাথায় রাখা হয়েছিল, অর্থ প্রদানের জন্য একটাই উপায় গ্রহণ করতে হবে এবং তা করদাতার কর যোগ্য আয়ের বাইরে হতে হবে।

বয়স বেশী হলে হেল্থ ইন্‌শিয়োরেন্সের প্রিমিয়ামও অপেক্ষাকৃত বেশী দিতে হয়। এটা করার কারণ হল যাতে প্রত্যেক ব্যক্তি মাতা-পিতার স্বাস্থ্যের দিকে নজর রাখে। এর জন্য করদাতা প্রায় 15 হাজার টাকার কর ছাড়-পাবে। বাবা-মার চলতি পলিসি, তাদের নামে কারা নতুন পলিসি বা তাদের চিকিৎসা সংক্রান্ত খরচের উপরেও এই ব্যবস্হাপনা প্রযোজ্য। চিকিৎসা খরচও এই ছাড়ের সাথেই

সংযোজিত থাকবে, যার ফলে আয়কর দাতা নিজের জন্য, বা স্ত্রী অথবা বাচ্চাদের জন্য স্বাস্থ্য বীমার প্রীমিয়ামের ছাড় লাভ করতে পারে।

এতে আরোও প্রস্তাবিত করা হয় যে, যদি আয়কর দাতা বাবা-মার জন্য আগে থেকেই পলিসি করে রাখে তবে বরিষ্ঠ নাগরিক হওয়ার দরুণ এই ছাড় বৃদ্ধি পেয়ে 20 হাজার হবে। উদাহরণ স্বরূপ বলা যায় যে, এক ব্যক্তিগত কর দাতা গত বছরের মেডিকেল ইন্শিয়োরেন্সের প্রিমিয়াম স্বরূপ 12 হাজার অন্য কোন মাধ্যমে)। বাবা-মার চলতি হেল্থ পলিসির প্রিমিয়াম স্বরূপ 17 হাজার টাকা জমা করে। প্রস্তাবনা অনুসারে হিন্দু অবিভাজিত পরিবারের সদস্যদের জন্য প্রদেয় প্রিমিয়াম (12000 + 15000 = 27000) তার আয় থেকে কেটে দেওয়া হবে। তার বাবা-মা বরিষ্ঠ নাগরিক না হওয়া সত্ত্বেও এই ছাড় পাবে। বাবা-মা বরিষ্ঠ নাগরিক হয়ে গেলে তার ছাড়ের পরিমাণ বৃদ্ধি পেয়ে 12000 + 17000 = 29000 টাকা হবে।

নতনু ব্যবস্হাপনা অনুসারে বাবা-মা আশ্রিত হোক বা নাই হোক ছাড় নির্ধারিণের ব্যাপারে তা কোন প্রকার গুরুত্ব রাখে না। এ ক্ষেত্রে যদি বাবা-মার প্রিমিয়াম হয় 30 হাজার টাকা এবং পুত্র 17000 টাকা দেয় ও বাকি 13000 টাকা বাবা-মা জমা করে তবে পুত্র 17000 টাকাই ছাড় পাবে এবং বাবা 13000 টাকা ছাড় পাবে। আরোও একটা বিষয় জেনে নিন যে, যদি আয়কর ধারা 30 ডি অনুসারে করের হাত থেকে ছাড় পেতে চান তবে হেল্থ প্রিমিয়ামের প্রদান নগদ অর্থে না করে যে কোন মোডে করতে পারেন। নগদ অর্থে প্রিমিয়াম জমা করলে আপনি কোন রকম ছাড় পাবেন না। আরো একটা গুরুত্বপূর্ণ বিষয় হল প্রিমিয়ামের অর্থটি সেই বছরের আয় হিসাবেই দেখান। অর্থাৎ মেডিকেল ইনিশয়রেন্সের প্রিমিয়াম এপ্রিলের পরেই জমা করুন, যাতে এই বছরের আয় থেকে কাটার পর আয় গণনা করা যেতে পারে।

■ ■ ■

হোম লোনের সাহায্যে কিভাবে ট্যাক্স বাঁচাবেন

বর্তমান দিনে বেতন ভোগী কর্মচারীরা আয়করের হাত থেকে রেহাই পাওয়ার জন্য বাড়ীর পিছনে অর্থ বিনিয়োগের ব্যাপারে উৎসাহ দেখাচ্ছে, সকলেই জানে যে যদি বেতন ভোগী কর্মচারীরা লোন নিয়ে একটা বাড়ী বানায় বা বাড়ী কেনে তবে লোনের জন্য প্রদেয় সুদের দরুন বিশেষ কর ছাড় পাবে, যার সর্বাধিক সীমা দেড় লক্ষ টাকা। এখন সবচেয়ে গুরুত্বপূর্ণ প্রশ্ন হল এই সুদের জন্য বিনিয়োগকারী কিভাবে করছাড় চাইবে। আয়কর নিয়ম 1961-এর ব্যবস্থাপনা অনুসারে অর্থ বিনিয়োগের জন্য কর্মচারীকে যে সুদ দিতে হচ্ছে তার জন্য কর ছাড় পাবে। এই ছাড়ের সবচেয়ে বড় লাভ হল হাউসিং লোনের জন্য প্রদেয় সুদ কর্মচারীর বেতন থেকেই কেটে নেওয়া হয়। তাই কর্মচারীকে কর বিভাগে যাওয়ার প্রয়োজন হয়না এবং সে কর প্রদান সম্পর্কিত সমস্ত লাভই পেয়ে যায়।

এর ফলে কর্মচারীর দায়িত্ব বৃদ্ধি পায় ঠিকই, যথেষ্ঠ মনযোগিতার সাহায্যে এই দায়িত্ব বুঝে নেওয়া উচিত এবং আনুষ্ঠানিকতা সম্পূর্ণ করার জন্য বিনিয়োগকারীকে সম্পূর্ণ কাগজপত্র ও বিবরণ দিয়ে দেওয়া উচিত। একটা কথা জেনে আপনি একটু অবাকই হবেন যে, যদি অনুষ্ঠানিকতা সম্পূর্ণ করার জন্য কর্মচারী সম্পূর্ণ কাগজ-পত্র ও বিবরণ জমা না করে তবে বিনিয়োগকারী তাকে কর ছাড়ের লাভ দিতে পারবেনা।

এটাও মাথায় রাখতে হবে যে জরুরী কাগজপত্র জমা না করলেও বিনিয়োগকারী করের ছাড় দিতে পারবেনা, এমন অবস্থায় সম্পূর্ণ বেতনের উপরেই আয়কর বসানো হবে। এক্ষেত্রে কর্মচারীকে আয়কর রিটার্ন দিতেই হবে। রিটার্ন জমা দেওয়ার সময় কর ছাড়ের জন্য প্রস্তাব করা যেতে পারে কিন্তু তা কোন ভালো নির্ণয় নয়, বিনিয়োগকারী আগেই আয়ের উৎস থেকে কর কেটে নেয়।

নিয়োগকারীর কাছে কর ছাড় চাইতে যাওয়ার পূর্বে কিছু বিষয় মাথায় রাখবেন। সুদের উপর কর ছাড়া পাওয়ার জন্য আপনার হাউজিং লোন যেন 1999-এর 1 এপ্রিলের পর হয়। সেই জন্যই আপনি যেখান থেকে লোন নিয়েছেন আপনার কাছে যে, সেই ব্যক্তি বা সংস্থানের উপযুক্ত প্রমাণ পত্র থাকে। এই প্রমাণ পত্রে যেন প্রদেয় সুদের পরিমাণ ও বাড়ী বানানো বা কেনার কথা স্পষ্ট ভাবে উল্লেখ থাকে।

যে সমস্ত কর্মচারীগণ হাউজিং লোন নেন তাদের জন্য একটা উল্লেখ যোগ্য টিপ্‌স হল, যে যেন হাউজিং, লোন এবং তার জন্য অনুমানিত সুদের উল্লেখ যুক্ত প্রমাণপত্র হাসিল করে নেয় এবং তা নিজের বিনিয়োগকারীকে দিয়ে দেয়। প্রমাণ পত্র জমা করার পর বিনিয়োগকারী কর্মচারীর প্রদেয় সুদের পরিমাণ মোট বেতনের বাদ দিয়ে দেবে এবং তারপর যে টাকা থাকবে তার উপরেই ট্যাক্স দিতে হবে।

■ ■ ■

কর্মরত মহিলাদের জন্য বীমা

আজ যে কোন স্থানে পুরুষদের সাথে কাঁধে কাঁধ মিলিয়ে মহিলারা কাজ করে চলেছ। কিছু দিন আগে পর্যন্ত মহিলারা পেশাগত দিক থেকে একটা নির্দ্দিষ্ট সীমার মধ্যেই আবদ্ধ ছিল, যেমন–অধ্যাপনা। কিন্তু আজকাল মহিলারা হাই প্রফেশানাল পেশা সহ যে কোন চাকরিতে নিজেদের স্থান করে নিচেছ। তাদের বেতন পুরুষদের সমান বা কোন কোন ক্ষেত্রে তাদের থেকে বেশী। আজকাল অনেক মহিলা বিয়ের বন্ধনে আবদ্ধ না হয়ে একাই জীবনকে উপভোগ করছে। ফায়নান্সিয়াল প্ল্যান অনুসারে একাকী চাকুরিজীবী মহিলাদেরও নিজেদের ভবিষ্যৎ সুখকর করে তোলার জন্য কিছু অর্থ সঞ্চয়ের পরিকল্পনা করা উচিত। একাকী মহিলাদের জন্য বীমা পলিসিও খুবই সাহায্য করে থাকে।

কম বয়সে পলিসি করুন :

কম বয়সে পলিসি করা সবচেয়ে বুদ্ধিমানের, কারণ বয়স বৃদ্ধি পাওয়ার সাথে সাথে পলিসির প্রিমিয়ামও বৃদ্ধি পেতে থাকে। বীমা পলিসি করা থাকলে মাঝে মধ্যে যে আর্থিক সমস্যা দেখা যায় আপনি তার হাত থেকে রেহাই পেতে পারেন। অসুখ কাউকে বলে আসেনা, আপনি যে কোনসময়ে অসুস্থ হতে পারেন। আপনার যদি হেল্থ পলিসি থাকে তবে আপনি অতি সহজেই অসুখের পিছনে বহু অর্থ ব্যয় করতে পারবেন। মেডিকাল এমার্জেন্সিতেও এই পলিসি কাজে লাগবে। কোন একাকী মহিলা যদি বীমা পলিসি না করে থাকেন তবে আজই এবিষয়ে গভীর ভাবে চিন্তা করুন এবং তা প্রতি বছর রিনিউ করতে হয় তা ভুলে যাবেন না। স্বাস্থ্য বীমা সব দিক দিয়েই লাভজনক কারণ এর প্রিমিয়াম বাবদ আপনি যে অর্থ প্রদান করবেন তার উপর আপনি আয়কর ছাড় পাবেন।

জীবন বীমা :

যখন আপনার উপর কোন ব্যক্তির বা ব্যক্তিদের দায়িত্ব থাকে তখনই জীবন বীমার প্রয়োজন পড়ে। যদি একাকী মহিলার উপর বাবা-মার দায়িত্ব থাকে বা যদি তাকে গৃহ লোন প্রভৃতি শোধ করতে হয় তবে জীবন বীমা করা খুবই

লাভজনক। যদি এই মহিলা কোন দুর্ঘটনার শিকার হয় তবে তারা অসমর্থ বাবা-মাকে কোন রকম লোন শোধ করতে হবেনা। এই ধরণের মহিলাগন ইউনিট লিংক্ড জীবন বীমা পলিসিও নিতে পারে। তা তারা নিজেদের পছন্দ মতন মিউচ্যুয়াল ফাণ্ডে বিনিয়োগ করতে পারে, সেই সাথে তাদের জীবন বীমা তো আছেই। কিছু বীমা কোম্পানী গুরুতর অসুখ-বিসুখের ক্ষেত্রেও আর্থিক সাহায্য প্রদান করে থাকে। কোন জীবন বীমা করার আগে বিভিন্ন কোম্পানীগুলি কি ধরণের সুবিধা দিচেছ যেগুলি বিচার বিবেচনা করে দেখা উচিত।

হাউসহোল্ড বীমা ঃ

আপনার কঠোর পরিশ্রমের দ্বারা তৈরী সম্পত্তির দিকেও আপনার দৃষ্টি দেওয়া উচিত। আপনার পরিশ্রম যেন জলে না চলে যায়। হাউস হোল্ড পলিসির দ্বারা আপনি যে শুধু আপনারা বাড়ীই সুরক্ষিত থাকবে। হাউসহোল্ড পলিসি ভূমিকম্প, বন্যা এবং ঝড়ের মতন প্রাকৃতির দুর্যোগ এবং চুরি-ডাকাতির হাত থেকে আপনার গৃহ ও আসবাব-পত্রকে রক্ষা করে।

■ ■ ■

ক্লেমের জন্য গৃহীত কিছু পদক্ষেপ

দুর্ঘটনা বা যানবাহন চুরি হয়ে গেলে সঙ্গে-সঙ্গে বীমা কোম্পানীকে তা জানিয়ে দিন। এই কথার অর্থ হল আপনি যত শীঘ্র সম্ভব ক্লেম ফাইল করুন।

আপনি যেখান থেকে বীমা পলিসি কিনেছেন, সেখান থেকে দূরের কোন শহরে দুর্ঘটনা ঘটলে, সবচেয়ে কাছাকাছি অবস্থিত বীমা কোম্পানীতে ক্লেম করুন। দুর্ঘটনা জনিত যানবাহনের ক্ষতি পূরণের ব্যাপারে বীমা কোম্পানী গুলি 'স্পট মার্টে' করে থাকে। যদি দুর্ঘটনা গুরুতর হয় তবে তা আরোও বেশী করে প্রয়োজন হয়। তাই দুর্ঘটনাার পরেই কোম্পানীকে তা জানানো খুবই প্রয়োজন যাতে কোম্পানী যত শীঘ্র সম্ভব স্পস্ট সার্ভে করতে পারে। এতে আপনার ক্লেম পেতে সুবিধা হবে।

কোন দুর্ঘটনার যদি আপনার যানবাহনের কোন ক্ষতি হয় তবে তা মেরামত করার জন্য অথোরাইজড সার্ভিস সেন্টারে যেতে হয়। যানবাহন কোম্পানীর অথোরাইজড সার্ভিস সেন্টারের মেকানিকং দিয়ে মেরামত করলে তার খরচ সম্পর্কে কোম্পানী জানতে পারে। কোম্পানীতে ক্লেস ফর্মের সাথে তা জমা করতে হয়। ক্লেম ফর্মটি সম্পূর্ণ ফিলাপ করে কোম্পানীর অফিসে জমা করতে হয়। এরপর বীমা কোম্পানী আপনার কাগজ পত্রে কতখানি সত্যতা আছে তা বিচার বিবেচনার জন্য সার্ভেয়ার বহাল করে। ক্লেম শীঘ্র পাওয়ার জন্য জরুরী কাগজ-পত্র গুলি (এফ আই আর এর কপি, চালান প্রভৃতি) যত শীঘ্র সম্ভব জমা করে দেবেন।

সার্ভেয়ার ওয়ার্কশপে গিয়ে যত শীঘ্র সম্ভব আপনার গাড়ীর অবস্হা দেখবে এবং সেই ভিত্তিতেই ক্লেমের অর্থ ঠিক করা হবে। একটা কথা মাথায় রাখবেন, যতক্ষণ না সার্ভেয়ার আপনার ক্ষতিগ্রস্হ যানবাহন দেখবে ততক্ষণ তা মেরামতের কাজও শুরু হবেনা। সার্ভেয়ারকে প্রদয়ে জরুরী কাগজ পত্রের মধ্যে বীমা পলিসির একটা কপি, ডাইভিং লাইসেন্স, এবং যানবাহনের জন্য প্রদেয় অর্থের প্রমাণ

পত্রের কপি দিতে ভুলবেন না। যানবাহন মেরামতের পর আপনি সন্তুস্ট হলে পুণরায় তা বীমা কোম্পানীকে জানাতে ভুলবেন না।

হয়তো কোম্পানী পুণরায় আপনার বাহন পর্যবেক্ষন করতে চাইতে পারে। মেরামত হয়ে যাওয়ার পর কোম্পানীকে বিলের অর্জিনাল কপি, ক্যাশ মেমো, বিল পে করার প্রমাণ পত্র (রসিদ) প্রভৃতি কাগজপত্র জমা করে দিলে যাতে আপনার ক্লেম শীঘ্র পেতে পারেন। আপনার ক্লেম মঞ্জুর হওয়ার পর যানবাহনের খারাপ কল-কব্জা গুলি (যেগুলি বদলানো হয়েছে) বীমা কোম্পানীতে জমা করে দিন। যদি তা না করেন তবে আপনার ক্লেম করা অর্থের থেকে কোম্পানী টাকা কেটে নিতে পারে।

আপনার যানবাহন চুরি হয়ে গেলে সঙ্গে-সঙ্গে এফ আই আর করে দিন। বীমা কোম্পানী এবং আর টি আইকেও তা জানিয়ে দিন। চুরির কথা লিখিত ভাবে মিউনিসিপাল অথারিটিকেও দিয়ে দিন, তা যেন তাদের রেকর্ডে নথিভুক্ত হয় যাতে ভবিষ্যৎ-এ আপনাকে কোন রকম ফাইন দিতে না হয়।

পুলিশের কাছ থেকে অনুসন্ধানের রিপোর্ট জোগাড় করে তা বীমা কোম্পানীতে জমা করে দেবেন। গাড়ীর চাবিও বীমা কোম্পানীকে দিয়ে দেবেন। কোম্পানী আপনার কাছে বীমা পলিসির অর্জিনাল কাগজও চাইবে। ক্লেমের কাজ শেষ হওয়ার পর রেজিস্ট্রেশান সার্টিফিকেটটি বীমা কোম্পানীর নামে ট্রান্সফর করে দিতে হয়। যদি আপনার বা যানবাহনটি কারোর কাছে বন্ধক থাকে তবে ফাইনানসারের কাছ থেকে 'অনাপত্তি প্রমাণপত্র' নিতে হয়। যদি এই প্রমাণপত্র না দেন তবে ক্লেমের অর্থ ফাইনানসার পেয়ে যাবে।

■ ■ ■

সন্তানদের ভবিষ্যৎ–নিশ্চিত করুন

ভাবেন কফেটের মতানুসারে বাচ্চাদের ভবিষ্যৎ-এর জন্য এক টাকা রাখা উচিত যাতে তারা ভবিষ্যৎ-এ কিছু করতে পারে। আবার এতটাও রাখা উচিত না যাতে তাদের কিছু করে খেতে না হয়। আজ প্রত্যেক বাবা-মা চায় তাদের সন্তানের ভবিষ্যৎ উজ্জ্বল করে তুলতে। অসুখ বিসুখের চিন্তা, দিনে-দিনে আকাশ ছোঁয়া মূল্যবৃদ্ধির মধ্যে পড়ার খরচ, বিয়ের খরচ প্রভৃতি বিভিন্ন রকম কতই না খরচ করতে হয়।

প্রায়ই দেখা যায় যে বাবা-মারা বাচ্চাদের জন্য এমন কিছু প্ল্যানকেই গুরুত্ব দেয় যেগুলির উপর 'চাইল্ড প্ল্যানের' লেবেল লাগানো আছে। কিন্তু এই ধারণা সম্পূর্ণ ভুল। কোন রকম অর্থ নিয়েগের ক্ষেত্রেই 'শুধুমাত্র বয়স্কদের জন্য' এমন কোন বাধ্যতা থাকে না। এর মানে আপনি বাচ্চার জন্যও এই প্ল্যান করতে পারেন, যাতে আপনি নিজের জন্য অর্থ বিনিয়োগ করছেন। যেমন–পি পি এবং এন এস জী, আর বি আই বণ্ডস, মিউচ্যুয়াল ফাণ্ড শেয়ার প্রভৃতি।

অর্থ ফেরত দেওয়ার ব্যাপারে কিছু পরিবর্তন ছাড়া অধিকাংশ বীমা উৎপাদনের ক্ষেত্রে কোন রকম পার্থক্য দেখা যায় না। এটাকে এই ভাবে বলা যায় যে, 'নাম বদলালেই কাজ বদলে যায় না'। এই সমস্ত নীতিগুলি অন্যান্য ঐতিহ্যবাহী বীমা নীতিগুলির মতনই কাজ করে। তাই সঠিক সময়ে সঠিক প্ল্যানটি নির্বাচন করতে পারলে আপনার সন্তানের ভবিষ্যৎ অবশ্যই উজ্জ্বল হয়ে উঠবে।

তাই বাচ্চা জন্মানোর সাথে সাথেই তার জন্য অর্থ সঞ্চয় করার চেস্টা করুন যাতে সময় মতন আপনি পর্যাপ্ত পরিমাণে অর্থ পেতে পারেন। এখন সবচেয়ে বড় সমস্যার কথা হল, কোন খাতে অর্থ বিনিয়োগ করা ঠিক হবে। এর একটা উত্তর হল–পাব্লিক প্রোভিডেন্ট ফাণ্ড (পি পি এফ)।

হ্যাঁ, ঠিকই বলছি পি পি এফ। সাধারণত এটিকে বয়স্কদের জন্যই অর্থ বিনিয়োগ ক্ষেত্র বলে ধরা হয়। মনে করুন কুড়ি বছর বাদে আপনার বাচ্চার উচ্চ

শিক্ষার জন্য 22-25 লক্ষ এবং তার বিয়ের জন্য 5 লক্ষ টাকার দরকার তবে আপনি যদি প্রতি বছর তার জন্য 70 হাজার টাকা করে পি পি এ জমা করতে পারেন তবে কুড়ি বছর বাদে আপনি 32 লক্ষ টাকা রিটার্ন পাবেন।

এই ভাবে আপনি যে শুধুমাত্র বাচ্চার আর্থিক প্রয়োজনই দূর করতে পারবেন তাই না বরং আপনাকেও বয়স কালে অর্থের অভাব বোধ করতে হবেনা। এই সবই কম্পাউণ্ডিং এবং সঠিক প্ল্যান নির্বাচনের ফল।

বীমা পলিসির ক্ষেত্রে বলা যায় যে, কোন বীমা পলিসিই আপনাকে এত ভালো রিটার্ন দেয় না। ডাভর্সিফাইড একিউটি ফাণ্ডও অর্থ বিনিয়োগের এক ভালো পথ। যদিও একিউটি ফাণ্ডে অর্থ বিনিয়োগ করলে খুব বেশী রিস্ক থেকে যায়। কিন্তু দীর্ঘকালীন বিনিয়োগের ক্ষেত্রে এতে ভালো লাভ পাওয়া যায়। তার বাচ্চাদের জন্য এই খাতে অর্থ বিনিয়োগ করা বুদ্ধিমানের কাজ। উদাহরণ স্বরূপ বলা যায় যে, যদি আপনি প্রতি মাসে তিন হাজার টাকা এই ফাণ্ডে বিনিয়োগ করেন তবে 15 বছর বাদে প্রতি বার্ষিক 12% সুদ মহ 15 লক্ষ টাকা ফেরত পাবেন।

■ ■ ■

কর বাঁচানোর জন্য প্রপার্টি বিক্রি করবেন না

প্রপার্টি ও শেয়ার বিক্রী দুটোই অর্থ বিনিয়োগের মধ্যে পড়ে। যদি কর প্রদানের দিক থেকে আপনাকে পরামর্শ দেওয়া হয় যে শেয়ার বিক্রীর তুলনায় প্রপার্টি বিক্রী না করাই ভালো। বর্তমান পরিস্থিতি অনুসারে সূচীবদ্ধ কোম্পানীগুলির বাইরে শেয়ারগুলি একমাসের বেশী সময় রেখে বিক্রী করে দেওয়া হয়। এর থেকে যে লাভ পাওয়া যায় তাঁর জন্য কোন রকম আয়কর দিতে হয়না। কিন্তু প্রপার্টি বিক্রীর ব্যাপারে এই পরিস্থিতি প্রযোজ্য নয়। মনে রাখবেন, যে দীর্ঘকালীন পুঁজিগত লাভে কর ছাড় পাওয়ার জন্য আপনাকে কমপক্ষে 36 মাস প্রপার্টি ধরে রাখতে হবে।

এইভাবে এই বিষয়টাও খুবই স্পষ্ট যে, অন্তত পক্ষে যে কোন শেয়ার 12 মাস ধরে রাখার পর তা বিক্রী করলে যে লাভ পাওয়া যায় তাকে দীর্ঘকালীন পুঁজিগত লাভ বলা হয়। এর বিপক্ষে রিয়েল ইস্টেটের ক্ষেত্রে আপনাকে 36 মাস প্রপার্টি ধরে রাখতেই হবে। এই ভাবে যে লাভ পাওয়া যায় তার সম্পূর্ণ অর্থটাই কর মুক্ত হয়ে থাকে।

কিন্তু রিয়েল ইস্টেটের ব্যাপারে আপনি প্রপার্টি 36 মাস ধরে রাখার পর যদি তা বিক্রী করেন তবে কোন কোন ক্ষেত্রে আপনাকে লাভের উপর কর দিত হতে পারে। সাধারণত বলা হয় যে, প্রপার্টি বিক্রী করার পর দীর্ঘকালীন পুঁঞ্জিগত লাভের উপর 20 শতাংশ আয়কর দিতে হয়। কিন্তু আয়কর অধিনিয়মে এমন বহু উপায় আছে যার দ্বারা অর্থ বিনিয়োগকারী করের হাত থেকে মুক্তি পেতে পারে।

কোন বিনিয়োগকারী রিয়েল ইস্টেটে প্রদেয় অর্থ 36 মাস ধরে রাখর পর যে মুদ্রাস্ফীতি সূচাঙ্কের লাভ পেতে শুরু করে তার জন্য তাকে কোন রকম আয়কর দিতে হয়না।

তাই একটা বিষয় খুবই গুরুতপূর্ণ যে রিয়েল ইস্টেটে করে অর্থ বিনিয়োগ করছেন অর্থাৎ প্রপার্টি কেনার দিনটা রেকর্ডে রাখুন এবং এই প্রপার্টি বিক্রি করার সময় আরো একটা বিষয়ে নজর দেবেন, আপনি কতদিন প্রপার্টিটা ধরে রাখতে পেরেছিলেন। একই সাথে দয়াকরে আরএকটা বিষয় মাথায় রাখবেন যে, এজেণ্ডায় এই বিন্দুটি সবার উপরে রেখে কর দাতা অনেকাংশে কর কম করতে পারে।

■ ■ ■

ব্যাঙ্ক ক্যাপিটাল কি ?

টীয়ার-1 পুঁজি (Tier 1 Capital)

এই পুঁজি ব্যাঙ্কের পুঁজির পর্যাপ্ততা অঙ্কনের জন্য ব্যবহার হয়। এটা একদিক থেকে ব্যাঙ্কের মূল পুঁজি, যাতে শেয়ার পুঁজি ও ঘোষিত রিজার্ভ অন্তর্ভুক্ত থাকে। শেয়ার পুঁজিতে সেই ইনস্ট্রুমেন্টও অন্তর্ভুক্ত থাকে যা ধারক ইচ্ছা মতন নিজের মর্জিতে ভাষাত পারেনা। অর্থাৎ পাবলিক ইশ্যু ছাড়াও সেই শেয়ারও থাকে যা বাজারে ব্যবহৃত হতে পারেনা এবং পরিবর্তনীয় ও অপরিবর্তনীয় ওয়ারেন্ট এবং বণ্ডও এতে অন্তর্ভুক্ত থাকে। এটা এমন এক ধরণের পুঁজি, যা ব্যাঙ্ককে নিজের কাজ বন্ধ না করেই লোকশান সহ্য করা ক্ষমতা দেয়।

টীয়ার-2 পুঁজি (Tier 2 Capital)

এটা পুঁজির দ্বিতীয় শ্রেণীতে পড়ে। এটা অনুসারে ব্যাঙ্কের অঘোষিত ক্যাশ রিজার্ভ আনুমানিক ক্ষতি পূরণের জন্য প্রস্তুত রিজার্ভ এবং দ্বিতীয় শ্রেণীর সর্বাধিক ঋণ অন্তর্ভুক্ত থাকে। যদি কোন ব্যাঙ্ক আর্থিক সংকটে ফেঁসে যায় তবে তাকে সর্বপ্রথম নিজের প্রথম শ্রেণীর ঋণ পরিশোধ করতে হয়। তারপরই তার উপর দ্বিতীয় শ্রেণীর ঋণ পরিশোধ করার জন্য জবাব দিহী করতে হয়। এটা এই ধরণের পুঁজি যাক শেষ হওয়ার স্হিতীতে লোকশান পূরণে সাহায্য করে।

অর্থাৎ সঞ্চাকারীদের দিক থেকে টীয়ার-2 পুঁজির মোকাবিলায় টীয়ার-1 পুঁজি অনেক বেশী সুরক্ষা প্রদান করে থাকে।

টীয়ার-3 পুঁজি (Tier 3 Capital) ঃ

এটা এমন এক পুঁজি যা ব্যাঙ্ক বাজারের বিপদ খানিকটা সামলানোর জন্য রাখে। এটা টীয়ার-1 এবং টীয়ার-2 এর তুলনায় অনেক ব্যাপকতর ঋণ। টীয়ার-3 পুঁজিতে বেশী সংখ্যক অঘোষিত রিজার্ভ, অন্য শ্রেণীর ঋণ এবং আনুমানিক ক্ষতিপূরণ যেগ্য ফাণ্ড থাকে। বাজারের বিপদ, কমোডিটি বিপদ এবং বৈদেশিক মুদ্রা জনিত বিপদ কম করার জন্য ব্যাঙ্ক গুলি এর ব্যবহার করে থাকে। টীয়ার-3 এর পুঁজির মান্যতা পাওয়ার জন্য টীয়ার-1 পুঁজির 250 শতাংশের বেশী

ব্যবহার করা যাবে না, অসুরক্ষিত হতে হবে, দ্বিতীয় শ্রেণীর হতে হবে এবং কমপক্ষে 2 বছরের পরিপক্কতা সম্পন্ন হতে হবে।

পর্যাপ্ত পুঁজির অনুপাত (Cash adequency Ratio-CAR) ঃ

এটা ব্যাঙ্কের পুঁজি হিসাবের প্রক্রিয়া মাত্র। এটা আসলে ব্যাঙ্কের বিপদ যোগ্য পুঁজি পারসেনটেজ বলে দেয়। কোন ব্যাঙ্কের টীয়ার-1 এবং টীয়ার-2 পুঁজি যোগ করে রিস্ক ডেটেও অসেটস দিয়ে ভাগ করে তার সি এ আর পাওয়া যায়। এটিকে সি আর এ আর ও বলা হয়। এই অনুপাতের ব্যবহার সঞ্চয়কারীদের অর্থের সুরক্ষা এবং আর্থিক তন্ত্রের স্থায়িত্ব জানার জন্যই করা হয়ে থাকে।

বিধিসম্মত তরলতা অনুপাত (Statutory Liquidity Ratio) ঃ

এটা একটা বিশেষ টীস যা শুধুমাত্র ভারতের ব্যাঙ্কিং নিয়মেই ব্যবহার করা হয়ে থাকে। ব্যাঙ্ক গুলিকে সোনা, নগদ ও সরকারী সিকিউরিটিজে বিশেষ অর্থ বিনিয়োগ করতেই হয়, আপদ কালে ঋণ পরিশোধের ক্ষেত্রে তারা এগুলি ব্যবহার করতে পারে। সাধারণত এই অর্থ পরবর্তী এক মাসে ব্যাঙ্কে কি ধরণের ঋণগ্রস্হতা ও চাহিদা থাকবে তার ভিত্তিতেই ঠিক করা হয়। এর সর্বাধিক সীমা 40 শতাংশ এবং সর্বনিম্ন সীমা 23 শতাংশ। আর বি আই বর্তমানে এর সীমা 25 শতাংশতেই ধরে রেখেছে, দীর্ঘাবধি পুঁজি লাভের উদ্দেশ্যে।

দীর্ঘাবধি পুঁজি লাভ (Logo term capital gain) ঃ আয়কর থেকে মুক্তি পাওয়ার উদ্দেশ্যে যদি কোন সম্পত্তি তিন বছর ধরে কিনে রাখার পর বিক্রী করা হয় এবং তার থেকে লাভ পাওয়া যায় তবে তাকে দীর্ঘবিধি পুঁজি লাভ বলা হয়। শেয়ারের হিসাবে এই সীমা এক বছর ধরা হয়। অর্থাৎ শেয়ার কেনার এক বছর বাদে তা বিক্রী করে যে লাভ পাওয়া যায় তাকে দীর্ঘ বিধি পুঁজি লাভ বলা হয়।

ডে অর্ডার (Day Order) ঃ গ্রাহক দালালের (ব্রোকার) প্রতিনিধিদের কেনা-বিক্রীর জন্য যে নিয়মে দিনটিকে নির্ধারিত করা হয় যদি সেই দিন পর্যন্ত তা প্রভাবসম্পন্ন থাকে তবে তাকে ডে অর্ডার বলা হয়। যদি সেই অর্ডার সম্পূর্ণ না হয় তবে তা রদ করে দেওয়া হয়।

দালাল (Broker) ঃ শেয়ার বাজারে যে ব্যক্তি সওদা সম্পূর্ণ করে তাকে দালাল বলা হয়। গ্রাহকদের হয়ে দালালই সওদা সম্পূর্ণ করে থাকে। শেয়ার বাজারে পুঁজিকরণ শর্তের জন্য তাদের প্রয়োজন হয়।

ডিপ ডিসকাউন্ট বণ্ড (Deep Discount Bond) ঃ এটা দীর্ঘকালীন বণ্ড যা 20 শতাংশের বেশী ডিস্কাউন্টের উপর দেওয়া হয়ে থাকে।

ট্রেডিং লট্ (Trading Lot) ঃ শেয়ার বাজারের সেই ন্যূনতম সংখ্যা বা তার গুণক, যা শেয়ার বাজারে একবার বেচা-কেনা হয়ে থাকে তাকে ট্রেডিং লট্ বলে।

টেক্‌নিক্যাল কারেকশান (Technical Correction) ঃ অত্যাধিক দ্রুততার জন্য যখন শেয়ার বাজারে কিছু সময়ের জন্য শেয়ারের দাম কম থাকে তখন টেক্‌নিক্যাল কারেকশান বলা হয়।

শর্ট পজিশান (Short Position) ঃ যখন শেয়ার ধারণকারী যত শেয়ার তার কাছে থাকে তার থেকে বেশী শেয়ার বিক্রী করে দেয় তখন তাকে শর্ট শেলিং বলা হয়। শেয়ার ধারণকারী যখন বোঝে যে ভবিষ্যৎ-এ শেয়ারের দাম আরোও কমবে এবং সে কম দামে শেয়ার কিনে তার সদ্ব্যবহার করবে তখনই সে এই কাজ করে।

রিস্ক ফ্যাক্টর (Risk Factor) ঃ যে শর্ত চলার ফলে প্রতিনিধিদের অর্থ বিনিয়োগের জন্য আর্থিক ক্ষতির সম্ভাবনা থেকে যায় তাকে রিস্ক ফ্যাক্টর বলা হয়ে থাকে। সাধারণত কোম্পানীকে এই ধরণের বিপদের কথা ঘোষণা করে দিতে হয় এবং তাতে সাধারণত জ্ঞাত বিপদের কথাই বলা হয়।

ডবল অপশান (Double Option) ঃ যখন কোন অর্থ বিনিয়োগকারী বেচা কেনার অধিকার একই সাথে প্রয়োগ করে তখন তাকে ডবল অপশান বলে, অর্থ বিনিয়োগকারী কোন বস্তু কিনতে, বিক্রী করতে বা সাথে দুটি কাজ করতে পারে।

ইশ্যুড ক্যাপিটাল (Issued Capital) ঃ কোন কোম্পানীর অধিকৃত পুঁজির সেই অংশ যা বিনিয়োগকারীদের বিক্রীর জন্য জারী করা হয়ে থাকে তাকে ইস্যুও ক্যাপিটল বলা হয়। সাধারণত কোম্পানী গুলি অধিকৃত পুঁজির জন্য একবারেই ইস্যু করেনা।

শেয়ারগুলিকে কেন দলে বিভাজিত করা হয়?

সাধারণত অর্থ বিনিয়োগকারীরা সমস্ত রকম শেয়ার সম্পর্কে এত ভালো ভাবে কিছু জানে না। তাদেরকে সাহায্য করার জন্যই এক্সেচেঞ্জ শেয়ার গুলিকে কিছু বিশেষত্ব ও দুর্বলতার ভিত্তিতে বিভিন্ন শ্রেণীতে ভাগ করা হয়, যাতে অর্থ বিনিয়োগকারীরা অর্থ বিনিয়োগ বা ট্রেডের সময় শেয়ারের গোড়ার কথা জানতে পারে।

বি এসই-তে শেয়ারের কতগুলি দল আছে?

বি এসই-তে কার্যকরী শেয়ারগুলিকে এ.বি.টি.এস. টিপ্‌স এবং জেড দলে ভাগ করা যায়। এছাড়াও সিক্যুরিটির বর্গীকরণের জন্য আরোও কিছু দল বানানো হয়েছে, যাতে এফ এবং জি অন্তর্ভুক্ত আছে।

দলের মধ্যে কিসের ভিত্তিতে শেয়ারগুলির বর্গীকরণ করা হয় ?

শেয়ার গুলির বর্গীকরণের জন্য তার বাজার পুঁজি (এস ক্যাপ), ট্রেডিং ভল্যুম, পরিশ্রম, ইতিহাস, লাভ, লাভাংশ, অংশীদারী এবং এই ধরণের কিছু মান্যতার দিকে নজর দেওয়া হয়। 2008-এর ফেব্রুয়ারীতে বি এসই শেয়ারগুলির বর্গীকরণের জন্য প্রস্তুত মান্যতাগুলিকে আপডেট্ করেছে।

নিয়োগকারীরা বা বিশ্লেষণকরা **এ দলের** শেয়ারগুলিকে সবচেয়ে ভরসাযোগ্য বলে মনে করে। এই দলে অন্তর্ভুক্ত করার জন্য সবথেকে প্রয়োজনীয় মান্যতার মধ্যে সবচেয়ে গুরুত্বপূর্ণ হল বাজার পুঁজিকরণ। বর্তমানে এ দলে মোট 21 টি শেয়ার অন্তর্ভুক্ত আছে।

এস দলের মধ্যে বি এস ই ইণ্ডোনেক্স্ট সূচাঙ্কের শেয়ার গুলি অন্তর্ভুক্ত আছে। 2005-এর 7 ই জানুয়ারী এই সূচাঙ্কের গঠন করা হয়েছিল। এই গ্রুপে বি দলের শেয়ারগুলি অন্তর্ভুক্ত থাকে এছাড়াও 3 কোটি টাকার থেকে 30 কোটি টাকার পুঁজি সম্পন্ন কোম্পানী গুলির (যেগুলি শুধুমাত্র ক্ষেত্রিয় এক্সেচেঞ্জে সূচীবদ্ধ আছে) শেয়ার অংশও অন্তর্ভুক্ত থাকে।

জেড দলের শেয়ার গুলি সবচেয়ে কম ভরসা যোগ্য। বি এস ই 1999-এ এই দল তৈরী করেছিল। এতে সেই সমস্ত কোম্পানীগুলির শেয়ার অন্তর্ভুক্ত করা হয়, যে গুলি সূচীবদ্ধ হওয়ার সময় এক্সেচেঞ্জ সৃষ্টি বিনিয়োগুলি পালনে অসফল হয়েছে। এতে শেয়ার ক্রোতাদের সমস্যার প্রতি উদাসীন এবং নিজেদের শেয়ারের ডীম্যাটেরিয়লাইজেশানের জন্য জরুরী ব্যবস্থাপনা করতে অসমর্থ কোম্পানীগুলিকে অন্তর্ভুক্ত করা হয়।

যে শেয়ারগুলি এ.এ এস এবং জেডে অন্তর্ভুক্ত থাকেনা সেগুলি বি দলে অন্তর্ভুক্ত হয়। 2008-এর মার্চের আগে এই দলের শেয়ার গুলিকে দুটি দলে ভাগ করা হতো, বিয়ো এবং বিহতে ভাগ করা হত, কিন্তু এখন একাই গ্রুপ করে দেওয়া হয়েছে।

টি দলে সেই শেয়ারগুলি থাকে, যেগুলিকে 22 ট্রেড ভিত্তিতেই কেনা-বেচা করা যেতে পারে।

টিপ্স দলে সেই শেয়ার গুলি রাখা হয়েছে যে গুলি ইণ্ডোনেক্সট ইণ্ডেক্সের অন্তর্ভুক্ত, এবং সেগুলি ট্রেড ভিত্তিতেই কার্যকারী হয়।

এফ দল অনুসারে সৃষ্ট আয় সম্পন্ন সিকিউরিটিজ গুলিকেই রাখা হয়েছে এবং জী গ্রুপে সরকারি সিকিউরিটি রাখা হয়ে থাকে।

ব্রেক আউট কি ?

যখন কোন শেয়ারের দাম ট্রেড লাইনের (28 শে জুনের পাঠশালা দেখুন) উপর বা নীচের অংশকে ছেদ করে দেয়, তখন তাকে ব্রেক আউট বলা হয়। ট্রেণ্ড লাইনের উপরের অংশ লাইন করলে একে পজেটিভ ব্রেক আউট বলে, আর নিচের দিকটি ছেদ করলে তাকে বলে নেগেটিভ ব্রেক আউট।

সাধারণত বর্তমান সওদা কেনার জন্য এবং উল্টো পজিশান বানানোর জন্যই ব্রেক আউটের ব্যবহার করা হয়ে থাকে। যেমন ধরুন একজন ট্রেডার রিলায়েন্সে তেজ গতির সওদা (লাংস) করেছে কিন্তু বিশেষ কোন কারণে তাতে নেগেটিভ ব্রেক আউট দেখা দিলে তখন এই সংকটের মুহূর্তে ট্রেডারকে দ্রুত গতির সওদা ছেড়ে মন্দ গতির সওদা (শর্ট) করে নেওয়া উচিত। বিপরীত দিকে যদি ট্রেডার মন্দ গতির সওদা করে থাকে, তাহলে যখনই পজিটিভ ব্রেক আউট আসবে তখন তার নিজের সওদা পরিবর্তন করে দ্রুত গতির সওদা করে নেওয়া উচিত।

ফাল্স ব্রেক আউট কিভাবে চেনা যায় ?

বহুবার পজেটিভ ব্রেক আউটের পর শেয়ার পুণরায় ট্রেণ্ড লাইনের নিচে ফিরে যায়। একইভাবে নেগেটিভ ব্রেক আউটও বহুবার ভুল প্রমাণিত হয়। এই ধরণের ব্রেক আউটকে ফাল্স ব্রেক আউট বলা হয়। ফাল্স ব্রেক আউটের হাত থেকে বাঁচার জন্য ট্রেডারদের উচিত, তারা যেমন ব্রেক আউটের কারণে নতুন সওদা করে, তেমনি ব্রেকআউটের স্তরকে নিজস্ব স্টাপলাস বানিয়ে নেওয়া উচিত। ফাল্স ব্রেকআউট চেনার জন্য ভলিউমের দিকে নজর দেওয়া খুবই জরুরী। সাধারণত সঠিক ব্রেকআউটে শেয়ারের ভলিউমের তার শতকরা ভলিউম থেকে অনেক বেশী হয়ে থাকে। ভলিউম ছাড়া ব্রেক আউট হলে তা ফল্স হয়ে যায়।

ত্রিভূজ ফার্মেশান কি ?

যখন কোন শেয়ারের দাম ক্রমাগত লোয়ার টান এবং হায়ার বটম হতে থাকে তখন তার ট্রেণ্ড লাইন একটা ত্রিভূজের আকারে হয়ে যায়। এর উপর বা নীচের যে কোন অংশে ব্রেক আউট হওয়ার সম্ভাবনা দেখা যায়। ব্রেকআউট যেখানেই হোক না কেন তা জোড়াল হওয়া খুবই জরুরী। কিন্তু সঠিক ব্রেক আউট হওয়ার জন্য তো ত্রিভূজের দৈর্ঘ্যের দুই তৃতীয়াংশের মধ্যে হওয়া খুবই জরুরী। যদি তা শেষ এক তৃতীয়াংশের মধ্যে হয় তবে তাকে সঠিক ব্রেকআউট বলে ধরা হয়না।

টপ এবং বটম কি ?

বর্ধিত শেয়ারের দামের চার্টে যেখান থেকে তা নিচের দিকে যেতে থাকে,

সেখানকার ফর্মেশানকে টপ বা শীর্ষ বলা হয়ে থাকে। এই ভাবে পড়তে থাকা দামে যেখান থেকে গ্রাফ উপরে উঠতে শুরু করে, সেখানে বটম তৈরী হয়।

টেকনিকাল এনালিসিসে টপ ও বটম খুবই গুরুত্বপূর্ণ হয়। যদি কোন চার্টে প্রত্যেকটি আলাদা টপ এবং বটম ক্রমশঃ আগের টপও বটমের থেকে উঁচু হয় তো শেয়ার ও সূচাঙ্ককে লাভের দিকে বলে ধরে নিতে হবে। এইভাবে যদি প্রত্যেকটা চার্টে টপ ও বটম ক্রমশ আগের টপও বটমের থেকে নিচে হয় তবে শেয়ার বা সূচাঙ্ক মন্দ গতির দিকে বলে ধরে নিতে হবে।

ট্রেড লাইন কি ?

গ্রাফ চার্টে যদি কোন শেয়ারের প্রতিদিনের উচ্চতম ও ন্যূনতম দাম গুলি একটা সোজা রেখার দ্বারা যুক্ত করা যায় তবে এই সোজা লাইনকে ট্রেণ্ড লাইন বলে। চার্টিস্ট পড়ে যাওয়া শেয়ারের ট্রেণ্ড লাইন টানার জন্য তার উচ্চতম দাম থেকেই লাইন টেনে থাকে, অন্যদিকে বর্ধিত শেয়ারের ট্রেণ্ড লাইন টানার জন্য ন্যূনতম দাম দিয়েই লাইন টানা হয়। সঠিক পরিণাম পাওয়ার জন্য কোন একদিনের উচ্চতমও ন্যূনতম দামের পরিবর্তে অনেক দিনের উচ্চতম ও ন্যূনতম দামের ঘনত্ব পূর্ণ এলাকায় লাইন টানা হয়ে থাকে।

ট্রেণ্ড লাইন ট্রেডারদের সবচেয়ে ভালো বন্ধু, যাকে ইংরাজীতে 'ট্রেণ্ড ইজ দ্যা বেস্ট ফ্রেণ্ড বলা হয়। ট্রেণ্ড ভাঙার অর্থ হল শেয়ার তার চলার পথ বদলাবে। অর্থাৎ যদি শেয়ারের দাম কমতে থাকে এবং এক একটা শেয়ারের দাম যদি অঙ্কিত ট্রেণ্ড লাইনকে কেটে উপরের দিকে যেতে থাকে তবে বুঝতে হবে যে, শেয়ার বাজারে ধন নামছে। উল্টো দিকে যদি বর্ধিত শেয়ারের ইনডেক্স নিম্ন দামের জন্য অঙ্কিত ট্রেণ্ড লাইনের উপরে যেতে থাকে, তবে অতি শীঘ্র সওদা করা উচিত।

স্টাপলাস কি ?

স্টাপলাস কোন শেয়ার বা সূচাঙ্কের সেই দাম, যাতে পৌঁছানের পর সওদা বন্ধ করে দেওয়া হয়। যেমন, বর্ধিত দামের কোন চার্টের যে অংশে দাম ট্রেণ্ড লাইন কেটে নীচের দিকে যেত থাকবে, সেখানেই স্টাপলাস হবে। এই ভাবে মন্দের বাজারে দাম ট্রেণ্ড লাইনের যে অংশে কেটে উপর দিকে যাবে, সেখানকার সওদাকে স্টাপলাস বলে। যখন স্টাপলাসকে নামের সাথে বাড়ানো বা কমানো হয়। তখন তাকে ট্রেলিণ্ড স্টাপলাস বলা হয়।

কিভাবে টেকনিক্যাল এনালিসিস হয় ?

টেকনিক্যাল এনালিসিস বোঝার জন্য সর্বপ্রথম চার্ট বোঝা খুবই জরুরী। চার্ট

চার প্রকারের হয়, লাইন চার্ট, বার চার্ট, ক্যাণ্ডেল স্টিক চার্ট, এবং পাইন্ট ও ফিগার চার্ট। এর মধ্যে বার চার্ট সবচেয়ে বেশী জনপ্রিয়, বেশীরভাগ চার্টিস্ট এরই ব্যবহার করে থাকে।

বার কিভাবে প্রস্তুত হয় ?

বার চার্টে অনেক গুলি ভার্টিকাল রেখা থাকে, যাকে বার বলা হয় তার প্রতিটা রেখার দুদিকে 2 টি খুবই ছোট-ছোট উলম্ব রেখা থাকে। একটা বারের সাহায্যে চারটে তথ্য জানানো হয়। বারের সবচেয়ে উপরের শিরাটি একটা বিশেষ দিনের শেয়ারের সর্বাধিক মূল্যের কথা বলে, অন্যদিকে নিচের শিরাটি এই দিনেরই ন্যূনতম মূল্যের কথা বলে। বারের বাঁ দিকে যে উলম্ব রেখা থাকে তা শেয়ার খোলার মূল্য বলে আর ডান দিকের উলম্ব ছোট রেখাটা শেয়ারের ক্লোজিং মূল্য বলে।

বার চার্ট কিভাবে প্রস্তুত হয় ?

দিনগুলিকে এক্স অক্ষে এবং দামকে ওয়াই অক্ষের উপর রেখে প্রতি দিনের জন্য একটা করে বার টানা হয়, তারপর অনেক গুলি বার একত্রিত হয়ে চার্ট প্রস্তুত হয়ে যায়। দাম পড়ে যাওয়ার দিন গুলি এই চার্টে লাল ও কালো রং দিয়ে দেখানো হয়ে থাকে দাম যেদিন বৃদ্ধি পায় সেই দিনটাকে সবুজ বা সাদা রং দিয়ে চিহ্নিত করা হয়ে থাকে।

টেকনিক্যাল এনালিসিসে ভলিউমের গুরুত্ব কি ?

ভলিউম অর্থাৎ যতগুলি শেয়ারের ব্যবসা হয়েছে তার সংখ্যা। যেমন, 18 ই র্জনের টেকনিক্যাল বিশ্লেষণের প্রথম অধ্যায়ে বলা হয়েছিল যে টেকনিক্যাল এনালিসিস আসলে সম্পূর্ণ বাজারে মনোবিজ্ঞান পড়ার বিদ্যা। তো এটাই স্বাভাবিক যে, এই মনোবিজ্ঞানের সঠিক নিস্কর্ষ কেবল তখনই বার করা যায় যদি অধিক থেকে অধিকতর লোক অংশীদারী করে। কারণ কম ভলিউম যুক্ত শেয়ারগুলি নিয়ে প্রায়ই কিছু অপারেটার নিয়ন্ত্রণ করে থাকে।

পী/ই রেশিও কি ?

অর্থ বিনিয়োগ সম্পর্কিত নির্ণয় নেওয়ার সময় প্রায়ই বিনিয়োগকারী প্রাইম টু অর্নিং রেশিও-র ব্যবহার করে থাকে। বিনিয়োগকারী শেয়ারে অর্থ খাটানোর সিদ্ধান্ত করার সময় এই রেশিওর উপরেই নির্ভর করে থাকে, সাধারণ ভাবে বলা যায়, এক পী/ই রেশিও শেয়ার বাজারে মূল্য এবং প্রতি শেয়ার থেকে আনা আয়ের অনুপাত। এই রেশিওর থেকেই আপনি জানতে পারবেন যে শেয়ারের বাজারে

মূল্য তার ই পী এস-এর তুলনায় কত গুণ বেশী। এক মতামত অনুসারে পী/ই রেশিওর মূল্য যত কম হবে, বিনিয়োগকারীদের জন্য ততই ভালো, কারণ এই বৃদ্ধির একটা প্রভাব থেকেই যায়? এই রেশিও যত বেশী হবে, বৃদ্ধির সুযোগও ততই কর্ম থাকবে। এছাড়া বিপদও বৃদ্ধি পাবে।

অন্য আর এক দল বিশেষজ্ঞদের মতানুসারে পী/ই রেশিও কোম্পানীর শেয়ারের বর্তমান মূল্য এবং প্রতি শেয়ার থেকে প্রাপ্ত আয়ের তুলনার মূল্যাঙ্কন রেশিও হয়ে থাকে। শেয়ার প্রতি বাজার মূল্যকে শেয়ার প্রতি প্রাপ্ত আয় দিয়ে ভাগ করে এর পরিমাণ জানা যায়। উদাহরণ স্বরূপ বলা যায়, যদি একটা কোম্পানীর শেয়ারের দাম 100 টাকা হয় এবং তার ই পী এস 5 টাকা হয় তবে 100 টাকাকে 5 টাকা দিয়ে ভাগ করে যা পাওয়া যাবে সেটাই হল পী/ই রেশিও গত তিনমাসের আয়ের হিসাবে ও আগামী তিন মাসের আয় অনুমান করে সম্পূর্ণ বছরের ই পী এস-এর অনুমান করা হয়।

অনেক সময় পী/ই রেশিওকে গুণাঙ্কের মাধ্যমে বলা হয়ে থাকে, কারণ এর থেকে বোঝা যায় যে বিনিয়োগকরী প্রতি টাকা আয়ের উপরে কত দাম দিতে প্রস্তুত। সাধারণত উচ্চ পী/ই রেশিওর অর্থ হল ভবিষ্যৎ-এ ভালো আয়ের অনুমান। যদিও এই রেশিও সম্পূর্ণ ঘটনার বর্ণনা করতে পারেনা। ব্যবসায়িক প্রতিষ্ঠান গুলির পী/ই রেশিওর তুলনা, বাজারের সাথে তুলনা বা কোম্পানীর আগের পী/ই রেশিওর ভিত্তিতে নিশ্চিত করাই শ্রেয়। এই রেশিও যত বেশী হয়, বিনিয়োগকারী আয়ের আনুমানিক প্রবাহের জন্য সেই দামই শোধ করে থাকে। সাধারণত যে কোম্পানীর পী/ই রেশিও অধিক হয় এবং ভবিষ্যৎ-এ উন্নতির আশা থাকে, বিনিয়োগকারী গণ তার জন্য অধিক দাম দিতে প্রস্তুত থাকে। যদি কোম্পানী দ্রুত উন্নতি করে তবে তার শেয়ারের মূল্যও মন্দগতি সম্পন্ন কোম্পানীর তুলনায় বেশী বৃদ্ধি পায়। যদি কোম্পানীর আয় অনুমানের তুলনায় কম হয় তবে তার শেয়ারের দামও দ্রুত গতিতে পড়ত থাকে।

■ ■ ■

ইকোনমিক্সের ভাষায় কিছু শব্দ

মুদ্রার বিনিময় মূল্য (Exchange Value of Money) : যখন দেশে প্রচলিত মুদ্রার কোন বিদেশী মুদ্রার সাথে নির্ধারণ করা হয় যাতে মুদ্ররার অদল-বদল করা সম্ভব যায়, তখন এই মূল্যকে মুদ্রার বিনিময় মূল্য বলা হয়। দুটো দেশের মুদ্রার আন্তরিক ক্রয় শক্তির উপর এই মূল্য নির্ভর করে।

মুদ্রা স্ফীতি (Money Inflation) : মদ্রাস্ফীতি সেই পরিস্হিতি যাতে মুদ্রার আন্তরিক মূল্য কমতে থাকে এবং বস্তুর মূল্য বৃদ্ধি পায়। অর্থাৎ মুদ্রা তথা মর্যাদার পূর্তি এবং তার প্রসারও বৃদ্ধি পায়। এই মুদ্রার প্রসারকে মুদ্রার প্রসারও বলা যায়।

মুদ্রা অবমূল্যায়ন (Money Devaluation) : এই কাজটা সরকার করে থাকে। এই ক্রিয়ার দ্বারা মুদ্রার শুধুমাত্র বাহ্যমূল্য কম হয়ে যায়। যখন দেশী মুদ্রার বিনিময় দর বিদেশী মুদ্রার অনুপাতে অপেক্ষাকৃত কম করে দেওয়া হয়, তখন সেই স্হিতিকে মুদ্রার অবমূল্যায়ন বলা হয়।

ক্রিপিং ইনফ্লাশান (Creeping Inflation) : এটি মুদ্রাস্ফীতির খুবইনরম রূপ। যদি অর্থব্যবস্হায় দাম অত্যন্ত ধীমে গতিতে বৃদ্ধি পায় তবে তাকে ক্রিপিং ইনফ্লাশান বলা হয়। অর্থশাস্ত্রী এই শ্রেণীত একবছরে এক শতাংশ থেকে তিন শতাংশ পর্যন্ত বৃদ্ধিকে রাখে। এই স্ফীতি অর্থব্যবস্হাকে জড়তার হাত থেকে রক্ষা করে।

রেকর্ড তারিখ (Record Linf) : বোনাস শেয়ার, রাইট শেয়ার বা লাভাংশ প্রভৃতি ঘোষণা করার জন্য কোম্পানী এমন একটা তারিখের ঘোষণা করে যে তারিখ থেকে রেজিস্টার বন্ধ হয়ে যায় এই তারিখকেই রেকর্ড তারিখ বলে ধরা হয়।

রিফাণ্ড অর্ডার (Refujd Order) : যদি কোন শেয়ারের আবেদন পত্রে শেয়ারের অর্জনের জন্য কোন রকম খোঁজ খবর না নেওয়া হয় তাহলে কোম্পানীকে আবেদন পত্র সহ সম্পূর্ণ টাকা দিয়ে দিতে হয়। টাকা ফেরত দেওয়ার জন্য

কোম্পানী যে পপত্র পাঠায় সেটিকেই রিফাণ্ড অর্ডার বলে। রিফাণ্ড অর্ডার চেক, ড্রাফট বা ব্যাঙ্কের চেকের রূপে হয়ে থাকে এবং জারীকর্তা ব্যাঙ্কের স্হানীয় শাখায় সাধারণত সমমূল্যতেই ভাঙিয়ে নিতে পারে।

লাভাংশ (Dividend) : রিভাজন যোগ্য লাভের সেই অংশ বা শেয়ার ধারকদের মধ্যে বিতরণ করা হয়ে থাকে, তাকেই লাভাংশ বলা হয়। এটা করযুক্ত এবং করমুক্ত দুটোই হতে পারে। এটা শেয়ারধারকদের আয়।

লাভাংশ দর (Devidend Rate) : কোম্পানীর একটা শেয়ারর উপর প্রদেয় লাভাংশ রাশিকে যদি শেয়ারের অঙ্কিত মূল্যের সাথে যুক্ত করা হয় তবে তাকে লাভাংশ দর বলা হয়। এটিকে আনুমানিক শতাংশ দ্বারা ব্যক্ত করা হয়।

লাভাংশ সুরক্ষা (Dividend Securities) : সে সুরক্ষার পরিণাম স্বরূপ বিনিয়োগকারীরা লাভাংশ পায়, তাকে লাভাংশ পূর্ণ সুরক্ষা বলা হয়। যেমন সমতা শেয়ার, পূর্বাধিকার শেয়ার প্রভৃতি।

শূন্য সুদের ঋণপত্র (Zero Rated Deventure) : এই শ্রেণীর ডিবেঞ্চার বা বণ্ডে সরাসরি সুদ দেওয়া হয়না, বরং এগুলি জারী করার সময় বাট্টা মূল্যেই বিক্রী করা হয়। এবং পরিণত হওয়ার পর সম্পূর্ণ অর্থ শোধ করে দেওয়া হয়। জারী করার জন্য নির্ধারিত একটা মূল্যের অন্তরকেই সুদ হিসাবে ধরে নেওয়া হয়।

দীর্ঘকালীন পুঁজিগত লাভের উদ্দেশ্য ঃ

দীর্ঘকালীন পুঁজিগতলাভ (Long Term Capital Gain) : আয়কর থেকে মুক্তি পাওয়ার উদ্দেশ্যে যদি কোন সম্পত্তি কেনার তিন বছর বাদে তা বিক্রী করা হয়, এবং তার থেকে লাভ পাওয়া যায় তবে, তাকে দীর্ঘকালীন পুঁজিগত লাভ বলা হয়ে থাকে। শেয়ারের ক্ষেত্রে এই সময়টিকে একবছর ধরা হয়। অর্থাৎ কোন শেয়ার কেনার এক বছর বাদে তা বিক্রী করলে তার থেকে যে লাভ পাওয়া যায় তাকে দীর্ঘকালীন পুঁজিগত লাভ বলে। দালাল (Broker) থেকে ইশ্যু ক্যাপিটাল (Issued Capital) পর্যন্ত একই লেখা আছে। ডে অর্ডার (Day Order) গ্রাহক দালালের (ব্রোকার) প্রতিনিধিদের কেনা-বেচার জন্য যে দিনকে ধার্য্য করা হয় যদি তা এই দিন পর্যন্ত প্রভাবী থাকে তবে তাকে ডে অর্ডার বলা হয়। যদি এই দিন অর্ডার সম্পূর্ণ না হয় তবে তা আটকে দেওয়া হয়।

শেয়ার বাজারের সংস্হাগত ব্রোকারকে খেলোয়াড় বলা হয়।

খেলোয়াড় (Player) : শেয়ার বাজারে মধ্যস্হ এবং সংস্হাগত ব্রোকারদের খেলোয়াড় বলা হয়। খেলোয়াড়ের শ্রেণীত ব্রোকার, ডিলার, ব্যাঙ্ক, মার্চেন্ট ব্যাঙ্করা,

মিউচুয়াল ফাণ্ড প্রভৃতি পড়ে।

মুক্ত আদেশ (Spen Order) : যদি অর্থ বিনিয়োগকারী ব্রোকারদের 'বিকভালী' করতে বলে, কিন্তু যদি তার উপর আমল না করা হয় বা যদি তা আটকানো না হয় তবে তাকে মুক্ত আদেশ বলা হয়।

মুক্ত বাজী (Open Biding) : যে নিলামে যে কোন ব্যক্তি বাজী ধরতে পারে তাকে বলে মুক্ত বাজী।

ওপেন এনডেড মিউচ্যুয়াল ফাণ্ড (Open ended Mutual Fund)

এই ধরণের মিউচ্যুয়াল ফাণ্ডে যে কোন অর্থ বিনিয়োগকারী যে কোন সময়ে অর্থ বিনিয়োগ করতে পারে। মিউচ্যুয়াল ফাণ্ডের ইউনিটের এনএবি (বাজার মূল্য) খবরের কাগজে প্রকাশিত হতে থাকে এবং এতে পরিপক্কতার সীমা নির্ধারিত থাকেনা।

খোলার সময়ের আদেশ (At the open Order) : যদি অর্থ বিনিয়োগকারী তার ব্রোকার কে বাজার খোলার সঙ্গে সঙ্গে সওদা করার নির্দেশ দেয় তবে তাকে খোলার সময়ের আদেশ বলাহয়।

ওভারলাইট লোন (Overnight Loan)' ব্যাঙ্ক শুধুমাত্র সারা রাত ধরে যে লোন দেয় তাকে ওভারনাইট লোন বলে। এই লোন সকালেই ব্যাঙ্ক ফেরত পেয়ে যায়।

গন জাম্‌পিং (Gun Jumping) : কোম্পানীর সাথে সম্পর্কিত খবরাখবর গুলি সাধারণ লোকেদের কাছে পৌঁছানোর আগেই যদি তার শেয়ার কেনা-বেচা শুরু হয়ে যায় তবে তাকে গণ জাম্‌পিং বলা হয়।

হট্ মানি (Hot Money) : যে অর্থ প্রায়ই অতি দ্রুত এক দেশ থেকে বেরিয়ে অপর দেশে বিনিয়োগ করা হয় তাকে হট্ মানি বলে। এই ধরণের অর্থ বিনিয়োগের একমাত্র উদ্দেশ্য হল এই দেশগুলির মধ্যে সুদের হারের ও বিনিয়ম হারের যে পার্থক্য থাকে তার মাধ্যমে লাভ করা।

হট্ ইশ্যু (Hot Issue) : যদি বিনিয়োগকারীদের মধ্যে কোন পাবলিক ইশ্যুর প্রচণ্ড চাহিদা থাকে এবং অনা দিকে বাজারে প্রিমিয়ামের উপর বিশাল সওদা হলে তাকে হট্ ইশ্যু বলে।

কেনা ও ধরে রাখরা নীতি (Buy and hold Strategy) : যদি কোন অর্থ বিনিয়োগকারী দীর্ঘকালীন পুঁজিগত লাভের উদ্দেশ্যে শেয়ার কেনে এবং তা নিজের কাছেই রেখে দেয় তবে তাকে কেনা ও ধরে রাখার নীতি বলে।

স্হগিত রাখার মূল্য (Bond Ke Bhat) : স্টক এক্সচেঞ্জে কেনা বেচার জন্য নির্দ্দিস্ট সময়ের পর শেয়ারের লেনদেন যে মূল্যের উপর হয় তাকে স্হগিত রাখার মূল্য বলে।

সেই পরিস্হিতিকে 'ইনভার্টেড ডিউটি স্ট্রাকচার' বলে, যখন প্রস্তুত মালের কর কাঁচামালের তুলনায় কম হয়। যেমন, মনে করা যাক্ যে কোন উপাদান তৈরী করার জন্য কাঁচামাল হিসাবে তিনটি উপাদান ব্যবহার করা হয়। আর এই কাঁচামাল তিনটির উৎপাদন কর 5 শতাংশ সাধারণত প্রস্তুত মালের উপর কাঁচামালের তুলনায় বেশী কর লাগানো হয়, এই পরিস্হিতি বদলে গেলেই তাকে 'ইনভার্টেড ডিউটি স্ট্রাকচার' বলা হয়।

মূল্য ভিত্তিক কর ঃ কোন রিয়েল ইস্টেট বা নিজের সম্পত্তির দামের ভিত্তিতে যে কর লাগানো হয়, তাকে মূল্য ভিত্তিক কর বলা হয়। সম্পত্তির থেকে প্রাপ্ত কর রাজ্য এবং নগর নিগমের আয়ের অন্যতম উৎস। মূল্য ভিত্তিক করের বিশেষত্ব হল সরকার প্রতিবছর এর থেকে বসে বসেই আয় করে, কারণ অন্য ধরণের করগুলি, যেমন বিক্রয় কর থেকে তখনই আয় হয় যখন কোন বস্তু কেনা-বেচা হয়।

কাউন্টার সেলিং ডিউটি ঃ

কোন বিদেশ সরকার দ্বারা পাঠানো উৎপাদন যদি দেশে আসার পর তাতে কর লাগানো হয় তবে তাকে কাউন্টার সেলিং ডিউটি বলে। সরকার নিজেস্ব উদ্যোগ গুলিকে সাহায্য করার জন্য এই কর বসায়। যেমন মনে করুন, বাচ্চাদের যে প্যাকেটের দুধ খাওয়ানো হয়, ভারতে তা 200 টাকা কিলো। যদি আমেরিকা সরকার তার উৎপাদনের উপর 30% না ছাড় দেয় তবে ভারতে তা 160 কিলো পাওয়া যাবে। এমন অবস্হায় ভারতীয় প্যাকেট দুধের ব্যবসায় ক্ষতি হবে। তাই সরকার আবদানী ক্রীত দুধে 20-25 শতাংশ কাউন্টার সেলিং কর বসাতে পারে, যাতে তার মূল্য 200 টাকার আশেপাশে হয়ে যায়।

ভেঞ্চার ক্যাপিটল ঃ

নতুন ব্যবসায় বিনিয়োগ করা। যখন কোন ব্যবসায়ি নিজের ব্যবসা শুরু করতে চায় তখন তার বেশ মোটা অঙ্কের অর্থের প্রয়োজন হয়। এমন অবসহায় সে এমন একজন বিনিয়োগকারীর সন্ধান করে, যে ভবিষ্যৎ-এ মোটা টাকা লাভের আশায় তার ব্যবসায় অর্থ বিনিয়োগ করতে রাজী হবে। নতুন ব্যবসার জন্য ভেঞ্চার ক্যাপিটালের মাধ্যমে অর্থ জোগাড় করা জরুরি হয়ে ওঠে কারণ তার ব্যাক্

গ্রাউণ্ড শক্তিশালী না হওয়ার কারণে যে শেয়ার বাজার থেকে অর্থ জোগাড় করতে পারেনা এবং খাণও পায়না। কোন একজন ব্যক্তি, অনেকগুলি ব্যক্তির দল বা কোন আর্থিক সংস্থা এই ভেঞ্চার ক্যাপিটাল দিতে পারে। এই পুঁজির নেতিবাচক দিক হলো ধন প্রদানকারী যে ব্যবসায়ে অর্থ বিনিয়োগ করছে তার সিদ্ধান্ত সম্পর্কে সে তার মতামত দিতে পারে।

শেয়ার ক্যাপিটাল ঃ কোম্পানীর অংশ বিক্রী করে যে অর্থ জোগাড় করা হয় তাকে শেয়ার ক্যাপিটাল বলে। এক্ষেত্রে একটা বিষয় মাথায় রাখতে হবে যে কোম্পানী শেয়ারের বাজার মূল্য কমুক বা বৃদ্ধি যাই পাক না কেন, শেয়ার ক্যাপিটালে কোন রকম পরিবর্তন আসেনা। অর্থাৎ যদি কোন কোম্পানী 40 টাকা দামে এক কোটি শেয়ারের আইপীও জারীকরে 40 কোটি টাকা জোগাড় করে, তবে সেটাই হবে তার শেয়ার ক্যাপিটাল। দুই বছর বাদে কোম্পানীর একটা শেয়ারের দাম 90 টাকা হতে পারে কিন্তু তা সত্ত্বেও তার শেয়ার ক্যাপিটাল 40 কোটি টাকাই থাকবে। শেয়ার পুঁজি অনুসারে সাধারণ এবং প্রিফ্রেনশিয়াল দুই ধরণের শেয়ার থেকে পুঁজি আসে।

প্রিফেনশিয়াল শেয়ার ঃ

প্রিফ্রেনশিয়াল শেয়ারের বিশেষত্ব হল এতে ডিভেঞ্চার এবং শেয়ার দু-এরই গুণ থাকে। নাম থেকেই বোঝা যাচ্ছে যে প্রিফ্রেনশিয়াল শেয়ার গুলিকে সাধারণ শেয়ারের থেকে বেশী সুযোগ সুবিধা দেওয়া হয়। কোম্পানী দ্বারা ঘোষিত লাভাংশের উপর প্রথম অধিকার থাকে প্রিফ্রেনশিয়াল শেয়ারের। আবার কোম্পানী লিকিউডেট হওয়ার সময়তেও সাধাণর শেয়ার ধারকদের আগে প্রিফ্রেনশিয়াল শেয়ার ধারকদের পয়সা দিয়ে দেওয়া হয়। কিন্তু সাধারণ শেয়ারধারকদের মতন প্রিফেনশিয়ান শেয়ার ধারকরা কোম্পানীর বৈঠকে নিজেদের মতামত জানাত পারে না। খোলা বাজারেও সাধারণ শেয়ারের তুলনায় প্রিফ্রেনশিয়াল শেয়ারের দাম দ্রুত গতিতে বৃদ্ধি পায়।

ডিভেঞ্চার ঃ ডিভেঞ্চারও শেয়ারেরই মতন কোম্পানীগুলির থেকে অর্থ জোগাড় করার একটা উপায়। পার্থক্য এই যে শেয়ারধারক কোম্পানীর ভাগ্য তার প্রগতি এবং অবনতির অংশীদার হয়। অন্যদিকে ডিভেঞ্চার ধারক কোম্পানীর খাণ দাতা। ডিভেঞ্চার জারী করার সাথে সাথে কোম্পানী তার উপর সুদের দর ঘোষণা করে থাকে। কোম্পানী শেয়ার ধারকদের লাভাংশ দিতে বাধ্য নয়। কিন্তু ডিভেঞ্চার ধারক-দের সুদ দিতেই হবে। যদি কোম্পানী দেওলিয়া হয়ে যায় ও আদালতের

আদেশানুসারে নিলাম ডাকা হয় তবে শেয়ার ধার করা কিছুই পাবেনা. কিন্তু নিলামে যে কোম্পানী কিনবে তাকে ডিভেঞ্চার ধারককে পয়সা ফেরত দিতে হবে। ডিভেঞ্চারের উপর যে রিটার্ন পাওয়া যায় তা সুদের হারের সমান এবং তাতে বাজার শক্তির ভূমিকাও বেশী থাকেনা। ডিভেঞ্চার ধারকরা কোম্পানীর ব্যাপারে কোন মতামত জানাতে পারেনা। এই ফাণ্ড এমন বিনিয়োগকারীদের সুযোগ দেয় যার প্রথম দিকে এমন কিছু ছোট বা মধ্যম আকারের কোম্পানীর অংশ কিনতে চায় যেগুলির ভবিষ্যৎ-এ অনেক বড় হওয়ার সম্ভাবনা থেকে যায়। বলার অপেক্ষা রাখে না যে, এই ধরণের অর্থ বিনিয়োগকারীরা মোটা সংখ্যক পুঁজি বিনিয়োগ করে এবং ভেঞ্চার ক্যাপিটাল ফাণ্ড তাদের জন্য অংশীদার হয়ে ওঠার মাধ্যমে পরিণত হয়। এই ক্ষেত্রে অর্থ বিনিয়োগ করলে যেমন বিপদের সম্ভাবনা থাকে তেমনিই বেশী রিটার্ন পাওয়ার সম্ভাবনাও থেকে যায়। সাধারণত ভেঞ্চার ক্যাপিটাল ফাণ্ড শুধুমাত্র পেশাদার ভেঞ্চার ক্যাপিটালিস্টদের জন্যই সুলভ হয়ে থাকে।

সার্কিট কিভাবে কাজ করে ?

সার্কিট প্রধাণত দুই প্রকারের হয়, উপরের সার্কিট (আপার সার্কিট) এবং নিচের সার্কিট (লোয়ার সার্কিট) আপার সার্কিট লাগার পর যেকোন্ শেয়ারে তো করা যায় কিন্তু তা কেনা যায় না। ঠিক তেমনি নিচের সার্কিটে লাগার পর তা কেনা যায় ঠিকই কিন্তু তা বিক্রী করা যায় না।

সমস্ত শেয়ারের উপরেই সার্কিট লাগে কি ?

ভায়দা ব্যবসার অন্তর্ভুক্ত শেয়ার গুলি ছাড়া সমস্ত শেয়ারেই সার্কিট লাগে। ভায়দা ব্যবসার শেয়ার গুলি একই দিনে প্রচুর উপর নীচে যেতে পারে। তাতে ব্যবসায় কোন রকম বাধা আসেন।

নিজস্ব আবন্টন (প্রাইভেট প্লেসমেন্ট) ঃ

সাধারণ জনগণের পরিবর্তে কিছু পছন্দের নিজস্ব নিবেশকদের কোম্পানী নিজেদের অংশ দেওয়ার জন্য প্রাইভেট প্লেসমেন্টের সাহায্য নেয়। প্রাইভেট প্লেসমেন্টে সাধারণত বড় ব্যাঙ্ক, মিউচ্যুয়াল ফাণ্ড, বীমা কোম্পানী এবং পেনশিয়ান ফাণ্ডই অংশ গ্রহণ করে থাকে এই কারণে তা সবাইকে জানানোর প্রয়োজন পড়েনা। বহু ক্ষেত্রে আর্থিক বিষয় সম্পর্কে কোন রকম বিবরণ দেওয়া হয়না। এই প্লেসমেন্ট যেহেতু সার্বজনিক স্তরে না করে নিজস্ব বিনিয়োগকারীদের জন্য হয় তাই সাধারণ বিনিয়োগকারীরা এটি সম্পূর্ণ হয়ে যাওয়ার পরেই এই সম্পর্কে জানতে পারে।

এডীআর (আমেরিকান ডিপোঁজিটরী রিসীট) ঃ

কোন আমেরিকান ব্যাঙ্ক দ্বারা জারী করা এবং সার্টিফিকেট যা আমেরিকান একেসচেঞ্জে সূচীবদ্ধ কোন বিদেশী কোম্পানীর কিছু শেয়ারের (বা একটা শেয়ার) সমান হয় তাকে এ ডী আর বলে। এ ডী আর এর মূল্য আমেরিকান ডলারে হয়ে থাকে এবং যতগুলি শেয়ারের এডীআর জারী হয়, ততগুলি শেয়ার মূল্য দেশের এক আমেরিকান শেয়ার কেনার জন্য যে প্রসেস এবং কর খরচ লাগে এতে তা বেঁচে যায়।

এডী আর-এর ফলে কোন বিদেশী কোম্পানীর শেয়ার কিনে ডলারে তার লাভাংশ এবং পুঁজিগত লাভ প্রাপ্ত করার এক সহজ উপায়। কিন্তু এটা মাথায় রাখতে হবে যে সম্পর্কিত দেশের মুদ্রা এবং ডলারের সম্পর্কও লাভাংশ ও পুঁজিগত লাভের উপর প্রভাব ফেলে। যেমন–এডী আর-এর জন্য যে কোন ভারতীয় কোম্পানীর লাভাংশ দেওয়ার সময় ডলারে তা পরিবর্তিত করার খরচ এবং বিদেশী ট্যাক্স এডী আর ধারককেই দিতে হয়। এডী আর নিউইয়ার্ক স্টক এক্সচেঞ্জ, এমেক্স বা ন্যাস্‌ডেকে সূচীবদ্ধ আছে।

এডী এস (আমেরিকান ডিপোজিটার শেয়ার) ঃ

আমেরিকাতে ডিপোজিট বোঝাপড়ার জন্য জারী করা শেয়ার যা এই কোম্পানীর মূল দেশে জারী শেয়ারগুলির প্রতিনিধিত্ব করে সাধারণত এডীআর এবং এডীএসকে একই মনে করা হয়। কিন্তু এদের পার্থক্য হল, এডীএস বাস্তবিক শেয়ার ব্যবসার মতন, আর এডী আর এর মাধ্যমে এডীএস হয়।

জী ডি আর (গ্লোবাল ডিপোজিটরী রিসীট) ঃ

কোন আন্তর্জাতিক ব্যাঙ্ক দ্বারা জারী করা সার্টিফিকেট যা কোন বিদেশী কোম্পানীর শেয়ারের জন্য একসাথে অনেক গুলি দেশে জারী করা হয়। এই সার্টিফিকেটের বদলে সম সংখ্যক শেয়ার এই ব্যাঙ্কের ঘরোয়া হয়ে থাকে, কিন্তু তা ব্যাঙ্কের বিভিন্ন শাখার মাধ্যমে সারা পৃথিবীতে কেনা-বেচা করা যায়। জী ডী আর অনেকটা এ ডী আর এর মত।

কোম্পানীগুলি কেন বোনাস ইশ্যু জারী করে ?

যখন কোম্পানীর কাছে নগদ রিজার্ভ অনেক বেশী হয়ে যায় তখন কোম্পানী গুলি বোনাস ইশ্যু জারী করে। এতে কোম্পানী ডিভিডেণ্ডের হিসাবে নিজেদের শেয়ার ধারাকদের অনেক বেশী অর্থ প্রদান করে থাকে। অন্য ভাবে বলা যায়, কোম্পানীর নগদ রিজার্ভের একটা বড় অংশ কোম্পানীর সবথেকে বড় শেয়ারধারক তার প্রমোটারই হয়ে থাকে।

বোনাস ইশ্যুর থেকে শেয়ারধারকরা কি লাভ পায় ?

এক দিকে থেকে বলা যায় কিছুই পায়না। সাধারণ লোকেরা ভাবে যে বোনাস শেয়ার ধারাকদের জন্য খুবই লাভজনক বিষয়, কিন্তু যদি দামের দিক দিয়ে বিচার করা যায় তবে দেখা যাবে যে এতে বিশেষ কোন পার্থক্য হয়না। মনে করুন আপনার কাছে 100 শেয়ার আছে এবং কোম্পানী একের পর এক শেয়ারে বোনাসের ঘোষণা করলে আপনার কাছে মোট শেয়ার দাঁড়াবে 200। এইভাবে যদি বাজারে এই কোম্পানীর এক কোটি শেয়ার থাকে তবে তা বৃদ্ধি পেয়ে দুই কোটি হয়ে যাবে। কিন্তু সেই অনুপাতে কোম্পানীর বাজার পুঁজি বৃদ্ধি পাবে না। তাই বোনাস আসার সাথে-সাথে বাজারে শেয়ারের দাম পড়ে অর্ধেক হয়ে যায়। এটা আলাদা কথা যে, ব্যবহারিক দিক থেকে সেই মূল্য একদম অর্ধেক হয়না, বরং তার আশে-পাশে থাকে।

তাহলে বোনাস ঘোষণার পর শেয়ারের দাম বৃদ্ধি পায় কেন ?

এর পিছনে কোন বিশেষ কারণ নেই বললেই চলে। একদিকে বিনিয়োগকারীরা মনে করে যে, যে কোম্পানীগুলি বোনাসর ঘোষণা করে নগদ রিজার্ভের দিক দিয়ে সেগুলি খুবই মজবুত। এবং দ্বিতীয়ত লাভাংশ হিসাবে প্রাপ্ত অর্থ দ্বিগুণ হয়ে যায়। ফলে কোম্পানীর শেয়ারের চাহিদা বৃদ্ধি পায়। বোনাসের পর যেহেতু কোম্পানীর শেয়ারের দাম এই অনুপাতে কমে যায় তাই তার দৈনিক ব্যবসার খুবই বৃদ্ধি পায়।

শেয়ারের ফেস্ ভ্যালুকে এটা কতদূর প্রভাবিত করে ?

বোনাসের পরে কোম্পানীর ফেস ভ্যালু একই থেকে যায়। আসলে শেয়ার বিভাজন অর্থাৎ স্টক স্প্লিট এবং বোনাসের প্রধান পার্থক্য হল বোনাসে শেয়ারের দাম পড়ে যায় কিন্তু তার ফেস ভ্যালুতে কোন পরিবর্তন আসেনা, অন্যদিকে স্প্লিট-এর ক্ষেত্রে ফেস ভ্যালুর দামও সেই অনুপাতেই কমতে থাকে।

পুণরায় শেখার ক্রয়

প্রমোটার কোম্পানীতে নিজের অংশীদারী বৃদ্ধির জন্য দুটি পদ্ধতি গ্রহণ করে থাকে। এক সে মুক্ত বাজার থেকে ধীরে-ধীরে নিজের কোম্পানীর শেয়ার কেনে বা অন্যান্য শেয়ার ধারকদের এক বিশেষ দামে প্রোমটারকে শেয়ার বিক্রী করতে বলে। দ্বিতীয় প্রক্রিয়াকে পুণরায় ক্রয় বা বাইব্যাক বলা হয়। বাইব্যাকে পরমোটার এক বিশেষ তারিখ পর্যন্ত শেয়ারধারকদের শেয়ার বিক্রীর প্রস্তাব দেয়। এতে একদিকে প্রমোটারের অংশীদারী বৃদ্ধি পায় আর অন্যদিকে সাধারণ মানুষদের অংশীদারী কমতে থাকে। এতে শেয়ারের দামের উপর ইতিবাচক প্রভাব পড়ে। সাধাণরত

ব্যায় ব্যাককে কোম্পানীর জন্য খুবই ভালো বলে ধরে নেওয়া হয় কারণ এর থেকে বোঝা যায় যে তার পরমোটাররা নিজেদের পরিকল্পনা ও কোম্পানীর ভবিষ্যৎ সম্পূর্ণ নিশ্চিন্ত।

ওপেন অফার ঃ

এটা রাইটস ইশ্যুর মতন কোন কোম্পানীর জন্য অর্থ জোগাড়ের একটা উপায়, যাতে কোম্পানী তার শেয়ার ধারকদের বর্তমান বাজার মূল্যের কমে শেয়ার কেনার প্রস্তাব দেয়। রাইটস ইশ্যুর থেকে এটা সামান্য আলাদা কারণ শেয়ারধারকরা রাইটসস ইশ্যু থেকে প্রাপ্ত শেয়ারগুলিকে শীঘ্রই বাজারে বিক্রী করা যায়না।

অবাসীয় সম্পত্তির উপর দীর্ঘকালীন পুঁজিগত লাভ বলতে কি বোঝায় ?

আপনি যদি কোন আবাসীয় সম্পত্তি কিনে কমপক্ষে দশ বছর তা নিজের কাছে রেখে দেন এবং বর্ধিত দামে তা বিক্রী করেন, তবে তার থেকে প্রাপ্ত লাভকে দীর্ঘকালীন পুঁজিগত লাভ বলা হয়।

এই লাভের উপর আয়কর দিতে না চাইলে কিভাবে অর্থ বিনিয়োগ করতে পারেন ?

বিক্রীর ফলে প্রাপ্ত লাভ দিয়ে যদি অন্য কোন আবাসীয় সম্পত্তি কেনা যায় তবে আয়করের হাত থেকে রেহাই পাওয়া সম্ভব। কিন্তু একটা বিষয় মাথায় রাখতে হবে যে, যে কোন অবস্থাতে শুধুমাত্র আবাসীয় সম্পত্তিই কিনতে হবে। আপনি যদি কোন জমি কেনেন তবে অনিবার্য রূপে তার উপরে গৃহ নির্মাণ করতে হবে।

প্রথম সম্পত্তি বিক্রী করার কত দিনের মধ্যে দ্বিতীয় সম্পত্তি কিনতে হবে ? প্রথম সম্পত্তি বিক্রীর পয়সা কোন সরকারি স্কীমে বা লটারীতে লাগানো যায় কি ?

অবশ্যই ! আপনি প্রথম সম্পত্তি বিক্রী করে যে টাকা পাবেন তা দিয়ে সরকারী স্কীমের প্লট বা ফ্ল্যাট কিনতে পারেন। কিন্তু এক্ষেত্রে সময় সীমাটা একটা গুরুত্বপূর্ণ বিষয়, যদি আপনার প্রথম সম্পত্তি বিক্রী করার তিন বছর পর স্কীম অনুযায়ী আবাসীয় সম্পত্তি আবন্টিত হয়, তবে আয়কর দিতে হবে। যদি আবন্টন না হয় তবে আপনি পুণরায় আপনার পুঁজিগত লাভের খাতে টাকা জমা করে দিতে পারেন।

ফিউচার এ্যাণ্ড অপশান (এফ এণ্ড ও) বাজার কি ?

ফিউচার এ্যাণ্ড অপশান অর্থাৎ ভায়দা এবং বিকল্প বাজার এমন এক ব্যবস্থা, যেখানে ভবিষ্যৎ-এর নিরিখে সওদা করা হয়। সাধারণত এফ এ্যাণ্ড ও ব্যবসার কথা একসাথে বলা হয়, কিন্তু বাস্তবে ভায়দা ব্যবসা ও বিকলা ব্যবসা আলাদা-আলাদা হয়ে থাকে।

শেয়ার বাজারে ভায়দা ব্যবসা কিভাবে হয় ?

শেয়ার বাজারে যে কোন একটা সময়ে তিন সিরীজের ভায়দা কন্‌ট্রাক্ট পাওয়া যায়। যেমন এই সময় বাজারে এপ্রিল, মে ও জুন মাসের কন্‌ট্রাক্ট পাওয়া যাচ্ছে। তিনটি কন্‌ট্রাক্টের দাম আলাদা-আলাদা হয়ে থাকে। যদি এই দাম বর্তমান দামের উপরে হয় তবে প্রিমিয়াম পাওয়া যাচ্ছে বলা হয় আর যদি তা তার থেকে নীচে হয় তবে ডিসকাউন্ট পাওয়া যাচ্ছে, বলা হয়। কোন কন্‌ট্রাক্ট প্রিমিয়াম বা ডিসকাউন্টে থাকলে তার শেয়ার বা সূচাঙ্কের থেকে ভবিষ্যৎ-এ বাজারের গতিবিধি কি হতে পারে তা জানা যায়। প্রত্যেক মাসের শেষ বৃহস্পতি বারে সেটেলমেন্টের দিন হয়। এই মাসের সিরিজ শেষ হয়ে যাওয়ার পর তখন শুক্রবারে তৃতীয় মাসের সিরিজ শুরু হয়ে যায়।

লট্ কি ?

আসলে নগদ বাজারের মতন ভায়দা বাজারে কোন শেয়ারই ইচ্ছামতন কেনা যায় না। এক্সচেঞ্জই এটা ঠিক করে যে কোন শেয়ার কমপক্ষে কতটা কেনা যেতে পারে। এই সংখ্যাকেই লট্ বলা হয়। ভায়দা বাজারে যে কোন শেয়ার লটেই কেনা হয়ে থাকে।

ভায়দা ব্যবসায় মার্জিন বলতে কি বোঝায় ?

লটে শেয়ার কেনা যে একটু ব্যয় সাপেক্ষ তা বোঝাই যাচ্ছে। এই কারণেই শেয়ার ব্রোকাররা গ্রাহকদের মার্জিনের সুবিধা প্রদান করে থাকে। মার্জিন অনুসারে শেয়ারের পরিমানের হিসাবে একটা বিশেষ অংশ অর্থ বিনিয়োগকারীকে দিতে হয়, বাকি অর্থ ব্রোকার বিনিয়োগকারীকে দিয়ে থাকে।

ভায়দা ব্যবসায় মার্জিন বলতে কি বোঝা ?

লটে শেয়ার কেনা যে একটু ব্যয় সাপেক্ষ তা বোঝাই যাচ্ছে। এই কারণেই শেয়ার ব্রোকাররা গ্রাহকদের মার্জিনের সুবিধা প্রদান করে থাকে। মার্জিন অনুসারে শেয়ারের পরিমাণের হিসাবে একটা বিশেষ অংশ অর্থ বিনিয়োগকারীকে দিতে হয়, বাকি অর্থ ব্রোকার বিনিয়োগকারীকে দিয়ে থাকে।

লং ও শর্ট বলতে কি বোঝায় ?

লং হওয়ার অর্থ কোন শেয়ার কেনা আর শর্ট করা অর্থাৎ কোন শেয়ার আপনার কাছে না থাকা, কিন্তু তা ব্রোকার থেকে ঋণ নিয়ে বিক্রী করা হয়।

অপশান ব্যবসা বলতে কি বোঝায় ?

অপশান, কোন কোম্পানীর শেয়ারগুলি কেনা বা বিক্রীর জন্য দুপক্ষের মধ্যে হওয়া সওদা। যে পক্ষ অপশান বিক্রী করে সে ক্রেতাকে এই অধিকার টুকু দেয় যে সে কোন শেয়ার নিশ্চিত সংখ্যায় একইমূল্যে ক্রয় বা বিক্রয় করতে পারে নির্ধারিত সময়ের পূর্বে। ক্রেতা অপশানের সাহায্যে শেয়ার কেনা বা বিক্রী করার অধিকার পায়, তাতে শেয়ার কেনা বা বিক্রী করার জন্য কোন বাধ্যবাধকতা থাকেনা।

অপশান ব্যবসা কত প্রকারের ?

অপশান দুই প্রকারের–কল ও পুট। কোন পক্ষ নিজের প্রয়োজন অনুসারে অপর পক্ষের সাথে কল ও পুট-এর সওদা করে থাকে।

কল অপশান কি ?

যদি কেন পক্ষ অপর কোন পক্ষের সাথে কোন কোম্পানীর শেয়ার নিয়ে কল সওদা করে তবে এই সওদা শেষ হওয়ার তারিখের আগে অপর পক্ষ থেকে এই কোম্পানীর শেয়ার কেনার অধিকার থাকে। শেয়ার কেনার এই সওদা পূর্ব নির্ধারিত মূল্যের উপরেই হয়ে থাকে।

পুট অপশান কি ?

যদি কোন পক্ষ অপর কোন পক্ষের সাথে কোন কোম্পানীর শেয়ার নিয়ে পুটের সওদা করে তবে প্রথম পক্ষ সওদা শেষ হওয়ার আগে অপর পক্ষকে এই কোম্পানীর শেয়ার বিক্রী করার অধিকার দেয়। এই সওদা পূর্ব নির্ধারিত দামেই হয়ে থাকে। দুটি সওদারই বিশেষত্ব হল যে পক্ষ অপশান সওদা করে সেই পক্ষ শেয়ার কেনা বা বিক্রী করার অধিকার পায়, তার উপর সওদা সম্পন্ন করার কোন বাধ্যতা থাকে না। যদি নির্ধারিত সময়ের মধ্যে কল ও পুটের অধিকারের ব্যবহার করা না হয়। তবে সওদা স্হগিত করে দেওয়া হয়।

অপশান কন্ট্রাক্ট কত প্রকারের ?

কন্ট্রাক্ট দুই প্রকারের – এক ইয়োরোপিয় কন্ট্রাক্ট এবং অপরটা আমেরিকান কন্ট্রাক্ট। ইউরোপীয় কন্ট্রাক্ট অনুযায়ি সেটেলমেন্টের দিনেই সওদা করতে হবে আর আমেরিকান কন্ট্রাক্ট অনুযায়ী ব্যবসায় ছাড় দেওয়া হয় অর্থাৎ ইচ্ছা করলে

সেটেলমেন্টের তারিখের আগেই সওদা করা যায়। ভারতীয় বাজারে আমেরিকান অপশান কন্ট্রাক্ট পাওয়া যায়।

কোন কোম্পানীর ভ্যালুয়েশানের ক্ষেত্রে পাই-এর গুরুত্ব কতখানি ?

পাই আমাদের বলে যে বাজারে কোন শেয়ারের কতটা ইতিবাচক প্রভাব আছে। শুধুমাত্র পাই-এর মাধ্যমে কোন নিস্কর্ষ পাওয়া যায়না। কোন পরিণামে পৌঁছানোর জন্য দ্বিতীয় কোন পাইয়ের অনুপাতের সাথে এর তুলনা অনিবার্য। প্রথম, এই কোম্পানীর গত বছরের কোন ঐতিহাসিক পাইয়ের সাথে। দ্বিতীয়, এই একই ক্ষেত্রে কার্যকারী অন্যকোন কোম্পানীর পাইয়ের অনুপাত এবং তৃতীয়, বেঞ্চমাকু সূচাঙ্কের মতন সেসেক্সের পাইয়ের অনুপাত। কোন কোম্পানীর পাই খুব বেশী হলে দুটি পরিণামে পৌঁছানো যায়। প্রথমত, কোম্পানী তার নিধারিত মূল্যের থেকে অনেক বেশী মূল্য পাচেছ। আর সেই কারণেই শেয়ার দামী হয়ে উঠছে। দ্বিতীয়ত, বাজারে এটা জানে যে আগত দিনে এই কোম্পানীর দর খুবই বৃদ্ধি পাবে তাই তার দাম অত্যাধিক থাকা সত্ত্বেও তা কেনা যায়।

পাইয়ের সাহায্যে কোন শেয়ারের সঠিক মূল্য কিভাবে নির্ধারিত করা যায় ?

বেশীর ভাগ সময়ে কোন কোম্পানীর সমস্ত পরিস্হিতি একই রকম থাকেনা। কোম্পানীর আয় প্রতি বছর হয় বৃদ্ধি পায় হয়তো কমে যায়। এছাড়া কোম্পানী যদি এফপীও-এর দ্বারা বাজারে নতুন শেয়ার নিয়ে আসে তবে এই শেয়ারের মোট সংখ্যাও বৃদ্ধি পায়। এই সমস্ত কিছুই শেয়ার প্রতি আয়ের উপর প্রভাব বিস্তার করে।

শেয়ার বাজারে বুক ভ্যালুর গুরুত্ব কি ?

কোন শেয়ারের বুক ভ্যালুর সাথে তার বাজার মূল্যের তুলনা করে এটা অনুমান করা যায় যে এই শেয়ার নিজের প্রকৃত মূল্যের থেকে কতটা দামী বা সস্তা। এই জন্য পীবীভী অনুপাতের সাহায্য নেওয়া হয়ে থাকে। পাই-এর রীতির থেকেই পী বী ভী অর্থাৎ মূল্য ও বুক ভ্যালুর অনুপাত থেকে এটা জানা যে কোন শেয়ার তার প্রকৃত মূল্যের থেকে কত গুণ বেশী বা কমে ব্যবসায় করছে।

■ ■ ■

মানী ব্যাক পলিসিই হল ভবিষ্যৎ-এর চাবি

মানী ব্যাক জীবন বীমা খুবই পছন্দের হয়ে উঠেছে এর কারণ হল এতে বীমার সাথে সাথে একটা নির্দ্দিষ্ট সময় পর আপনার অর্থও ফিরে আসতে থাকে। কিন্তু লক্ষ্যনীয় বিষয় হল, এতে সাধারণ পলিসির তুলনায় অনেক বেশী প্রিমিয়াম জমা দিতে হয়। মানী ব্যাক পলিসি এবং তার সাথে সম্পর্কিত বিষয়গুলি সম্পর্কে নিম্নে জানানো হল।

মানী ব্যাক পলিসি কিসের জন্য ঃ

বামী কোম্পানী গুলির মতে মানী ব্যাক পলিসি এই সমস্ত ঐতিহ্যবাহী অর্থ বিনিয়োগকারীদের আর্থিক পরিকল্পনার সাথে সম্পূর্ণ ফিট্ হয়ে যায় যারা কম বিপদ বা গ়ার্যান্টেড রিটার্নের যুক্ত বীমা বা অর্থ বিনিয়োগের ক্ষেত্রের সন্ধান করে। অন্যভাবে বলা যায় এই পরিকল্পনা সেই সমস্ত ব্যক্তিদের জন্য যাদের একটা নির্দ্দিষ্ট সময় অন্তর দীর্ঘকাল বা কম সময় বাদে (বাড়ী বা গাড়ী কেনার জন্য বা বিদেশ ঘুরতে যাওয়ার জন্য) কিছুটা অর্থের প্রয়োজন হয়।

সাধারণ এণ্ডোম্যান্ট বীমা পরিকল্পনাতে এণ্ডোম্যান্টের সীমা শেষ হওয়ার পরেই সার্ভাইবাল বেনিফিট (বীমার ধারক জীবিত থাকা কালীন প্রাপ্ত লাভ) প্রদান করা হয়। কিন্তু মানী ব্যাক পলিসিতে সময় সময়ে আংশিক সার্ভাইবাল বেনিফিট পাওয়া যায়।

মানী ব্যাক পলিসি অন্য বড় বিশেষত্ব হল পলিসি চলাকালীন যদি পলিসি ধারকের মৃত্যু হয় তবে সে ক্ষেত্রে মৃত্যু বেনিফিট্ রূপে পুরো বীমার টাকা দিয়ে দেওয়া হয়। এই রাশির থেকে সার্ভাইবাল বেনিফিটের সেই অর্থ কেটে নেওয়া হয় না যা তাকে আগেই দেওয়া হয়ে গেছে। এছাড়া বোনাসের গণনা সম্পূর্ণ বীমা রাশির উপরেই করা হয়।

মানী ব্যাক পলিসি 35 বছরের বেশী বয়সের সেই সমস্ত লোকেদের জন্য খুবই ভালো যাদের 10-15 বছর বাদে বাচ্চাদের শিক্ষা, বিয়ে এবং অন্যান্য খরচের জন্য প্রচুর অর্থের প্রয়োজন। এতে যেমন দীর্ঘকালীন সঞ্চয়ের সুযোগ পাওয়া যায় তেমনি সঠিক দামে রিটার্নও পাওয়া যায়। সেই সাথে বিশেষ পরিস্থিতি ছাড়া এতে প্রদেয় অর্থ সম্পূর্ণ আয়কর মুক্ত।

শর্তগুলি মন দিয়ে পড়ুন ঃ

বীমা পরামর্শদাতাদের মতানুসারে মানী ব্যাক পলিসি কেনার আগে আপনি প্রিমিয়াম স্বরূপ যে অর্থ প্রদান করবেন তার পরীক্ষা করে নেওয়া উচিত। তার সাথে এটাও দেখে নেবেন যে কতটাকা আপনার সঞ্চয় হচ্ছে আর কতটা বীমা কোম্পানীর শুল্ক। সবচেয়ে গুরুত্বপূর্ণ দিক হল পলিসির শর্তগুলি মন দিয়ে পড়া ও বোঝা।

এছাড়া আরো একটা বিষয় সুনিশ্চিত করতে হবে যে, যে সম্ভাবিত প্রয়োজনের জন্য আপনার অর্থের দরকার নিয়মিত সময়ের পর প্রাপ্ত পলিসির টাকা থেকে যেন তা সম্পূর্ণ হয়। বীমা কোম্পানীর দ্বারা পূর্বে প্রদেয় বোনাসের সমীক্ষা করাও লাভজনক হবে।

এইচডীএফসি স্ট্যাণ্ডার্ড লাইফ-এর মানী ব্যাক পলিসি গুরুতর অসুখের ক্ষেত্রে লাভ, অতিরিক্ত টার্ম লাভ, দুর্ঘটনায় মৃত্যু হলে লাভ এবং প্রিমিয়ার প্রদানের ব্যাপারে ছাড় প্রভৃতি অতিরিক্ত লাভ প্রদান করে থাকে।

এটাও দেখতে হবে যে, পলিসি চালু রাখর জন্য ন্যূনতম কত বছর পর্যন্ত প্রিমিয়াম প্রদান করতে হবে।

■ ■ ■

চরম মূল্যের বিরুদ্ধে শেয়ারকে হাতিয়ার করে তুলুন

মুদ্রাস্ফীতি বা দাম মূল্য বৃদ্ধি হওয়ার কারণ হল প্রয়োজনীয় জিনিসের দাম বৃদ্ধি পাওয়া। মুদ্রাস্ফীতি একটা সূচাঙ্কের দ্বারা অঙ্কন করা হয়ে থাকে, যা কিছু বিশেষ বস্তু এবং সেবার ভিত্তিতে প্রস্তুত করা হয়। এর পর এই শ্রেণীতে অবস্থিত বস্তু গুলির মূল্যের তুলনা গতবছরে মূল্যের সাথে করা হয়। ভারতে মূল্যের পরিবর্তনের দিকে নজর দেওয়া হয়।

মুদ্রাস্ফীতি ধীরে-ধীরে আপনার ক্রয় ক্ষমতাকে কম করতে থাকে তাই অর্থ বিনিয়োগকারীদের এটা বোঝা খুবই জরুরি যে তার অর্থ বিনিয়োগের ব্যাপারে মুদ্রাস্ফীতি কতটা প্রভাব ফেলে, অর্থ বিনিয়োগকারী, বিশেষ করে বয়স্ক নাগরিকরা নিজেদের মূলধনের সুরক্ষার দিকটা খুবই বেশী করে দেখে আর সেই কারণে অর্থ বিনিয়োগ থেকে প্রাপ্ত আমদানীর ক্ষেত্রে একটা বোঝাপড়া করে ফেলে। উদাহরণ স্বরূপ বলা যায় বিনিয়োগকারী নিজের অর্থ ব্যাঙ্কের খাতায় জমা করে। তাতে সে বছরে 3.5 শতাংশ সুদ পায়। বাজারে মুদ্রাস্ফীতির দর 7 শতাংশ। এমন অবস্থায় তার সিদ্ধান্তকে ভুল বলে ধরে নেওয়া যায় কাণর তার ক্রয় ক্ষমতা 3.5 শতাংশ বৃদ্ধি পাচেছ অথচ বস্তু বা সেবার মূল্য 7 শতাংশ বৃদ্ধি পাচেছ।

মুদ্রাস্ফীতির সম্মুখিনতা করার জন্য কিছু বিকল্প রাস্তা

রিয়েল ইস্টেট বিনিয়োগ ট্রাস্ট (আরইআইটী) ঃ ঐতিহাসিক দিক থেকে রিয়েল ইস্টেনে অর্থ বিনিয়োগ মুদ্রাস্ফীতির ব্যাপারে চালের মতন কাজ করে। মন দিয়ে রিয়েল ইস্টেট সম্পত্তিগুলি নির্বাচন করা গেলে তা উল্লেখ যোগ্য রিটার্ন প্রদান করে। যদিও রিয়েল ইস্টেটে অর্থ বিনিয়োগের পরিমাণও আর ই আই টী কিনতে পারে। এই ভাবে আরই আইটী সমস্ত বিনিয়োগকারীদের সেই সমস্ত কোম্পানীর শেয়ার কেনার সুযোগ দেয় যেগুলি বড় আকারের রিয়েল ইস্টেট পরিকল্পনার নির্মাণ করে থাকে।

ইকিউটী ঃ

মুদ্রাস্ফীতির সম্মুখিনতা করার অপর উপায় হল নিজের সঞ্চয়ের কিছু অংশ ইকিউটীতে জমা করা। বয়স্ক নাগরিকদের বা যারা ঝুঁকি নিতে চায় না তাদের অর্থ বিনিয়োগের পোর্ট ফলিওর ছোট একটু অংশ শেয়ার বাজারে লাগানো উচিত। ইকিউটিতে অর্থ বিনিয়োগ করতে হলে শুধুমাত্র শেয়ার বাজারের মাধ্যমেই তা করা যায় তা নয়। আপনি ইকিউটী বা ব্যালেনষ্ড মিউচুয়াল ফাণ্ডের সাহায্যেও তা করতে পারেন।

কমোডিটি ঃ

দামী ধাতুতে (সোনা, রূপা এবং প্লাটিনাম) অর্থ বিনিয়োগ মুদ্রাস্ফীতির বিরুদ্ধে রুখে দাঁড়ানোর অন্য আর এক পথ। বিনিয়োগকারীদের একটা বিষয় সর্বদা মাথায় রাখা উচিত যে দামী ধাতুর মূল্য সর্বদাই ওঠা নাম করে। তাই যদি সঠিক সময়ে কেনা যায় তবে দাম বৃদ্ধি পাওয়ার মধ্যেখানে সোনা বা রূপার মতন ধাতু কিনে আপনি লাভবান হওয়ার পথ প্রশস্থ করতে পারবেন।

মুদ্রাস্ফীতিতে লাগাম দেওয়ার উপায় ঃ

মুদ্রাস্ফীতি নিয়ন্ত্রণ করতে জানলে তা অর্থ ব্যবস্থার জন্য খুবই ভালো, কারণ এতে লোকেদের ভরোসা বৃদ্ধি পায়। সরকার ভারতীয় রিজার্ভ ব্যাঙ্কের সাথে পরামর্শ করে। অর্থব্যবস্থায় মুদ্রাস্ফীতির সীমা নির্ধারিণ করে থাকে। যে কোন দেশের আর্থিক ও মৌদ্রিক নীতি প্রস্তুত করার সময় মুদ্রাস্ফীতির দিকে লক্ষ্য রাখা হয়।

■ ■ ■

ঋণের প্রবন্ধন করুন

আপনার সমস্ত প্রয়োজন মেটাবার মতন প্রয়োজনীয় অর্থ আপনার কাছে নাই থাকতে পারে। তার জন্য ঋাণ নিতে হতে পারে, কিন্তু তা অবশ্যই হিসাব করে রাখবেন। আপনি দেনার ডুবে যাবেন, এমন অবস্থা যেন না আসে।

শুধুমাত্র স্বার্থপর লোকরাই আজ আর ভৌতিক সুখ-সুবিধার কথাই চিন্তা করে না। আজ সারা পৃথিবী অর্থ সঞ্চয়ের জন্য ব্যাকুল। মধ্যবিত্ত মানুষেরা অর্থ সঞ্চয় করে পুঁজিপতি হয়ে ওঠার স্বপ্ন দেখছে আর তার জন্য তাদের চেস্টা অন্ত নেই। ভারতের মধ্যবিত্ত লোকেরাও আজ মাইক্রোওয়েব, আমেরিকান ওয়াশিংমেশিন এবং ডিভিডির মতন বস্তু গুলির প্রদর্শন করার জন্য আকুল হয়ে গেছে। এই বস্তু গুলির সাহায্যে তারা সমাজের এক ধরণের প্রতিযোগিতায় দৌড়াতে সক্ষম। অর্থের শ্রাদ্ধ করে বিদেশ ভ্রমণ, সপ্তাহের শেষে কোন বিশাল রেস্টুরেন্টে ডিনার করা এক সাধারণ ব্যাপার হয়ে উঠেছে। আজ সমস্ত মানুষ 'শীঘ্র সন্তুস্টির' মন্ত্র জাপ করে থাকে।

এই ধরণের প্রয়োজন গুলি সম্পূর্ণ করার মতন অফুরন্ত পয়সা তাদের কাছে আসবে কোথা থেকে ? এই সমস্ত স্বপ্ন পূরণের জন্য তারা যতটা সম্ভব পরিশ্রম করে প্রথম অর্থ সংগ্রহ আর তারপর খরচ এই সিদ্ধান্তের উপর চলে কি ? কখনই না। এটা অনেক পুরানো কিথা। বর্তমানে মানুযরা নিজেদের প্রয়োজন পূরণ করার জন্য ক্রেডিট কার্ড ও পার্সোনাল লোনের মতন রাস্তা পেয়ে গেছে। এই রাস্তাকে 'ব্যাপক ধ্বংসের হাতিয়ার' বলে সম্বোধন করা যায়। এই ধরণের কার্ড এবং লোন গুলি লোকেদের ফাঁসিয়ে যে ভাবে ঋাণ দিচেছ তাতে সেবা গ্রহণকারীরা দিনে-দিনে ঋণের জালে জড়িয়ে পড়ছে।

এই ঋণের জাল আসলে কি ? এমন এক অবস্থা যাতে প্রদেয় আসল ও সুদের টাকা আমাদের বর্তমান ও ভবিষ্যৎ-এর থেকে অনেক বেশী দ্রুত গতিতে এগিয়ে চলে। পরিণাম স্বরূপ আমরা ভবিষ্যৎ-এর কিছু অতি আবশ্যক বিষয় সম্পূর্ণ

করতে ব্যর্থ হয়ে উঠছি এবং ঋণের পরিমাণ এতই বৃদ্ধি পাচ্ছে যে কপর্দকহীন হতে সময় লাগছে না।

কোন ব্যক্তি কিভাবে ঋণের জালে ফেঁসে যায়? এর প্রধান কারণ হলঃ-

1. অপরিমিত প্রয়োজন দূর করার জন্য সীমিত আয়।

2. ক্রেডিট অফার পাওয়ার জন্য অপ্রয়োজনীয় জিনিস কেনার অভ্যাস।

এর থেকে কিভাবে সাবধানে থাকা যায়? এখানে এমন কিছু বিষয়ের উল্লেখ করছি যা মাথায় রাখা খুবই জরুরী।

ব্যাঙ্ক এটা বলেই দেয় যে, যদি আপনি ক্রেডিট কার্ডে কোন জিনিস কেনেন তবে আপনি 50 দিনের মধ্যে যখন খুশী তার অর্থ প্রদান করতে পারবেন। এর জন্য কোন রকম সুদ দিতে হবেনা। কিন্তু আসল ঘটনা তা নয়। অর্থ প্রদানের ব্যাপারে যে 50 দিন নির্ধারিত থাকে তার গণনা বিলিং সাইকিলের প্রথম দিন থেকেই শুরু হয়ে যায়, কেনার দিন থেকে নয়। তাই বিলিং সাইকিলের ব্যাপারে আপনাকে সাবধান থাকতে হবে আর সেই অনুসারেই কেনাকাটা করুন। আপনার ক্রেডিট কার্ড বিবরণে এটা উল্লেখ করা থাকে যে অর্থ প্রদানের শেষ দিনের মধ্যে ন্যূনতম একটা টাকা আপনাকে জমা করতেই হবে (যা মোট অর্থের 5 শতাংশ হয়ে থাকে)। একটু ভালো করে লক্ষ্য করলে বুঝতে পারবেন যে শেষ পর্যন্ত আপনাকে 36-42 শতাংশ পর্যন্ত বেশ মোটা টাকা সুদ প্রদান করতে হতে পারে।

কিছু কিছু ব্যাঙ্ক আপনাকে মাসিক কিস্তি হিসাবে মূল অর্থ শোধেরই লোভ দেখিয়ে থাকে। তারা সুদ না নেওয়ার বা সামান্য সুদ নেওয়ার লোভও দেখায়। কিন্তু আপনি যখন তার পিছনে গুপ্ত নগদ অর্থের গণনা করবেন তখন বুঝবেন যে সুদ হিসাবে কত টাকা দিতে হচ্ছে। সর্বদা মাথায় রাখবেন যে সুদহীন কোন কিস্তী হতে পারেনা। ব্যাঙ্কের এই ধরণের জালে জড়িয়ে পড়ার থেকে নির্দ্দিষ্ট দিনের মধ্যে সমগ্র টাকা শোধ করে দেওয়াই ভালো কার্ড দ্বারা প্রাপ্ত এডভান্স ক্যাম্পও কে প্রকারের উচ্চ সুদ যুক্ত ঋণ, যতটা সম্ভব এর থেকে দূরে থাকার চেষ্টা করুন।

পার্সোনাল লোন খুব সহজেই পাওয়া যায় এই কারণে তা মানুষকে দ্রুততার সাথে আকর্ষণ করে। এরজন্য একটা বেতনের স্লিপই যথেষ্ট। এর জন্য আপনাকে কিছু বন্ধক রাখতে হয়না। একই সাথে আপনি এই অর্থ কি কাজে ব্যবহার করছেন ব্যাঙ্ক তা দেখা পর্যন্ত না। এই কারণে আমরা অতি সহজে পার্সোনাল

লোনের জালে জড়িয়ে পড়ি। এইভাবে লোনের জালে জড়িয়ে সমস্যার থেকে রেহাই পাওয়ার জন্য এটা মাথায় রাখবেন যে, এই ধরণের ঋণের অর্থ করতে হলে মাসিক আয়ের 10 থেকে 12 শতাংশের বেশী খরচ করলে চলবে না। ফূর্তি করার জন্য (যেমন ছুটিতে বিদেশ ভ্রমণ) লোন নেবেন না। এর জন্য যে 18 শতাংশ সুদ দিতে হয় তা কম নয়। এখানে একটা কথার উল্লেখ করতেই হবে যে, যদি এই ধরণের ঋণ নিয়ে উচ্চ দরের ক্রেডিট কার্ডের অর্থ প্রদান করা হয় তবে তাতে বিশেষ কিছু ক্ষতি নেই, এক্ষেত্রে সেটা লাভদায়ক।

'হোম লোন/বন্ধক' এমন এক ধরণের ঋণ যা মানুষের সুখ-শান্তি হরণ করে। গত কয়েক বছরে এর সুদের হার কমার জন্য বহু লোক এই ধরণের ঋণ নেওয়ার প্রেরণা পেয়েছে। তারা এটা ভেবে ঋণ নেয় যে, তারা তো সম্পত্তি বানানোর জন্য ঋণ নিচ্ছে। ফলে এই ধরণের ঋণ নেওয়ার প্রবণতার জন্য আপনার দায়িত্বের বোঝা বৃদ্ধি পেতেই থাকে ফলে বেশ ভালো কিছু খাতে অর্থ বিনিয়োগের সুযোগ থেকে আপনি বঞ্চিত হন।

এই ধরণের পরিস্থিতি থেকে বাঁচার জন্য সবার প্রথম ইএমআই কত দিতে হবে তা জেনে নিন, আপনি যেন অতি সহজেই তা প্রদানে সক্ষম হন। তার ভিত্তিতে আপনি কত টাকা লোন নেবেন তা ঠিক করুন। বন্ধকের ব্যাপারে মাসিক আয়ের 35 শতাংশের বেশী ইএমআই হওয়া উচিত না। যদি আপনার আয়ের স্রোত স্থির না হয় তবে তার পরিমাণ আরোও কম হওয়া উচিত। দ্বিতীয় বাড়ীর জন্য ততদিন পর্যন্ত লোন নেবেন না যতদিন না প্রথম বাড়ীর থেকে প্রাপ্ত আয় দিয়ে দ্বিতীয় বাড়ীর ইএমআই ও রক্ষনাবেক্ষণের খরচ চালানো যায়। যে সমস্ত ব্যক্তিরা সুদের নিয়মিত ঋণ নিয়ে থাকে তাদের বর্তমান অধিক পরিবেশকে অবশ্যই গুরুত্ব দেওয়া উচিত। এর থেকে দীর্ঘকালীন পরিকল্পনা করতে সাহায্য পাওয়া যায়, কারণ ভবিষ্যৎ-এ কতটাকা খরচ হবে সেই সম্পর্কে একটা অনুমান করা যায়। আপনার বেশ গুরুতর প্রয়োজন পূরণ করার মতন পয়সা আপনার হাতে নার থাকতে পারে, তারজন্য আপনাকে ঋণ নিতে হতেই পারে, কিন্তু তার জন্য হিসাব-নিকাশ করে রাখবেন। তা না হলে প্রতিদিন সকালে মহাজনের আওয়াজে আপনাকে চোখ খুলতে হবে।

■ ■ ■

শিল্প কলায় বিনিয়োগ করুন

শিল্প কলায় অর্থ বিনিয়োগ একটা আলাদা বিষয়। এটা এমন একটা ক্ষেত্র যেখানে আপনি নিজের পছন্দ অনুসারে অথ বিনিয়োগ করতেই পারেন, সেই সাথে তার ব্যবসায়ীক লাভও নিতে পারেন। কিন্তু বাজারের অন্যান্য ক্ষেত্রের থেকে একটা একটু আলাদা, কারণ এখানে আঁকা ও রুচির কেনা-বেচাটা সবচেয়ে বড় কথা।

শিল্প কলা সংগ্রহের বস্তু তাই সংগ্রহকর্তার মু[illegible] পছন্দের উপর তার কেনার ব্যাপারটা নির্ভর করে। যদি আপনার পেন্টিং-এ রুচি [illegible]কে এবং যদি আপনার ভেতরে কলা সম্পর্কে জ্ঞান থাকে ও তার মূল্য সম্পর্কে যদি ওয়াকিবহাল হেলন তবে আপনার পছন্দের জিনিসে অর্থ বিনিয়োগ করতে আপনি কখনই সংকচ করবেন না। এই পেন্টিং-এর জন্য মোটা টাকা দিতেও আপনি পিছপা হবেন না।

একজন অনভিজ্ঞ ব্যক্তি, যার পেন্টিং সম্পর্কে কোন জ্ঞানই নেই বা যে আর্ট সম্পর্কে কিছুই বোঝেনা, সে কখনই আর্টের পিছনে বাজে খরচ করবেনা।

তাহলে কি এটা ধরে নিতে হবে যে, শিল্প কলায় খুব গোন গুনতি লোকই অর্থ বিনিয়োগ করে থাকে আর বাকিরা কি এর থেকে অনেক দূরে আছে ? শিল্প কলা সম্পর্কে অনভিজ্ঞ ব্যক্তিদের যেক্ষেত্রে অর্থ বিনিয়োগের সময় গয়না কেনার বিষয়টা মাথায় রাখতে হবে। যদি তার দাম বৃদ্ধি পায় তবে তারা খুশী হয় কিন্তু খুব কম সময়তেই তারা স্বর্ণকারের কাছে গয়নার বর্তমান মূল্য দেখে। এটা অনেকটা স্টক মার্কেটের মতন কাজ করে। হটক মার্কেটে অর্থ-নিয়োগকারীরা এটা খুব ভালো মতনই বেঝে যে, কোন ক্ষেত্র লাভ দেবে আর কেন লাভ দেবে ? ঠিক সেরকমই আর্টে অর্থ বিনিয়োগ করার আগে কেনা পেন্টিং লাভবান বলে প্রমাণিত হবে তা বুঝাতে হবে।

পেন্টিং-এ অর্থ বিনিয়োগ করার আগে কোন-কোন বিষয় মাথায় রাখতে হবে ? কোন পেন্টিং কেনার সময় সবচেয়ে পছন্দের পেন্টিংটাই কেনা উচিত কারণ এটা

ক্রেতার সাথে থাকবে। এর দাম বৃদ্ধি পেতে একটু সময় তো লাগবেই, ততদিন সেটা তার নামেই থাকবে। এই কারণে অবশ্যই নিজের পছন্দকে মূল্য দিন, এরপর আর্টিস্টের দিকে নজর দিন। যদি কেউ অর্থ বিনিয়োগের কথা মাথায় রেখে চলে তবে তার উদীয়মান শিল্পিদের কলাকে সম্মান জানানো উচিত, কিন্তু তার আগে সেই শিল্পী কোন প্রতিষ্ঠিত শিল্পীর মতন এই চিত্রে নিজেকে সমর্পন করতে পেরেছে কিনা আর তার কাজের মধ্যে কতটা মনোবল আছে তা বুঝতে হবে। কোন প্রতিষ্ঠিত শিল্পীর পেন্টিং খুবই মূল্যবান তাই ভবিষ্যৎ-এ কার দাম বৃদ্ধি পেতে পারে তা মাথায় রেখেই পেন্টিং কেনা উচিত। উদীয়মান শিল্পীদের চিত্রের দাম প্রথম থেকেই খুব বেশী থাকে না, কিন্তু পরে কখন সে প্রতিষ্ঠিত শিল্পী হয়ে যায় তখন হঠাৎ করেই তার চিত্রের দাম আকাশ ছোঁয়া হয়ে যায়। শিল্পীর জনপ্রিয়তা যত বৃদ্ধি পায়, তার পেন্টিং-এর দামও ততই বৃদ্ধি পায়।

বর্তমান দিন কাল একেবারেই কদলে গেছে, আজ ক্রেতা কোন ৰিশেষ শিল্পীর পেন্টিং কেনার আগে বেশ কিছু রিসার্চ করে নেয়। এর জন্য সে আলাদা-আলাদা গ্যালারিতে গিয়ে এই শিল্পীর বিভিন্ন পেন্টিং দেখে আর মাসের পর মাস ধরে তার কাজ বোঝার চেস্টা করে। আসল এই ক্ষেত্রে অর্থ বিনিয়োগের ব্যাপারে এটাই সবচেয়ে ভালো উপায়।

আজকালকার দিনে শুধু ক্রেতাই নয় বরং শিল্পীরা খুবই চালাক হয়ে গেছে। যে পেণ্টার বেশী চালাক এবং ভবিষ্যৎ সম্পর্কে বেশী উদগ্রীব সে সর্বদাই প্রতিষ্ঠিত শিল্পীর সাথে নামকরা গ্যালারিতে ছবি রাখতে পছন্দ করে। এর পিছনে তার উদ্দেশ্য হল সঠিক লোকেদের চোখে পড়া এবং পেন্টিং-এর জন্য ভালো মূল্য প্রাপ্ত করা।

কোন এক বিশেষ শিল্পীর পেন্টিং কেনার থেকে আলাদা-আলাদা শিল্পীর পেন্টিং কেনা লাভজনক কি? কোন পেন্টিং বছরের পর বছর আপনার ঘরে টাঙানো থাকলে তার সাথে আপনার এমন একটা সম্পর্ক গড়ে উঠবে সে, আপনি কোন মূল্যেই তা বিক্রী করতে চাইবেন না। আবার আই এমন কিছু লোক দেখা যায় যারা শুধুমাত্র বিক্রী করার উদ্দেশ্যেই পেন্টিং কিনে থাকে। তারা একজন শিল্পীরই অনেক গুলি পেন্টিং কেনে যাতে কিছু বিক্রী করতে পারে, আর কিছু নিজের কাছে রেখে দিতে পারে।

কোন ব্যক্তি এটা কি করে বুঝবে যে, সে যা কিনছে সেটাই ঠিক? এর জন্য হয়

গ্যালারির প্রমাণপত্র লাগবে আর তা না হলে শিল্পীকেই প্রমাণ পত্র দিতে হবে, কারণ এই প্রমাণ পত্রের দ্বারাই এটা প্রমাণ করা সম্ভব যে, এই চিত্রটি এই শিল্পিরই সৃষ্টি। পরে যখন এই উদীয়মান শিল্পী প্রতিষ্ঠা পায় তখন এই প্রমাণ পত্রের গুরুত্ব বহুগুণ বৃদ্ধি পায়। সবচেয়ে ভালো উপায় হলো ক্রেতা সংগ্রহের বিবরণ সম্পর্কিত কিছু কাগজ-পত্র তৈরী করা আর সম্ভব হলে একটা ক্যাটালগ বানিয়ে তা প্রকাশত করা।

ব্যাঙ্কার, উকিল, ডাক্তার প্রমুখ লোকেরই আর্টে বেশী পয়সা বিনিয়োগ করে থাকে। শিল্পকলায় এক লক্ষ টাকা দিয়ে বিনিয়োগ শুরু করা যেতে পারে। শুধুমাত্র এর জন্য কঠোর পরিশ্রমের দরকার। আর্টের সবচেয়ে বড় বিশেষত্ব হল একটা চিত্র এক এবং অদ্বিতীয় তার হু-ব-হু পেনটিং বিল গেটসের কাছেও পাওয়া সম্ভব না।

শিল্প কলায় অর্থ বিনিয়োগ করার ব্যাপারে নিম্নলিখিত বিষয়গুলি মাথায় রাখবেন ঃ-

1. ক্রেতার সৌন্দর্য্য সম্পর্কে জ্ঞান থাকতে হবে।
2. যদি ক্রেতা স্বয়ং পেন্টার না হয় তবে তাকে শিল্প কলায় অবশ্যই রুচি রাখতে হবে।
3. তাকে অবশ্যই আলাদা-আলাদা আর্ট গ্যালারিও প্রদশনীতে ঘুরে বেড়াতে হবে।
4. শিল্প কলার ব্যবসাদার বা তার সমীক্ষকদের সাথে অবশ্যই কথা বলতে হবে।
5. আর্ট সম্পর্কিত বই কিনে তার গহন অধ্যায়ন করতে হবে।
6. শিল্পী সম্পর্কে জানতে হবে। যেমন–তার পৃষ্ঠভূমি কি, সে আগে কেমন কাজ করেছে, কি ধরণের গ্যালারিতে কলা প্রদর্শিত করেছে সেই সব জানত হবে।

■ ■ ■

কিভাবে সোনায় অর্থ বিনিয়োগ করবেন ?

ইকিউটী কেন কিনবেন, কেন সোনা কিনবনে না ? বিনিয়োগকারীদের এই প্রশ্ন নিয়ে বিচার-বিবেচনা করা উচিত। তারা স্টক এক্সচেঞ্জের দ্বারাই কেন সম্পত্তি বৃদ্ধি করে, হোম সম্পত্তি কেন কেনে না ? অতীতের আয়নায় উঁকি দিলে বুঝতে পারবেন যে, শেয়ার বাজার থেকে বিনিয়োগকারীরা অনেকবেশী লাভবান হয়েছে, সম্পত্তি কেনার চাইতে। এই কারণেই প্রায় লোকেরা নিজেদের পয়সায় শেয়ার বা বণ্ড কিনেছে এবং ফরেন এক্সচেঞ্জ ট্রেডিং-ও পয়সা লাগিয়েছে। এখানে আমরা সম্পত্তি কেনার কথা বলছি অর্থাৎ সোনা, রূপা বা জমি বাড়ীর কথা।

একটা লক্ষনীয় বিষয় হল গত কয়েক বছর ধরে সম্পত্তি কিনেও বিনিয়োগকারীরা প্রায় সমান-সমান লাভ পেয়েছে, কখনও বেশীও পেয়েছে, (শেয়ার বাজারের তুলনায়)। বিনিয়োগকারীদের অর্থ বিনিয়োগ করার আগে কিসে অর্থ বিনিয়োগ করবে সে সম্পর্কে যথেস্ট বিচার-বিবেচনা করে নেওয়া উচিত। যদি সম্পত্তির কথাতেই আসা যায় তবে সেনায় সবচেয়ে ভালো, ২০০১ সালে প্রতি ভরি সোনার দাম ছিল ২৫৪ ডলার, আর ২০০৭-এর নভেম্বরে তা বৃদ্ধি পেয়ে দাঁড়িয়েছে, ৮৪৬ ডলার। সাত বছরের মধ্যেই সোনার দাম ২৩ শতাংশ বৃদ্ধি পেয়েছে।

যদি বর্তমান বিশ্বের বিনিয়োগ ক্ষেত্রের দিকে তাকানো যায় তাহলে এখানে অনেকটাই তরল পরিস্থিতিই দেখা যাবে। ঘরোয়া জিনিষের উপর চি 10 শতাংশ বৃদ্ধি করার জন তার সাথে মোকাবিলায় অন্যান্য দেশ গুলো উচ্চ দর শুরু করে দিয়েছে। বেশীর ভাগ দেশ সুদের হার কম রেখে ফরেন এক্সচেঞ্জ মার্কেট দখল রাখতে চায়। ব্যাঙ্ক অফ জাপান এর মাধ্যমে যেন-এর বৃদ্ধি সামলে রেখেছে আর এই কারণেই সেখানকার রপ্তানীতে বিকাস সম্ভব হয়েছে।

বিকাসের বিভিন্ন দরে বৃদ্ধি এবং তা বজায় রাখার জন্য এই যে বিভিন্ন ব্যাঙ্কের চেস্টা তার পরিণাম লক্ষ্য করা যায়। বৈশ্বিক তরলতা এবং উচ্চ মূল্যবৃদ্ধির মধ্যে। প্রতিদিন বিনিয়োগকারীদের সামনে নতুন সুযোগ আসছে এবং

অর্থ বিনিয়োগেরা পদ্ধতির পরিবর্তিত হচ্ছে। বণ্ড থেকে যা পাওয়া যেত তা মূল্যবৃদ্ধির দরকে কভার করতে পারত না।

এই কারণেই দীর্ঘ সময় ধরে কোন বৈকল্পিক সম্পত্তিতে অর্থ বিনিয়োগের প্রয়োজন অনুভূত হচ্ছে। আর যখন বিনিয়োগেকর জন্য বিকল্প পথের সন্ধান চলছে সে ক্ষেত্রে সোনা কেনাই সবচেয়ে ভালো বিকল্প হয়ে উঠছে। ক্ষুদ্র বিনিয়োগকারীদের জন্য ইকিউটী সবচেয়ে ভালো মাধ্যম বলে ধরে নেওয়া হয়। যারা ইকিউটীতে অর্থ বিনিয়োগ করছেন তারা সোনায় পয়সা লাগিয়ে দেখুন না কি হয় ?

শেয়ার বনাম সোনা ঃ

শেয়ার বাজারের সমস্ত স্টক থেকে অর্থ বিনিয়োগকারীরা একই ধরণের লাভ পায় এমন নয়। ভুল শেয়ারে পয়সা লাগালে লাভের পরিবর্তে ক্ষতির সম্ভাবনাই বেশী থাকে। আপনি কোন সময়ে অর্থ বিনিয়োগ করছেন তা মাথায় রাখা জরুরি। এই কথাটা শুধুমাত্র শেয়ার বাজারের জন্যই নয়, সেলনা কেনার ব্যাপারেও গুরুত্বপূর্ণ। এমন কি কোন শেয়ার যদি বৃদ্ধির দিকে যায় তবে সম্পূর্ণ বাজারেই প্লাবন আসবে এবং এমন কোন মানে নেই। সম্পূর্ণ পৃথিবীর নিরিখে বলা যায় বাজারে প্লাবনের পরিবর্তে মন্দার বাজারই বেশী চলে। সোনায় এমন অনিশ্চিয়তা দেখা যায়না। শুদ্ধতার বিভিন্ন পরিমাণের ভিত্তিতে সেনাার দাম সর্বত্রই একই দেখায়। তাই অর্থ বিনিয়োগকারীকে এতে বিনিয়োগ করার সময় চিন্তার কোন কারণ নেই।

2003 সাল থেকেই ভারতে সেক্যুলর ফুল মার্কেট এবং সব থেকে সম্ভাবনাশালী শেয়ার বাজারও আছে। একাধিক অনুপাত বলছে যে কমার তুলনায় বৃদ্ধিই বেশী, অন্য দিকে একের থেকে কম অনুপাত থেকে জানা যায় যে বৃদ্ধির তুলনায় পতনই বেশী। বিগত সাত বছরের বৃদ্ধি-পতনের অনুপাত 0.94, 2000 -এর এপ্রিল থেকে 2007-রে অক্টোবর পর্যন্ত প্রতি মাসে প্রায় 434 স্টাক পতন আর 401 স্টকে বৃদ্ধি পাওয়া যায়। বিনিয়োগকারীরা ভুল স্টক নির্ণয় করেছিলেন যার ফল তাদের ভোগ করতে হয়েছে। সঠিক স্টকে পয়সা লাগালে তারা ভালো রিটার্ন পেত কিন্তু তা হয়নি। তারা যদি সোনায় পয়সা বিনিয়োগ করতো তাহলে হয়তো এমন পরিস্থিতি আসত না। সবশেষে বলতে পারি যে, "যাহাই চক্‌চক্ করে তাহাই সোন নয়।"

■ ■ ■

সর্তকতার সাথে ক্রেডিট কার্ড ব্যবহার করুন

বর্তমান দিনে প্লাসটিক মানি এক বিশেষ স্হান অধিকার করে ফেলেছে। নাপিং কমপ্লেক্স হোক বা পেট্রোল পাম্প সর্বত্রই এর ব্যবহার চোখে পড়বে। আধুনিক জীবনে এর ব্যবহার যত বৃদ্ধি পেয়েছে, আমাদের জীবনেও এর স্হান তত বৃদ্ধি পেয়েছে। তাই আমরা যখন এটা ব্যবহরা না করে থাকতে পারছিনা তখন সতর্ক থাকাটা খুবই জরুরী।

সাধারণ মানুষের মনে ক্রেডিট কার্ড সম্পর্কে, তার পরিচয়, প্রক্রিয়া, ব্যবহারের জন্য অর্থ প্রদান প্রভৃতি নিয়ে বহু প্রশ্ন থাকতে পারে। সহজ সরল ভাষায় বলা যায় ক্রেডিট কার্ড বাস্তবে অর্থ প্রদানের এমন এক মাধ্যম, যাত সুবিধা প্রদানকারী কোম্পানী ব্যবহারকারীর নামে প্লাসিক কার্ড জারী করে এবং যে তা ব্যবহার করার জন্য উচিত অর্থ প্রদান করে থাকে। এক্ষেত্রে একটা ধারের সুবিধা থেকে যায় এবং তার ফলে উদ্দেশ্যেও পরিবর্তন লক্ষ্য করা যায়।

ক্রেডিট কোম্পানী গুলি কার্ডধারকদের আর্থিক সুবিধা প্রদানের ব্যাপারে আইনত বাধ্য থাকে। কোম্পানী গুলি গ্রাহকদের এই সুবিধা ব্যবহারের জন্য প্রস্তুতও করে দেয়। বেশীর ভাগ ক্ষেত্রে ব্যাঙ্কের মাধ্যমেই ক্রেডিট কার্ড জারী করা হয়ে থাকে কারণ ব্যাঙ্কই গ্রাকহদের ধার প্রদানের ব্যাপারে সবচেয়ে ভালো এজেন্সী। অনেক গুলি দিক দিয়ে ক্রেডিট কার্ড ডেবিড কাডের থেকে আলাদা, কারণ ক্রেডিট কার্ডের সুবিধা গ্রহণকারীর খাতা থেকে কোন টাকা কাটা হয়না।

ক্রেডিটকার্ডের সুবিধা নিতে চাইলে আবেদন করার পর আবশ্যকীয় কিছু অনুসন্ধানের পরেই আবেদনকারীর নামে ক্রেডিট কার্ড জারী করা হয়। বেশীর ভাগ সুবিধা প্রদান কারী কোম্পানীগুলি আলাদা-আলাদা শর্ত এবং সুদের দরে নিজের গ্রাহকদের ঋণ জারী করে থাকে। প্রত্যেক কার্ডের আলাদা-আদালা নম্বর থাকে

যা দিয়ে তা চেনা যায় তার একটা অংশ ব্যাঙ্ক ব্যবহার করে নিজের কাজের সুবিধার জন্য এবং অপর অংশটি হল এই কার্ডের পরিচয়।

এই পরিচয় সংক্রান্ত সংখ্যাটির বিশেষত্ব হল এটি খুবই সুরক্ষিত হয় এবং যে ব্যক্তি ক্রেডিট কার্ডের ব্যবহার করে সে কার্ডের ব্যালেন্স অংশটি তৎকালীন সুদ হিসাবে দিয়ে দিতে পারে এবং পূর্বে অর্থ প্রদানের ব্যাপারে নির্ধারিত সময়ের থেকে অনেক বেশী সময় সে পেতে পারে।

নির্ধারিত নিয়ম ও শর্তানুসারে কার্ড ধারক ধীরে কেনা-বেচা করত পারে। ধারের জালে ফাঁসার আগে ব্যবহারকারীদের একটাই পরামর্শ দিচ্ছি যে, খুব প্রয়োজন না হলে এই প্লাস্টিক কার্ড ব্যবহার করবেন না।

অন্যভাবে বলা যায় যখন আপনার কাছে নগদ অর্থ থাকবে না শুধুমাত্র তখনই এর ব্যবহার করুন। ক্রেডিট কার্ডের সাহায্যে আপনি যতবার কেনা বেচা করবেন তার হিসাব আপনার কাছেই থাকবে। তাই মাঝে মধ্যে কতবার কার্ড ব্যবহার করেছেন তার সমীক্ষা করে নেওয়া খুবই ভালো। আপনাকে কতদিনের মধ্যে কত টাকা শোধ করতে হবে তাও দেখে নিন, এখানে যেটা লক্ষ্য করার বিষয় তা হল কার্ড ব্যবহার করার পর যদি সময়ের মধ্যে আপনি সমস্ত অর্থ প্রদান করে দেন তাহলে কোনই ক্ষতি হবেনা কিন্তু যদি তা না হয় তাহলে আপনাকে অতিরিক্ত টাকা শোধ করতে হবে।

ক্রেডিট কার্ডের ক্ষেত্রে অন লাইনে অর্থ প্রদানের ব্যাপারটা সবচেয়ে বেশী চলে। সুনিশ্চিয়তা ও সময় বাঁচানোর জন্য লোকেরা অর্থ প্রদানের ব্যাপারে অন্য পথ গ্রহণ করার পরিবর্তে অন লাইন প্রেমেন্টের পথই বেছে নিয়েছে। আপনার ক্রেডিট কার্ড যাতে ভুল ব্যবহৃত না হয়ে যায় সেই কারণে পাস ওয়ার্ডের গোপনীয়তা বজায় রাখা খুবই জরুরী এবং সার্বজনিক রূপে অনলাইন অর্থ প্রদানের হাত থেকেও দূরে থাকার চেষ্টা করাই শ্রেয়।

প্রয়োজনানুসারে বাজারে বিভিন্ন রকম ক্রেডিট কার্ড পাওয়া যায়। আপনার নিশ্চই এই সমস্ত নামের কার্ড দেখে থাকবেন–সিক্যোর্ড, ক্রেডিট কার্ড, ট্রাভেল ক্রেডিট কার্ড, রিভার্ড ক্রেডিট কার্ড, এয়ারলাইন ক্রেডিট কার্ড, বিজনেস ক্রেডিট কার্ড, ক্যাশ ব্যাকক ক্রেডিট কার্ড, ইন্স্টেণ্ড এপ্রুভাল ক্রেডিট কার্ড, লো ইন্টারেস্ট ক্রেডিট কার্ড এবং স্টুডেন্ট ক্রেডিট কার্ড প্রভৃতি।

সিকোর্ড ক্রেডিট কার্ডে ক্ষেত্রে কার্ডধারককে একটা নিশ্চিত অর্থ জমা করতে

হয়। প্রদেয় অর্থ বাঞ্ছিত ক্রেডিট কার্ডের এক থেকে দুই শতাংশ হয়ে থাকে। এমন কিছু ক্রেডিট কার্ড আছে যে গুলি ব্যবহার করলে ছাড়, বোনাস পয়েন্ট প্রভৃতি দেওয়া হয়ে থাকে, এই ধরণের কার্ড গুলি রিকার্ড ক্রেডিট কার্ড রূপে পরিচিত, এগুলি এইভাবেই কাজ করে যেভাবে অন্যান্য ক্রেডিট কার্ড গুলি করে। ক্রেডিট কার্ড দ্বারা প্রত্যেকবার কেনা বেচনার সময় বা প্রায়ই ক্রেডিট কার্ড ধারককে 50 থেকে 100 টাকা উপহার স্বরূপ দেওয়া হয়ে থাকে। এই কারণেই রিভার্ড ক্রেডিট কার্ডকে বেশী উপযোগি বলে মানা হয়।

কিছু কেনা কাটার পর ক্রেডিট কার্ড ধারক প্রাপ্ত পুরস্কারটিও ব্যবহার করতে পারে। এই দৃষ্টিকোন দিয়ে আমরা বলতে পারি কার্ড ধারক ও কার্ড প্রদানকরী উভয় পক্ষের জন্যই এই কার্ড খুবই উপযোগী। কিছু দিন আগেই বাজারে স্টুডেন্ট কার্ড এসেছে। এই কার্ড গুলির সাহায্যে ব্যাঙ্ক বা কোম্পানীগুলি ছাত্রদের বেশ কিছু সুযোগ সুবিধা প্রদান করছে, এটা ব্যাঙ্ক বা ক্রেডিট কার্ড প্রদানকারী কোম্পানী গুলি নিজেদের ব্যবসা বৃদ্ধির জন্যই করেছে।

লো ইন্টারেস্ট ক্রেডিট কার্ড, যার নাম শুনেই বোঝা যাচেছ যে এই কার্ডের ব্যবহারের পরিবর্তে খুবই কম সুদ নেওয়া হয়। যাদের ক্রেডিটে জিনিস কেনার ইচছা থাকলেও মোটা টাকা সুদ দেওয়ার ক্ষমতা নেই তাদের মধ্যে এই কার্ড খুবই জনপ্রিয়।

ঋণের সুবিধা এবং ঋণের ব্যবস্হা করে দেওয়ার জন্যই আজ ক্রেডিট কার্ডের ব্যবসা গুরুত্বপূর্ণ স্হান অধিকার করেছে। যখন কোন কার্ড ধারক কোন বস্তু কিনে নগদে তার দাম দেওয়ার পরিবর্তে কার্ডের সাহায্যে তা দিয়ে থাকে তখন তার কাছে ঋণ প্রদান করা খুবই জরুরী হয়ে ওঠে। এমন অবস্হায় একটা নির্দ্দিষ্ট সময় পর্যন্ত অপেক্ষা করার পর কার্ড ধারকের প্রদেয় অর্থের পরিমাণ বৃদ্ধি পেতে থাকে।

এই কারণে কার্ড ধারকের মাঝে মাঝে কার্ডের জন্য প্রদেয় অর্থের পরিমাণ পরীক্ষা দেখে নেওয়া উচিত। এটা ঠিক যে প্লাস্টিক মানীর প্রচলন কিছু মানুষের জীবনকে অতিব সহজ করে তুলেছে, কিন্তু তা খুবই বুঝে ব্যবহার করা উচিত তা নাহলে প্রতিদিনের বর্ধিত সুদের জন্য আপনি সমস্যার জালে জড়িয়ে পড়তে পারেন।

■ ■ ■

কর বাঁচানোর জন্য কিছু সহজ সরল উপায়

আয়কর নিয়মের ধারা 80C অনুসারে ট্যাক্স মেভিং ফাণ্ডে এক লক্ষ্য টাকা রাখলে তার জন্য কোন রকম আয়কর দিতে হয়না। ট্যাক্স বাঁচানোর জন্য এখানে কিছু সহজ সরল উপায় বলে দেওয়া হচেছ।

ঝুঁকির সম্ভাবনা কিনে নিনঃ

ট্যাক্স বাঁচানোর জন্য সবথেকে গুরুত্বপূর্ণ পদক্ষেপ হল নিজের বিপদ গুলি চিনে নেওয়া। ট্যাক্স সেভিং ফাণ্ডে (একে ইক্যিভটী লিংক্ত সেভিং স্কীম রূপেও জানা যায়) টাকা রাখা খুবই বিপদের। এটা তাদের জন্যই শ্রেয় যারা অত্যধিক বিপদ নিতে সক্ষম। অর্থ বিনিয়োগকারীদের যে কোন খাতে টাকা রাখার পূর্বে সততার সাথে তার বিপদ গুলির মূল্যাঙ্কন করে নেওয়া উচিত। অত্যধিক লাভের আশায় ট্যাক্স সেভিং ফাণ্ডে বেশী টাকা না রাখাই শ্রেয়। অন্যান্য খাতে যেভাবে অর্থ বিনিয়োগ করা হয় ট্যাক্স বাঁচানোর জন্যও তেমন ভাবেই অর্থ বিনিয়োগ করা হয়ে থাকে। যখনই আপনি আয়কর বাঁচানোর জন্য বিনিয়োগের কথা ভাববেন ফাণ্ডের কোম্পানীতে বিনিয়োগ এবং তার বিবিধ ক্ষেত্রগুলি সম্পর্কে বিচার বিবেচনা করে নিন। অর্থ বিনিয়োগের বেশ কিছু ঐতিহ্যবাহী পরিকল্পনা আছে যে খাতে অর্থ বিনিয়োগ করলে একটা নির্ধারিত টকা অবশ্যই পাওয়া যাবে। কর মুক্তির মত ব্যাপারে আরো কিছু ফাণ্ড আছে পাবলিক প্রভিডেন্ট ফাণ্ড (পী পী এফ), রাষ্ট্রীয় সঞ্চয় পরিকল্পনা (এন এস সী) এছাড়া আরো কিছু সরকারি ফাণ্ড আছে, বিনিয়োগকারীর পোর্টফোলিয়তে এগুলির স্হান পাওয়া উচিত কারণ এগুলিতে অর্থে বিনিয়োগ করলে কোন রকম বিপদের সম্ভাবনা থাকেনা। এই ঐতিহ্যবাহী ফণ্ড গুলিতে অর্থ বিনিয়োগ করলে যেমন কোন রকম আয়কর দিতে হয়না তেমনি এতে কোন রকম বিপদের সম্ভাবনাও থাকেনা।

তিন বছরে প্রাপ্ত রিটার্নের মূল্যাঙ্কন করুন ঃ

ট্যাক্স সেভিং ফাণ্ডে অর্থ বিনিয়োগ করলে তিন বছরের জন্য লক ইন সীমা অনিবার্য। তাই ফাণ্ডের মূল্যাঙ্কন করার জন্য কমপক্ষে তিন বছর তার দিকে দৃষ্টি রাখতে হবে। কিছু ফাণ্ড কম সময়ে অনেক বড় লাভ দিত পারে কিন্তু যদি তা দীর্ঘকালীন সময়ের মোকাবিলায় ভালো রিটার্ন দেয় তবে তাকে ভালো ফাণ্ড বলে ধরে নেওয়া যেতে পারে। এছাড়াও অর্থ বিনিয়োগকারীদের একই ফাণ্ড ম্যানেজারের হাতে থাকা অন্য ইক্যিটী ওরিয়েন্টেড ফাণ্ডের পারফরমেন্সও দেখা উচিত। তবেই কর মুক্ত ফাণ্ডের সঠিক পারফরমেন্স সম্পর্কে সঠিক আন্দাজ করতে পারবেন।

অন্যান্য মানদণ্ডের ভিত্তিতে ফাণ্ডের তুলনাত্মক মূল্যাঙ্কন করুন ঃ

যদি কর প্রদান কারী কর বাঁচানোর জন্য কর মুক্ত ফাণ্ডেই বিনিয়োগের কথা ভাবে তবে বেশীর ভাগ ক্ষেত্রে নেট এসেট ভ্যালুর (এন এ ভি) উপর চোখ বন্ধ করে বিশ্বাস করে। কিন্তু এন ভি ছাড়াও কিছু জিনিস দেখা উচিত। ফাণ্ডের পারফরমেন্স দেখার সময় তার স্ট্যাণ্ডার্ড ডেভিএশান এবং শার্প রেশিয়োও দেখা উচিত। স্ট্যাণ্ডার্ড ডেভিএশান ফাণ্ডের অনিশ্চিয়তার দিক গুলি তুলে ধরে এবং বিনিয়োগকারীদের সেই সম্পর্কে জানিয়ে দেয়। এই ভাবে প্রতি শার্প রেশিয়ো থেকে প্রাপ্ত ইউনিট থেকে কতটা বিপদ আছে তা বোঝা যায়। বিনিয়োগকারীদের অর্থ প্রদানের আগে এই সমস্ত দিক গুলির বিচার করেই পদক্ষেপ গ্রহণ করা উচিত।

ফাণ্ড কে জারী করেছে তা দেখা খুবই জরুরী ঃ

যে সংস্হা ফাণ্ড জারী করে তারই ঠিক করে যে কিভাবে কর মুক্ত ফাণ্ড গুলিকে ম্যানেজ করা হবে। কিছু ফ্যাণ্ড কিছু নির্ধারিত প্রক্রিয়ার সাহায্যেই কাজ করে থাকে এবং তারা এমন কিছু নীতি বা নির্দেশ তৈরী করে যা শুধু ফাণ্ডের ব্যবস্হাপনাই নয় বহু প্রক্রিয়া নিজেদের হাতেই রাখে।

উদাহরণ স্বরূপ প্রত্যেক সেক্টর বা স্টকের জন্য হোলিঙ্গের উপরের সীমা সেট্ করা হয়ে থাকে। আর এই কারণেই এ ফাণ্ডের উপর যদি কোন ব্যক্তির আগে থেকেই প্রভাব থাকে তবে তা কম করা যায়। অন্যদিকে এমন কিছু ফাণ্ড হাউস আছে যা সম্পূর্ণ রূপেই ফাণ্ড ম্যানেজার দ্বারা নিয়ন্ত্রিত।

অর্থাৎ ফাণ্ড ম্যানেজারকে ফাণ্ডের ব্যবস্হাপতা সম্পর্কিত নির্ণয়ের ব্যাপারে

সম্পূর্ণ স্বাধীনতা দেওয়া হয়ে থাকে। ফাণ্ড হাউসেই অর্থ বিনিয়োগকারীদের বেশী লাভ দেওয়া হয়ে থাকে। আপনি কর বাঁচানোর ফাণ্ডটি কোন ফাণ্ড হাউসের সাথে সম্পর্কিত তা আপনাকেই জানতে হবে.। আপনার অর্থ বিনিয়োগকারী পরামর্শদাতা এই ব্যাপারে আপনাকে সবচেয়ে ভালো খোঁজ খবর দিতে পারে।

লাভাংশের পথেই চলুন ঃ

কোন মিউচ্যুয়াল ফাণ্ডে অর্থ বিনিয়োগ করার ব্যাপারে বিনিয়োগকারীদের মনে দ্বিধা থেকেই যায়, ফাণ্ডের বিকাস হিসাবে লাভ নেবে নাকি লাভাংশের পথে চলবে সেই নিয়ে। মোট অর্থের তরলতার উপরেই বহু কিছু নির্ভর করে।

কিন্তু কর মুক্ত ফাণ্ডের ক্ষেত্রে বিষয়টা একটু আলাদা। লাভাংশের পথ পছন্দ করলে বিনিয়োগকারীর লক-ইন সীমায় যে বৃদ্ধি হয় তার লাভ পায়। শুধ তাই নয় এটা বিনিয়োগকারীর তরলতার প্রয়োজনের দিকটাও দেখে যেটা গ্রোথ বিকল্প পছন্দ কলে সন্দেহাতীত হয়ে যায়।

■ ■ ■

কিভাবে ট্যাক্স প্লানিং করবেন ?

ট্যাক্স আর মৃত্যু ছাড়া কিছুই নিশ্চিন্ত নয়–এটা অতি প্রাচীন প্রবাদ। মানুন আর ছাই না মানুন ট্যাক্স প্লানিং দেখলে এর সত্যতা আন্দাজ করা যায়। ট্যাক্সের হাত থেকে রেহাই পাওয়া সম্ভব না তাই কোন ব্যক্তির সামনে সবচেয়ে ভালো পথ হল ট্যাক্সের উপদ্রব কম করার চেস্টা। এর জন্য বহু পথ আছে যার দ্বারা কোন ব্যক্তির করের বোঝা কমানো যায়। আসলে অনেক সময় এগুলি সমস্যা সৃষ্টি করে এবং করদাতা তাড়াহুড়ো করে সিদ্ধান্ত নিতে বাধ্য হয়ে যায়। যদি এই কারণে বেশী ভাগ ক্ষেত্রে তার উদ্দেশ্যপূরণ হয়না।

ট্যাক্স প্লানিং সম্পূর্ণ রূপেই আইনি ব্যবস্হা। এর উদ্দেশ্য হল আইন সম্মত উপায়ে বিনিয়োগ, ছাড়, নতুন পদ্ধতিতে লেনদেনের পথ প্রসস্হ করে সংস্হায় ব্যাপক পরিবর্তন এন করের বোঝা কম করা। যারা ট্যাক্স প্লানিং-এ নিয়ে ব্যস্ত থাকে তারা কখনই ট্যাক্স চুরি করে না, বরং তারা এমন ভাবে ট্যাক্স প্ল্যানিং করে যাতে সরকার প্রদত্ত সমস্ত ছাড় গ্রহণ করে যাতে কর দাতা যতটা সম্ভব করের হাত থেকে রেহাই পায়।

করদাতা বছরের যে কোন সময়ে নিজের ইচ্ছা মতন কর প্ল্যানিং করতে পারে। লোকেরা আগত বছরের জন্যও প্ল্যানিং করত পারে। গভীর ভাবে গবেষণা করে ভবিষ্যৎ-এর সম্ভাবিত বাজেট পরিবর্তনের অনুমান করে যে কোন ব্যক্তি ভবিষ্যৎ-এর উপার্জনের উপর ভিত্তি করে ট্যাক্স প্ল্যানিং করতে পারে।

দীর্ঘকালীন সময়ে ট্যাক্স বাঁচানোর জন্য প্রফেশানাল পরামর্শদাতার প্রয়োজন। অল্প সময়ের জন্য এই পরিকল্পনা করতে হলে খুব একটা সমস্যার সৃষ্টি হয়না। যে কোন ব্যক্তি, যে কর সম্পর্কিত গোড়ার কথা গুলি জানে সেইই এই কাজ করতে পারে।

বছরের শুরুতেই ট্যাক্স প্ল্যানিং করে নিতে পারলে করদাতার খুবই সুবিধা হয়, কারণ এর দ্বারা যে তার মোট ট্যাক্সের মাত্রা গণনা করে নিতে পারবে। তারপর

তার ভিত্তিতে সে ঠিক করতে পারে যে কিভাবে ট্যাক্সের বোঝা কম করা সম্ভব।

এছাড়াও সরকারের আর্থিক নীতিতে পরিবর্তন হয়ে যায়। এমন অবস্থায় করদাতার কর স্বরূপ মোট অর্থ দেওয়া ছাড়া উপায় থাকেনা। পরিকল্পনা মাফিক ট্যাক্স প্লানিং-এর ফলে করদাতা বছরের শেষে মোটা অর্থ দেওয়ার হাত থেকে রেহাই পেতে পারে।

করদাতা বছরের যে কোন সময়ে নিজের ইচ্ছা মতন কর প্ল্যানিং ভাবে গবেষণা করে ভবিষ্যৎ-এর সম্ভাবিত বাজেট পরিবর্তনের অনুমান করে যে কোন ব্যক্তি ভবিষ্যৎ-এর উপার্জনের উপর ভিত্তি করে ট্যাক্স প্ল্যানিং করতে পারে।

দীর্ঘকালীন সময়ে ট্যাক্স বাঁচানোর জন্য প্রফেশানাল পরামর্শদাতার প্রয়োজন। অল্প সময়ের জন্য এই পরিকল্পনা করতে হলে খুব একটা সমস্যার সৃষ্টি হয়না। যে কোন ব্যক্তি, যে কর সম্পর্কিত গোড়ার কথা গুলি জানে সেইই এই কাজ করতে পারে।

অনেক সময় কিছু অপ্রত্যাশিত কারণে (যেমন – বিয়ে, পরিবারের কাউর মৃত্যু, অসুস্থতার জন্য হাসপাতালে ভর্তি হওঁয়া, বিদেশ ভ্রমণ প্রভৃতি) করদাতা বছরের শেষে কব জমা করতে পারেনা। পরিণাম স্বরূপ তাকে বেশী টাকা কর দিতে হয়।

যে কোন চালাক করদাতা সারা বছর ধরে এমন কোন অর্থ বিনিয়োগ করা ক্ষেত্রের সন্ধান করে, যায় সাহায্য সে অনেক বেশী লাভবান হতে পারে। একজন সাধারণ ভারতীয়র আর্থিক বছরের শেষের জন্য অপেক্ষা না করে বছরের শুরুতেই ট্যাক্স প্লানিং করে নেওয়া উচিত। এর ফলে তাকে কোন পরামর্শদাতা, বীমা পরামর্শদাতা, ডাকঘর, মিউচ্যুয়াল ফাণ্ড পরামর্শদাতার কাছে যেতে হবেনা। বছরের শেষে এরা সকলেই খুবই ব্যস্ত থাকে। আসল কথা হল যে ব্যক্তি সময় থাকতে বুদ্ধির সাথে কাজ করে সে অনেকবেশী সুখে থাকে।

ট্যাক্স প্লানিং-এর জন্য পিপিএফ (সার্বজনিক ভবিষ্য নিধি) সবচেয়ে ভাল উপায়। এই পরিকল্পনার বিশেষত্বগুলি হলঃ

- আপনি যে কোন রাষ্ট্রীয়কৃত ব্যাঙ্কে 500 টাকা জমা করে নজির বা পরিবারের যেকোন সদস্যের নামে ট্যাক্স বাঁচানোর জন্য পি এফ অ্যাকাউন্ট খুলতে পারেন।
- এর জন্য আপনাকে বছরে কমপক্ষে 500 টাকা জমা করতেই হবে।
- কিন্তু কোন আর্থিক বছরে কোন ব্যক্তি 1 লক্ষ্য টাকার বেশী জমা করতে

পারবে না।

- এই খাতা 15 বছরের জন্য খোলা হয়ে থাকে, কিন্তু প্রয়োজন পড়লে সে কোন খাতা ধারক খাতা খোনার তিন বছরের পর প্রাপ্ত সুদের থেকে একটু বেশী ঋণ নিতে পারে।
- এতে যে সুদ পাওয়া যায় তা চক্রবৃদ্ধি হারে বৃদ্ধি পায়। অর্থাৎ এতে যে সুদ পাওয়া যায় তা খাতায় জমা হওয়ার পর প্রত্যেক বছর তার উপরেও সুদ পাওয়া যায়। আরএই খাতা থেকে পয়সা বার করার সময় সঞ্চিত অর্থের জন্য যে সুদ পাওয়া যায় তার জন্য কোন কর দিতে হয়না। পি পি এফ-এর উপর প্রাপ্ত সুদ 1.5 শতাংশ, যা 30 শতাংশ করের গণ্ডীতে আসা করদাতাদের জন্য করমুক্ত। এইভাবে দেখলে দেখা যায় যে কর লাগার আগে পর্যন্ত প্রভাবকারী সুদ বৃদ্ধি পেয়ে 12.15 শতাংশ হয়ে যায়। যা ফিক্স ডিপোজিট থেকে প্রাপ্ত 8-5-9.5 শতাংশ সুদের থেকে অনেক বেশী।

আপনার পি পি এফে জমানো টাকার পরিমাণ কেউই কমাতে পারবে না। আপনার এই জমানো টাকায় আদালতও হস্তক্ষেপ করতে পারবেনা। এছাড়া এতে সামাজিক সুরক্ষা অনেক বেশী।

■ ■ ■

স্পেশাল বেনিফিশারী ট্যাক্স করে বার্ধক্যের সময় সাহায্য

সাধারণত আমর যখনই স্পেশাল বেনিফিশারী ট্রাস্টের (এস বী টী) কথা বলি, তখন আমাদের মনে হয় যে তা বাচ্চা ও নাবালকদের জন্যই সৃষ্টি কিন্তু বাস্তবে অনীতা কুমারের জীবনী বহু বরিস্ঠ নাগরিকদের চোখ খুলে দিয়েছে এবং একই সাথে বিকলাঙ্গদেরও স্পেশাল বেনিফিশারী ট্রাস্ট খোলার জন্য উৎসাহিত করেছি আমি অনিতা কুমারের ঘটনার সাথে এস বী টীর গুরুত্ব ও উদ্দেশ্য সম্পর্কেও বলার চেস্টা করছি। আসলে অনিতা কুমার 64 বছরের এক মহিলা। এখন পর্যন্ত তার জীবন খুবই সুখে কেটেছে। তার পরিবারে স্বামী ছাড়াও তার রোজগেরে ছেলে, ছেলের বৌও নাতি-নাতনি আছে। অনিতার শরীর খুবই খারাপ হওয়ার জন্য সে শরীরের স্ক্যান করায়, যা থেকে জানা যায় যে তার ক্যান্সার আছে এবং এর শুরু মস্তিস্ক থেকে। অতি শীঘ্রই দামী-দামী ঔষধ পত্র দেওয়া হয়। কুমার পরিবার আর্থিক দিক থেকে দৃঢ় হওয়ার জন্য প্রথমে তাদের কোন অসুবিধা হয়না, কিন্তু চিকিৎসা বৃদ্ধি পাওয়ার সাথে সাথে খরচও বৃদ্ধি পায়। পরিবর্তী মাসে যখন মেডিকেল বিল ও ঘরোয়া খরচ দেঅয়ার সময় হয় তখন তার স্বামী ব্যাঙ্কে স্টেটম্যান্টে পর্যাপ্ত অর্থ পায়না। বেরোবার চেকে হস্তাক্ষর করার জন্য যখন তার স্বামীতার কাছে আসে তখন শারীরিক দুর্বলতার জন্য অনিতা হস্তাক্ষর করতে পারেনা। সেখান থেকেই এই বয়স্ক নাগরিককের আর্থিক চিন্তার ও সমস্যায় শুরু। বয়স্ক নাগরিকদের এই চিন্তা দূর করার একমাত্র চিকিৎসা হল স্পেশাল বেনিফিশারী ট্রাসট। দু-সপ্তাহ আগেও অনিতা তার এক মিউচুয়াল, ফাণ্ডের ইউনিট ভাঙানোর জন্য হস্তাক্ষর করতে পারেনি এর কারণ হল তার অসুস্হতা। অনিতার মতন অবস্হা হওয়ার পরে লোকেরা এসবীটির গুরুত্ব বুঝতে পারবে। যদি অনিতা এসবীটি-তে নিজের নাম নথিভুক্ত করত তবে তাকে এই

আর্থিক সংকটের মধ্যে পড়তে হত না।

এসবীটি-র জন্য কর প্রদান প্রক্রিয়া ঃ বয়স্ক নাগরিকদের জন্য তৈরী এসবীটির আয়ের গণনা সকলের আয় যুক্ত করে করা হয়, এক একজনের আয়ের ভিত্তিতে নয়। এটা এসবীটির এক উল্লেখযোগ্য লাভ। এই কারণেও বয়স্ক নাগরিকদের জন্য এসবীটার গঠন একটা বুদ্ধিমানের মতন কাজ।

বয়স্ক নাগরিকদের জন্য এসবীটি গঠনের প্রস্তুতি ঃ এসবীটি গঠনের শুর, তার লাভার্থীর পরিচয় থেকেই। ট্যাক্সের দৃষ্টিতে একটা এসবীটিতে একজন লাভার্থীকে রাখা খুবই গুরুত্বপূর্ণ। ট্রাস্ট লাভার্থী হিসাবে একবার আপনার পরিচয় হওয়ার পর এর পর যার আসবে তার ট্রাস্টীজ রূপে পরিচিত হবে। আইন অনুসারে যে কোন ব্যক্তি বা একজন থাকলে তা ট্রাস্টীজ হয়ে যায়। ট্রাস্টীজ লাভার্থীর আত্মীয় বা অনাত্মীয়ও হতে পারে। এরপর গুরত্বপূর্ণ দিক হল ট্রাস্ট উীডের সমস্ত পক্ষ, যাতে অবশ্যই ট্রাস্টের টাকার উল্লেখ করতে হবে। কথিত ট্রাস্টে অংশগ্রহণ ক্রমাগত চলতেই থাকবেং তাই একটা নির্দ্দিষট সময় পরে ট্রাস্টে অংশগ্রহণ করতেই হবে।

এই সমস্ত সুবিধা ছাড়া শুধুমাত্র 60 বছরের উপরে যাদের বয়স তারাই এসবীটি গঠন করতে পারে। বৃদ্ধাবস্হায় মানুষ এতটা সক্রিয় থাকেনা। সেই অবস্হাতেও এসবীটির থেকে সম্পূর্ণ লাভ পাওয়া যাবে। যাতে এই বয়সেও সঠিক ও প্রভাবশালী আর্থিক পরিকল্পনা করা যাবে।

■ ■ ■

বীমা অর্থ উপার্জনের উপায়

নিজের জীবনে অর্থ সম্পত্তি বিপদ এড়াবার জন্যই জীবন বীমা করা হয়ে থাকে। কিন্তু বর্তমান দিনে মানুষকে জীবন বীমা পলিসিতে অর্থ বিনিয়োগ করার জন্য উৎসাহিত করা হয়। এর দ্বারা জীবনের কর্ম বা নগন্য বিপদ এড়াবার চেস্টা করা হয়। এটার কারণ হল, একদল অর্থ বিনিয়োগকারীর পছন্দ পরিবর্তিত হচ্ছে তারা নিজেদের জীবন সুরক্ষিত করার পরিবর্তে তত দ্রুত গতিতে অর্থ বৃদ্ধির চেস্টা করছে।

সেবাগ্রহণ কারীদের এই পরিবর্তনশীল পছন্দকে কোম্পানী গুলি এড়িয়ে যেত পারেনা, কারণ এতে এদের ক্ষতির সম্ভাবনা বৃদ্ধি পায়। তাই অনেকগুলি বীমা কোম্পানী সেবাগ্রহণকারীদের আকর্ষিত করার জন্য এমন বিজ্ঞাপন ছাপাচ্ছে যাতে বলা হচ্ছে যে, তাদের ফাণ্ডে অর্থ বিনিয়োগ করলে আয়করের হাত থেকে মুক্তি পাওয়া যাবে। সবচেয়ে মজার কথা হল অত্যাধিক চাহিদার ফলে এগুলি নিজের থেকেই সৃষ্টি হচ্ছে। এই ধরণের আর্থিক পরিকল্পনা গুলি পরিপুস্ঠ হওয়ার অন্যতম কারণ হল লোকেদের আর্থিক জ্ঞানের অভাব, এছাড়া আরএক কারণ হল সঞ্চয়ের প্রবৃত্তি। এই কারণে বীমা কোম্পানীগুলি বিভিন্ন ধরণের পরিকল্পনা উপস্থিত করছে।

সবচেয়ে আশ্চর্যের বিষয় হল এই চলন শুধু ভারতীয় বাজারেই দেখা যাচ্ছে না বরং সারা পৃথিবীতে দেখা যাচ্ছে। জীবন বীমা বাজারের এই পরিবর্তিত স্বভাব ঘোষিত ইউনিট লিংক্ড বা সিঙ্গেল প্রীমিয়াম যুক্ত পরিকল্পনা রূপে সামনে আসছে, বাজারে এর প্রতিযোগিতা ক্রমাগত বৃদ্ধি পাচ্ছে।

জীবন বীমা কোম্পানী গুলি বিভিন্ন পরিকল্পনর মাধ্যমে তার গ্রাহকদের বিভিন্ন লাভ দেওয়ার কথা ঘোষণা করে চলেছ, যাতে নিশ্চিত রূপে বন্দোবস্ত বীমা, নির্দ্দিস্ট দিনের জন্য করা বীমা, বার্ষিকী লাভ প্রদানকারী বীমা, এবং পেনশিয়ান পরিকল্পনা অন্তর্ভুক্ত আছে।

বন্দোবস্ত পরিকল্পনা মুখ্যরূপে সঞ্চয়ের কথা বলে. এটা জীবনের সুরক্ষাও প্রদান করে নির্দ্দিষ্ট দিনের জন্য করা বীমাতে মৃত্যুর পরে লাভ পাওয়া যায় এবং এতে সঞ্চয়ের ব্যাপারটা থাকেনা। অন্যদিকে বার্ষিক লাভের পরিকল্পনা বীমা কোম্পানী ও গ্রাহকদের মধ্যে এমন এক সম্পর্ক গড়ে তোলে যার ফলে গ্রাহক কিছু দিন বাদে বাদেই পয়সা পেয়ে থাকে। একে পেনশিয়ান পরিকল্পনাও বলা হয়। এই পরিকল্পনাতে কর বাঁচানোর ব্যবস্থাও করা হয়ে থাকে।

নিম্নে এই ধরণের পলিসির তালিকা দেওয়া হল এবং এর থেকে প্রাপ্ত লাভগুলিকে আলাদা-আলাদা ভাবে দেখানো হল, তাহলে আর দেরী কিসের ? পড়ুন আর শুরু করে দিন। কোন পরিকল্পনাটা আপনার পছন্দের তা ঠিক করে নিন।

পলিসি ইউনিট গেন	কোম্পানী বাজাজ	বিবরণ
প্লাস গোল্ড	এলায়েন্স	অপূর্ব এবং অর্থ বিনিয়োগ যোগ্য এমেট এলোকেশনা ফাণ্ড যাতে বাজারের পরিবর্তনের সাথে আপনাকে ফাণ্ড বদলানোর কথা ভাবতে হয়না। আপনি নিজের প্রিমিয়াম বৃদ্ধি বা হ্রাস্ব করতে পারেন। কম্পান আপনার টাকা বাজেয়াপ্ত করে নেবেনা। আর পাঁচ ধরণের বিনিয়োগ ফাণ্ড আছে যাতে আপনি একটার থেকে অন্যটাতে যেতে পারেন, এই বিকল্পতাই এই পলিসিকে আকর্ষক করে তুলেছে।
গ্লোড প্লাস	বিড়লা সান লাইফ	এই পরিকল্পনা অন্য গুলির থেকে আলাদা, এতে জীবন সুরক্ষা প্রদান করা ছাড়াও মধ্যম সীমা পর্যন্ত অর্থ বিনিয়োগ বৃদ্ধিরও বিকল্প আছে। এটা একটা সহজ সরল প্লান কারণ এতে সুরক্ষা ছাড়াও সঞ্চয়ের সুযোগ দেওয়া হয়। এই পরিকল্পনার সীমা

		আট বছর যাতে তিন বছর পর্যন্ত অর্থ প্রদান করতে হবে এবং সেক্ষেত্রেও টাকার অঙ্ক কম হতে থাকবে। এর সাতটি পরিকল্পনাকে আলাদা অনুপাতে প্রীমিয়াম নির্ধারিণ করার সুবিধা এই পলিসিকে আরোও লাভজনক করে তুলেছে।
সরল জীবন	বিড়লা সান লাইফ	সুরক্ষা এবং অর্থ বিনিয়োগের লাভ দেওয়া ছাড়াও এই পরিকল্পনাও আরোওঅ কিছু লাভ প্রদান করে থাকে। এতে একটার থেকে অপর ফাণ্ডে যাওয়ার জন্য অসীমিত সুযোগ আছে এবং এর জন্য কোন শুল্ক দিতে হয়না ফলে লাভ পাওয়ার সুযোগ বেশী। এতে অত্যাধিক তরলতার ব্যবস্হা আছে কারণ কোন রকম শুল্ক ছাড়াই অসংখ্যবার আংশিক অর্থ নিকাশ করা যায়।
ইটারনাল লাইফ		কোটক এলআইহিসি এই পরিকল্পনা ৭৭ বছর পর্যন্ত পূর্ণ এবং স্হায়ী সুরক্ষা প্রদান করে। মহিলা এবং যারা ধ্রুমপান করে না তাদের জন্য বিশেষ দরের ব্যবস্হা আছে। কম প্রিমিয়ামে অধিক সুরক্ষা। দুর্ঘটনা ফলে কোনরকম শারীরিক ক্ষতি হলে এবং কোনরকম মারাত্মক অসুস্হতা প্রভৃতি কারণে অনিশ্চিত কারণেও সম্পূর্ণ সুরক্ষা দেওয়া হয়ে থাকে। প্রীমিয়ামের সীমা শেষ হলেই একমুঠো টাকা।

হেডস্টোর চাইল্ড প্লান	কোটক এল আই সি	এটা বিশেষ রূপে বাচ্চাদের জন্যই কম দামে পরিকল্পিত করা হয়েছে যার ফলে আপনি নিজের সমস্ত স্বপ্ন সার্থক করে তোলার জন্য প্রয়োজনীয় অর্থ যোগান দিত পারবেন। এই পরীমিয়ামের সবচেয়ে বড় বিশেষত্ব হল এতে একটা প্রিমিয়ামের দ্বারা দুটো বাচ্চার জন্য অর্থ সঞ্চয় করা যায়।
সেঞ্চুরি প্লান	বাজাজ এলায়েন্স	এটা দশ বছরের সময় সীমার জন্য সৃষ্টি ক্রমবদ্ধ বিনিয়োগেকর এমন এক পরিকল্পনা যাতে অনেক উঁচু আবন্টন, সবচেয়ে অধিক তরলতা এবং ক্রমাগত অর্থ বিনিয়োগের সুযোগ বিদ্যমান। দশ বছরের সীমাকালের মধ্যে এই পরিকল্পনাই সবচেয়ে ভালো ইউনিট লিংক্ত অর্থ বিনিয়োগ পরিকল্পনা হয়ে উঠেছে।
ধনবৃদ্ধি	অভিভা	এটা এক ঐতিহ্যবাহী বীমা পরিকল্পনা যা সঞ্চয় এবং সুরক্ষা ছাড়া ও করমুক্তি ব্যবস্হাপনা করে থাকে। এই অপূর্ব পরিকল্পনাটি একটা নির্দ্দিস্ট সময় পরে ধন ফেরত করার প্রতিশ্রুতি দিয়ে থাকে। এই পরিকল্পনা প্রতি 1000 টাকার উপর বছরে 70 টাকা লাভ দিয়ে থাকে। প্রত্যেকপাঁচ বছর পরে সারভাইবাল বেনিফিট রূপে মোট অর্থের 20 শতাংশ ধনে অর্থ ফেরত যোগ্য. গ্রাহক মারা গেলে নির্ধারিত অর্থ পাওয়া ছাড়াও অন্য সমস্ত শর্ত পূরণ

		করে দেওয়া হয়ে থাকে, এতে সারভাইবাল বেনিফিট বীমাকে কোম্পানী যে টাকাই দিক না কেন তাতে কিছু যায় আসেনা।
গ্রামীণ সুরক্ষা	অভিভা	আধারভূত গ্রাহকদেরজন্য কম সুদ যুক্ত বেসিক মাইক্রোবীফ পরিকল্পনা এতে প্রিমিয়াম প্রদানের সময় শুধুমাত্র দু-বছর। গ্রাহকের আয়ু (18 থেকে 45-এর মধ্যে) এবং প্রদেয় অর্থের ভিত্তিতে পিরমিয়াম দিতে না পারলেও কোম্পানী তাকে প্রিমিয়াম প্রদানের নির্ধারিত তারিখ থেকে 18 মাস (পাঁচ বছরের সীমার উপর) বা 48 (দশ বছরের বীমার উপর) পর্যন্ত সম্পূর্ণ সুরক্ষা প্রদান করে থাকে। আয়কর অধিনিয়ম 1961 ধারা 80C অনুসারে এই পরিকল্পনায় অর্থ বিনিয়োগ করলে আয়কর ছাড়ও পাওয়া যায়।
এস্পায়র লাইফ		ভারতী অক্সা এই অপূর্ব পরিকল্পনাটি মৃত্য হলে বা পলিসি শেষ হওয়ার পর প্রথম প্রিমিয়ামের 175 শতাংশ ফেরত দেয়। এতে অর্থ বিনিয়োগ করে লাভ খুব বেশী কারণ দ্বিতীয় বছরের পরে প্রত্যেক বছরে এটা প্রিমিয়ামের 100 শতাংশ রাশি গ্রাহকের ইচ্ছানুসারে তার বলা ফাণ্ডে অর্থ বিনিয়োগ করে এবং ফ্রিতে পরিবর্তনের ব্যবস্হা করে থাকে। পলিসি শেষ হওয়ার পর একবারে বা কিস্তীতে টাকা দেওয়ার ব্যবস্হা করে থাকে। প্রিমিয়াম শেষ হওয়ার পরেও বীমা সুরক্ষা প্রদান করা হয়ে থাকে।

এইচডিএফসি ইউনিট লিংক্‌ড		স্টার প্লাস পরিকল্পনা . এইচ ডি এফ সি স্ট্যাণ্ডার্ড লাইফ এর বিশ্বাসযোগ্য ইউনিটই এর সবচেয়ে বড় বিশেষত্ব। এর বিশ্বাসযোগ্য ইউনিট এর মূল্য বৃদ্ধি করতে থাকে। এর সমস্ত ফাণ্ডে প্রতিবছর এক শতাংশ ইউনিট বৃদ্ধি পায়। এতে বিনিয়োগকারী পলিসি শেষ হওয়ার আগেও অর্থ নির্গমন করতে পারে। গুরুতর অসুস্হতার জন্যও এতে সুরক্ষা প্রদান করা হয়ে থাকে।
এইচডিএফসি সিঙ্গেল প্রিমিয়াম হোল লাইফ ইনশিয়োরেন্স প্লান	এইচডিএফসি স্ট্যাণ্ডার্ড লাইফ	দীর্ঘকালীন অর্থ বিনিয়োগের ক্ষেত্রে এটা একটা আদর্শ পরিকল্পনা, এতে দীর্ঘকাল যাবৎ ধনবৃদ্ধির সম্ভাবনা থেকে যায়। এতে শেষ বোনাসের ব্যবস্হাও আছে যা প্রদেয় অর্থ বিনিয়োগের উপর নির্ভর করে। এটা এমন একটা সিঙ্গেল প্রিমিয়াম প্লান যাতে গ্রাহকের মেডিকেল টেস্টের প্রয়োজন হয়না।

■ ■ ■

এন এস সি হল লাভজনক বিনিয়োগ

'ন্যাশনাল সেভিং সার্টিফিকেটের' (এন এস সি) মাধ্যমে আপনিযে কেবল আপনার রির্টান সুনিশ্চিত করেন তাই বরং এর থেকে প্রাপ্ত আয়ের উপর কোনরকম ট্যাক্সও দিত হয়না। এখন প্রশ্ন হল বর্তমানে এমন বহু বিনিয়োগ ক্ষেত্র আছে যেখান থেকে যথেস্ট পরিমাণে কর ছাড়ের সুবিধা পাওয়া যায় তাহলে এন এস সি তেই কেন অর্থ বিনিয়োগ করা হবে? পি পি এফ-এর ব্যাপারটাই দেখুন। এর থেকে যে রির্টান পাওয়া যায় তা সম্পূর্ণরূপে ট্যাক্স ফ্রী। কিন্তু পি পি এফ-এর সমস্যা হল এতে আপনি বছরে 70,000 টাকার বেশী অর্থ বিনিয়োগ করতে পারবেন না। কিন্তু এন সে সি তে অর্থ বিনিয়োগের কোন নির্ধারিত সীমা নেই। পি পি এফ-এর অন্য সমস্যা হল এতে 15 বছরের লকইন প্রিয়ড থাকে। কিন্তু এন এস সির সময়াবধি ছয় বছরের। কিন্তু এন সে এ সি এবং পি পি এফ দুটিতেই ধারা 80C অনুসারে এক লক্ষ টাকা পর্যন্ত ট্যাক্সে ছাড় পাওয়া যায়।

এখন এন এস সি থেকে প্রাপ্ত আয়ের উপর ট্যাক্সের আসল ফাণ্ডার কথা বলা যাক্।

এন এস সির উপর প্রথম পাঁচ বছরে যে সুদ পাওয়া যায় তার জন্য কোন ট্যাক্স দিতে হয়না কিন্তু ছয় বছরে আপনি যে লাভ পাবেন তার জন্য আপনাকে ট্যাক্স দিতে হবে। এমনটা কেন হচেছ তা নিয়ে নিশ্চই আপনার মনে প্রশ্ন জাগছে। আগে প্রথম পাঁচ বছর পর্যন্ত আপনার যে আয় হচেছ তা বছরের হিসাবে আপনাকে দেওয়া হয়না বরং এই আয় স্কীমের সাথে জুড়তে থাকে।

উদাহরণ স্বরূপ ধরে নিন আপনি এন এস সিতে 10,000 টাকা বিনিয়োগ করছেন। বছরে 8.16 শতাংশ সুদের জন্য আপনি 816 টাকা লীভ করছেন। এই টাকাটা সরাসরি আপনাকে দেওয়া হয়না তা পুণরায় স্কীমেই বিনিয়োগ করা

হয়। এখন এর লাভ হল অন্য উপায়ের মাধ্যমে বছরে যে আয় প্রাপ্ত হচেছ, প্রথমে তা আপনার মোট আয়ের সাথে সংযোজিত করে দেওয়া হচেছ, কিন্তু যেহেতু আপনি পুণরায় তা এন এস সিতেই বিনিয়োগ করছেন সেই কারণেই আপনাকে কোন রকম ট্যাক্স দিতে হচেছ না। ধারা 80C অনুসারে লাভের 816 টাকা আপনি পুণরায় বিনিয়োগ করছেন বলে তার জন্য কোন রকম ট্যাক্স দিতে হচেছ না আর সেই কারণে প্রাপ্ত লাভ ট্যাক্স ফ্রি হয়ে যাচেছ। কিন্তু এই প্রক্রিয়া প্রথম পাঁচ বছরের জন্যই প্রযোজ্য কারণ ছয় বছরে এই স্কীমের সময় কাজ শেষ হয়ে যায় বলে এতে আর রিইনভেস্টমেন্ট করতে হয়না এই কারণে ছয় বছরে প্রাপ্ত লাভের উপর সম্পূর্ণ রূপে ট্যাক্স দিতে হয়।

বর্তমান দিনে শেয়ার মিউচ্যুয়াল ফাণ্ড, ইউনিট লিংক্ড ইনশিয়োরেন্স প্লান (ইউলিপ), ফিক্সড মিউচ্যুয়াল প্লান (এফ এম পি) এই সবই রোজগারের মাধ্যম হয়ে উঠেছে। কিন্তু বর্তমান পরিস্থিতির বিচারে এতে লাভের থেকে ক্ষতিই বেশী হয়। এমন অবস্থায় এন এস সি অর্থ বিনিয়োগের ভালো রাস্তা। এতে আপনি ভালো রিটার্নের সাথে স্টাক্সের ছাড়ও পাবেন এবং তার সাথে আছে সরকারি গ্যারান্টি।

■ ■ ■

কিভাবে রিয়েল ইস্টেটে বিনিয়োগ করবেন ?

ইকিউটী মার্কেট ও রিয়েল ইস্টেটের মধ্যে কি পার্থক্য ? এক পক্ষ দ্রুত গতিতে তো অপর পক্ষ ধীর গতিতে চলে। লোকেরা প্রথমে শেয়ার মার্কেটে লাভ অর্জন করার পর তা রিটেল ইস্টেটে বিনিয়োগ করে। রিয়েল ইস্টেটে বিনিয়োগকারীর সংখ্যা আগের চেয়ে অনেক বৃদ্ধি পেয়েছে। মধ্যবিত্ত লোকেদের হাতে পয়সা এসেছে এবং তা তারা রিয়েল ইস্টেটে বিনিয়োগ করছে। কিছু লোকেদের কাছে বাড়ী থাকা সত্ত্বেও তারা অর্থ বিনিয়োগের ক্ষেত্র হিসাবে পুণরায় বাড়ী কিনছে। কেউ ঋণ নিয়ে আর একটা বাড়ী কিনছে তো কেউ তার বা স্ত্রীর নামে কেনা প্রথম বাড়ীর কিস্তী শোধ করছে।

রিয়েল ইস্টেটে অর্থ বিনিয়োগ করা খুবই ভালো ব্যাপার, কিন্তু তার আগে এটা খুবই ভালো করে দেখে নেওয়া উচিত যে আপনার ফাইনেনশিয়াল প্লানিং বা লক্ষ্যে তা কতটা ফিট্ করছে। এখানে আমরা সেই মাপ ঝোকের কথা বলব যার দ্বারা সাধারণ রিয়েল ইস্টেটে অর্থ বিনিয়োগের ব্যাপারটা মাপা যাবে।

ট্যাক্স ঃ

সম্পত্তি কর ঃ যদি আপনার থাকার জন্য একাধিক বাড়ী থাকে তবে আপনাকে সম্পত্তি কর দিতে হবে। 15 লক্ষ টাকার বেশী সম্পত্তির উপর আপনাকে সম্পত্তি কর দিতে হবে। গাড়ী, গয়না, একর থেকে বেশী বসবাস যোগ্য বাড়ী, এবং অন্য কিছু সম্পত্তির উপর এগুলি প্রযোজ্য। এছাড়া যদি আপনার দ্বিতীয় বাড়ীতে একবছরে 300 দিনের বেশী ভাড়া বসানা থাকে তবে আপনাকে সম্পত্তি কর দিতে হবে।

আয়কর ঃ সম্পত্তি কর ছাড়াও, যে ভাড়া আপনি পাচেছন তার উপরেও আয়কর দিতে হবে। আপনার দ্বিতীয় বাড়ীটি ভাড়ায় দেওয়া না হয় তবে আয়কর অফিসার বাড়ীর বার্ষিক ভ্যালুর হিসাবে আপনার উপর কর ধার্য্য করবে। তাই

যদি আপনি দ্বিতীয় কোন বাড়ী কিনতে চান তবে কর সম্পর্কিত বিষয়গুলি ভালো করে বুঝে নেবেন।

লিভরেজিঙ্গ ঃ

অর্থনীতির ভাষায় যদি ঋণ নিয়ে তা কোন ক্ষেত্রে বিনিয়োগ করা হয় তবে তাকে লিভরেজিঙ্গ বলে, কিন্তু এর থেকে আয় কম হয় এবং এতে বিপদের সম্ভাবনাও বেশী থাকে। ধরুন কোন ব্যক্তি দ্বিতীয় বাড়ী কেনার জন্য দশ শতাংশ হারে ঋণ নিয়েছে, এখন ধরুন বাড়ীর মূল্য 30 শতাংশ বৃদ্ধি পেয়েছে তবে রিটার্ন থেকে 10 শতাংশ কেটে দেওয়া হবে। রিটার্ন হবে 20 শতাংশ। এটা তো ছবির একটা দিক, দ্বিতীয় দিকটাও দেখুন। যদি বাড়ী দাম পাঁচ শতাংশ কমে তবে বিনিয়োগকারী 15 শতাংশ লোকশান হবে। রিয়েল ইস্টেটের দাম পাঁচ শতাংশ কমেছে এবং তাকে 10 শতাংশ সুদ দিতে হবে দুটো মিলিয়ে 15 শতাংশ কম হয়ে যাবে, যা যে কোন বিনিয়োগকারীর কাছেই এক বিরাট বড় ক্ষতি।

অর্থ প্রদান ঃ

বেশীর ভাগ হোমলোন গ্রহণকারী প্রী পেমেন্টের সাথে সম্পর্কিত পেনাল্টী কথাটা শুনলেই ভয় পেয়ে যায়, কিন্তু এটা বাস্তবে কতটা মাত্র দুই শতাংশ। যদি আপনার হাতে পয়সা থাকে তবে দুই শতাংশ অতিরিক্ত টাকা সহ ঋণ পরিশোধ করার চেস্টা করা উচিত, কারণ বছরের পর বছর দশ শতাংশ সুদ দেওয়া থেকে তা অনেক ভালো।

কর বাঁচানো ঃ

পেনাল্টীর মতন কর বাঁচানো শব্দটার সাথেও মনোবৈজ্ঞানিক সম্পর্ক আছে। হোম লোন নিলে মূলধন এবং সুদ দুইয়ের উপরেই আয়কর মুক্তির লাভ পাওয়া যায়। মনে করুন আপনি নিজেদের করাযোগ্য আয় থেকে 5000 টাকা হোম লোনের কিস্তী হিসাবে পরিশোধ করেন অর্থাৎ আপনার আয়ে 5000 টাকা জুড়ছে কিস্তী হিসাবে পরিশোধ করেন হিসাবে দিচেছন। দুনি অর্থ কাটাকাটি করেদিলে। আপনার কাছে থাকা অর্থের পরিমাণ দাঁড়াচেছ শূন্য। অর্থাৎ কর দিতে হচেছ না। কিন্তু যদি হোম লোননা নেন তবে আপনাকে 30 শতাংশ আয়কর দিতে হবে অর্থাৎ 5000 টাকার উপর আপনাকে 1500 টাকা আয়কর হিসাবে দিতে হবে। 1500 টাকা বাঁচাবার জন্য সুদ স্বরূপ 5000 টকা দিতে আমরা প্রস্তুত হয়ে যাই। বাস্তবে মূলধনের পুণর প্রদানের ব্যাপারে অনেক ক্ষেত্রেই কোন

রকম লাভ পাওয়া যায়না। সাধারণ ধারা 80C-এর অন্তর্গত নিয়ম অনুযায়ী ইদী এবং, বীমা প্রিমিয়াম, স্কুল ফিস, রিটায়রমেন্ট পরিকলপনা প্রভৃতির থেকেই আয়করের ছাড়া নেওয়া হয়ে থাকে। সুদ প্রদানের ব্যাপারেও আমরা কর ছাড় পেয়ে থাকি।

এটা ঠিক যে হোম লোন নেওয়ার থেকে টেক-হোম স্যালারীই বেশী হয়ে যায় কারণ এর থেকে কর বাঁচে। যে পয়সা কর হিসাবে কাটা হয়, তা বেঁচে যায় এবং এর থেকে বেতন বেশী হয়ে যায়। এটাও ঠিক যে হোম লোন থেকে ক্যাশ-আউট ফ্লোও বৃদ্ধি পায়। অর্থাৎ আপনি নিজের বেতনের থেকে বেশী টাকা সুদ দেওয়ার জন্য বার করেন, যদি হোম লোন পরিশোধ করার পর আপনার কাছে নগদ অর্থের পরিমাণ বেশী থাকে তবে আপনি দ্বিতীয় বাড়ী কেনার জন্য লোন নিতে পারেন। কিন্তু এর পরিমাণ যেন যথাসম্ভব ছোট হয় এবং তা যত শীঘ্র সম্ভব পরিশোধ করার চেষ্টা করুন।

লিকিউডিটী ঃ

সবচেয়ে বড় মামলা লিকিউডিটীর। একটা রিয়েল ইস্টেটে অর্থ বিনিয়োগ করাই সবচেয়ে শ্রেয় বলে ধরে নেওয়া হয়। নগদ অর্থকে ইমপ্যাক্ট ক্যাশও বলা হথ। অর্থাৎ সম্পত্তি কেনার জন্য আপনাকে বাড়ীর দাম ছাড়াও অনেক ধরণের অর্থ প্রদান করতে হয়। সবার প্রথমে রিয়েল ইস্টেট এজেন্টকে পয়সা দিতে হয়। এর পর রেজিস্টেশান ও স্ট্যাম্প ডিউটির জন্যও পয়সা প্রদান করতে হয়। সব মিলিয়ে তখনই রিয়েল ইস্টেটে অর্থ বিনিয়োগ করান যখন তা আপনার আর্থিক লক্ষ্যকে খুব ভালো ভাবে সম্পূর্ণ করবে। এমন কোন ক্ষেত্রে অর্থ বিনিয়োগ করবেন না যেখানে প্রদৌ অর্থের তুলনায় লাভের পরিমাণ কম হবে।

ফ্লেক্সিবেল হেল্থ ইন্শিয়োরেন্সের লাভ নিন

বর্তমান দিনে স্বাস্থ্য সম্পর্কিত খরচ খুবই বৃদ্ধি পেয়েছে যা সাধারণ মানুষের জীবনকে খুবই প্রভাবিত করেছ। গবেষণার মাধ্যমে জানা গেছে যে যদি কোন পরিবারের কোন একজন ব্যক্তি বছরে একবার হাসপাতালে ভর্তি হয় তবে তার আমদানির 60 শতাংশ খরচ হয়ে যায়। এক্ষেত্রে পরিবারের জন্য করা ফ্লেক্সিবেল হেল্থ ইন্শিয়োয়ো পরিবারের চিন্তা অনেকটা দূর করতে সক্ষম।

ফ্লেশিবেল হেল্থ ইন্শিয়োরেন্স আসলে কি ?

টাটা, আই সি আই সি আই, লাম্বার্ড, এবং বাজাজ জেনারেল ইনশিয়োরেন্সের মতন কোম্পানী গুলি স্বাস্থ্য বীমা পলিসি পেশ করে থাকে। এই বীমা পরিবারের আকার, সদস্যদের বয়স, উপার্জন ও কভারেজের প্রয়োজনীয়নুসারে কাস্টমাইজ করা যেতে পারে। পরিবারের আকার যত বড় হবে তার আনুপাতিক বয়সও ততই বেশী হবে, আনুপাতিক বয়স যত বেশী হবে বীমার প্রিমিয়ামও ততই বৃদ্ধি পাবে। যে পরিবারের আয় খুব বেশী তারা বেশী টাকা প্রিমিয়াম দিয়ে বিস্তৃত কভারেজ নিতে পারে।

কভার কি ?

ফ্লেক্সিবেল হেল্থ ইন্শিয়োরেন্স প্লানে সাধারণত অসুস্হতা বা দুর্ঘটনার জন্য হাসপতালে যে খরচ হয় তা প্রদানকেই কভার বলে। হাসপাতালের 24 ঘন্টার বেশী মেডিকেল খরচ কভার করা ছাড়াও এই ধরণের প্লানে হাসপাতালে ভর্তির 30 দিন আগের ও 60 দিন পরের ঔষধ, পরের খরচও দেওয়া হয়। কোন প্লান সাব্সক্রাইভ করার চার বছর পর আরো কোন অসুখেরও কভারেজ পাওয়া যায়। এই ধরণের পলিসিতে এমন কিছু জিনিস আছে যেগুলি কভার করা হয়না। যদি কোন রোগ পলিসি করার সময়তেই বিদ্যমান থাকে তবে পলিসি করার চার বছরের মধ্যে সেই সম্পর্কিত কোন কভার পাওয়া যায়না। এছাড়া নন এলোপাথিক

চিকিৎসা, গর্ভাবস্থা, কাস্মেটিক চিকিৎসা বা স্থূলতা জনিত রোগের জন্য কভার পাওয়া যায়না। প্রথম দু বছর আরথাইটিস, ছানি প্রভৃতির জন্য কোন রকম কভার পাওয়া যায়না।

পুরো পরিবারের কভার ঃ

পরিবারের যে কোন সদস্য নির্দ্দিষ্ট টাকার পুরোটাই পেতে পারে। উদাহরণ স্বরূপ বলা যায় যদি পুরে পরিবার এক বছরের জন্য দুই লক্ষ্য টাকার কভার পায় কিন্তু যদি দুর্ভাগ্যবশত কোন সদস্যের পিছনে 1.2 লাখ টাকা খরচ হয় তবে পুরো পরিবার বাকী টাকার কভার পেতে পারে। অর্থাৎ এরপর পুরো পরিবার এই বছরের জন্য বেঁচে থাকা আশি হাজার টাকার কভার পেতে পারে।

ফ্লেক্সিবেল প্লানের শর্ত ঃ

সাধারণত সমস্ত ফ্লেক্সিবেল ইন্‌শিয়োরেন্স প্ল্যান এক থেকে দুই বছরের জন্যই হয়ে থাকে। দুই বছরের পলিসিতে পরিবারের সকল সদস্য ইন্‌শিয়োরেন্সের লাভ নিত পারে। এর জন্য প্রিমিয়াম বৃদ্ধি পায় না এবং এক বছর পর রিনিউ করতে হয়না।

প্রিমিয়াম প্রদান ঃ

প্রিমিয়ামের পরিমাণ কত হবে তা হেল্থ ইনশিয়োরেন্সের প্ল্যানের উপর নির্ভর করে। উদাহরণ স্বরূপ বলা যায় চার সদস্যের পরিবারে যার সবচেয়ে বড় সদস্যের বয়স 35 বছরের কম, এক বছরের জন্য 6500 টাকা প্রিমিয়াম দিতে হবে। এর ফলে 2 লক্ষের বেশী কভারেজ পাওয়া যায়। দুই বছরের জন্য এই প্রিমিয়াম 12000 টাকা হয়।

লাভের জন্য অর্থ বিনিয়োগ করুন

গত কয়েক বছর ধরে দেশের অর্থনৈতিক ব্যবস্থা বছরে প্রায় আট শতাংশ দ্রুততার সাথে বৃদ্ধি পাচেছ। অর্থনৈতিক ব্যবস্থার এই বৃদ্ধি মধ্যবিত্ত লোকেদের আয়ের পথ খুলে দিয়েছে। বর্ধিত বেতন, নিবাসের ব্যাপারে কর ছাড়, ব্যাঙ্ক প্রদেয় গৃহ লোনের সাহায্যে বহু লোক বাড়ী তৈরীর স্বপ্নকে বাস্তবায়িত করে তুলেছে। যারা বাড়ী তৈরী করার পরেই গাড়ীতে উঠে বসতে সক্ষম হয়েছে, এখন তারা দ্বিতীয় বা তৃতীয় বাড়ী তৈরীর স্বপ্ন দেখছে আর এই স্বপ্ন বাস্তবায়িত করার প্রথম পদক্ষেপ হল অর্থ বিনিয়োগ গত কয়েক বছরে প্রপার্টি সেক্টারে লাভ দ্রুততার সাথে বৃদ্ধি পেয়েছে। গত কয়েক বছর আগেও প্রপার্টির দাম এত বৃদ্ধি পাবে তা আন্দাজই করা যায়নি। ঐতিহ্যগত রূপে ভারতীয়রা কম খরচ করে পয়সা জমানোর ব্যাপারটাই বেশী পছন্দ করে। এমন অবস্থায় প্রপার্টিতে অর্থ বিনিয়োগ একটা ভালো বিকল্প বলে ধরা যেতে পারে।

বাণিজ্যিক প্রপার্টি ঃ

বাজারে আজকাল বহু রকম বাণিজ্যিক প্রপার্টি বিদ্যমান। উদাহরণ স্বরূপ দোকান, শো-রুম, অফিস স্পেস, ব্যবসায়িক ভূখণ্ড, এবং রিটেল মলের স্থান প্রভৃতির কথা বলা যায়। নিজের বিনিয়োগ পোর্ট ফলিওর ভিত্তিতে অর্থ বিনিয়োগকারী বহু বাণিজ্যিক প্রপার্টিতে অর্থ বিনিয়োগ করাত পারে। উদাহরণ স্বরূপ বলা যায় ছোট বিনিয়োগকারী দোকানে বিনিয়োগ করতে পারে এবং কোন ছোট কোম্পানীকে ভাড়া দিতে পারে অফিস করার জন্য। যদি আপনি বাণিজ্যিক প্রপার্টিতে অর্থ বিনিয়োগ করে তাতে ভাড়া বসান তবে বছরে আপনি কমপক্ষে 12 থেকে 14 শতাংশ রিটার্ন তো পেয়েই যাবেন। বাজারের বর্তমান অবস্থা দেখলে আশা করা যায় যে প্রপার্টিতে অর্থ বিনিয়োগ করলে বছরে 20 শতাংশ বৃদ্ধি পাওয়া গেলেও পাওয়া যেতে পারে।

বসবাস যোগ্য প্রপার্টি ঃ

বসবাস যোগ্য প্রপার্টিতে অর্থ বিনিয়োগ করা এক সুরক্ষিত পথ। আপনি

ফ্ল্যাট বা বাড়ী কিনতে পারেন। বাড়ী ভাড়া দিয়ে যে রিটার্ন পাওয়া যায় তা সাধারণত চার থেকে আট শতাংশ হয়ে থাকে যদি এর সাথে আয় সম্পর্কিত লাভ যোগ করেন তবে এই রিটার্ন দশ শতাংশ হয়ে যায়। এছাড়াও. প্রপার্টিরদাম যে হারে বৃদ্ধি পায় তা আপনার অতিরিক্ত লাভ।

জমি কেনা ঃ

তৈরী বাড়ী ছাড়াও আজকাল লোকেরা জমি কেনার ব্যাপারে খুবই আগ্রহী। জমি কেনা সর্বদাই লাভজনক সওদা, কিন্তু তা কেনার আগে এই সম্পর্কিত সম্পূর্ণ খবরাখবর নেওয়াটা খুবই জরুরী। আপনার জমির আশেপাশের এলাকা কত দ্রুত উন্নতি হচেছ তার উপরেই আপনার জমির মূল্য নির্ভর করে। অনেক সময় ক্রেতা এই আশাতে জমি কেনে যে এই এলাকায় মাল্টিপ্লেক্স, মল বা কলেজ খুলবে কিন্তু যদি এগুলি না হয় তবে বোঝাই যাচেছ যে জমির দাম বৃদ্ধি পাবে না। যদি জমি সরকারের কব্জায় যাওয়ার সম্ভাবনা থাকে তাহলেও দাম বৃদ্ধি পাবে না।

অর্থ বিনিয়োগের পূর্বে কিছু সাবধানতা অবলম্বন করা উচিতঃ

লোকেশান যেন ভালো হয় ঃ প্রপার্টির লোকেশানটা খুবই গুরুত্বপূর্ণ ব্যপার। লোকেশানই ঠিক করে যে প্রপার্টির থেকে আপনি কতটা রিটার্ন পাবেন। সেই সাথে তার দাম বৃদ্ধিও লোকেশানের উপরেই নির্ভর করে। প্রপার্টি কেনার সময় সেখানে পরিবহন ব্যবস্হা এবং ভবিষ্যৎ-এ সেই স্হান কতটা উন্নতি করতে পারে তা দেখে নেওয়া উচিত।

কাগজপত্রের অনুসন্ধান ঃ কোন প্রপার্টি কেনার আগে তার কাগজপত্র গুলিখোতিয়ে দেখা খুবই জরুরী। কাগজপত্র গুলি কোন উকিল দিয়ে দেখিয়ে নেওয়া সবচেয়ে ভালো।

চিন্তা-ভাবনা করে ফাইন্যান্স করুন ঃ যদি আপনি প্রপার্টি কেনার জন্য ঋণ নেবেন তবে, ঋণের শর্তগুলো ভালো ভাবে দেখে নেবেন। হাউজিং ফাইনান্সের দেওয়া কোন কাগজে না জেনে সই করবেন না।

সুরক্ষা খুবই জরুরী ঃ আপনার প্রপার্টিতে কোন বেআইনি ভাবে কব্জা করে নিতে পারে। এমন অবস্হায় শীঘ্রই প্রপার্টিতে দেখতে যেতে হবে, যদি আপনি তখন তা ব্যবহার না করেন তবে তার সুরক্ষার বন্দোবস্ত করুন।

সামান্য অপেক্ষা করুন ঃ প্রপার্টিতে অর্থ বিনিয়োগ করার সময় এটা একটি

দীর্ঘকালীন বিনিয়োগ তা ভুললে চলবে না। অর্থাৎ যদি আপনি আজ কোন প্রপার্টি কেনেন তবে কমপক্ষে পাঁচ বছর পর তার থেকে রিটার্নের আশা করা উচিত।

যাতায়াত ও অন্যান্য সুবিধা ঃ আপনি যদি কোন জমি কিনতে যান তবে এই এলাকাটি গুরুত্বপূর্ণ রাস্তার থেকে কত দূরে তা অবশ্যই দেখে নেবেন। সেই সাথে এই স্হানে জল ও বৈদ্যুতিক সুবিধা কতটা আছে সেটাও দেখতে ভুলবেন না, এছাড়া এই স্হানের বিকাস পরিকল্পনা সম্পর্কে স্হানীয় প্রশাসনের সঙ্গে কথা বলে নিন। এর সঙ্গে এই এলাকায় এমইজেও, সী আর জেও বা এনডীজেও-এর মতন বাধা আছে কিনা দেখে নিন।

রেস্ট ডীল কোথায় ঃ আমাদের দেশে প্রপার্টির ব্যাপারে সবচেয়ে ভালো রিটার্ন পাওয়া যায় মেট্রো সিরিজে, কিন্তু সাপ্লাই ক্রাঞ্চের জন্য এই সমস্ত শহরের প্রপার্টির দাম আজ সাধারণ মানুষের নাগালের বাইরে। ছোট বিনিয়োগকারীদের জন্য টি অর টু বা টিয়ার থ্রী শহরগুলিতে বিনিয়োগ করাই শ্রেয়।

■ ■ ■

সাবধানতার সাথে এজেন্ট নির্ণয় করুন

কোম্পানী আর ক্লাইন্টের সংযোজক হল এজেন্ট সুতরাং এর ভূমিকা খুবই গুরুত্বপূর্ণ। এই কারণে আপনার এজেন্টকে সবদিক দিয়ে চতুর হতে হবে। এই ধরণের এজেন্ট পাওয়া খুবই সমস্যার বিষয় হয়ে উঠেছে কারণ আজকাল বেশীর ভাগ এজেন্ট কিছু বছর কাজ করার কেরিয়ার গড়ে তোলার জন্য অন্য ক্ষেত্রে যোগ দেয়।

তাই বীমা এজেন্ট খোঁজার কাজে সম্পূর্ণ সাবধানতার বজায় রাখা খুবই জরুরী। এর জন্য বন্ধু-বান্ধব বা আত্মীয় স্বজনের সাথে কথা বলে নেওয়া বুদ্ধিমানের কাজ। যদি তারা কোন ভালো এজেন্টের ক্লাইন্ট হয় তবে তার সম্পর্কে আপনাকে জানাতে পারবে। এই এজেন্ট ক্লাইন্ট হয় তবে তার সম্পর্কে আপনাকে জানাতে পারবে। এই এজেন্ট যদি কমপক্ষে আপনার পরিচিত ব্যক্তির সাথে পাঁচ বছর যুক্ত থাকে তবে তাকে ভরসা যোগ্য এজেন্ট বলে ধরে নেওয়া যায়।

এক বীমা পরামর্শ দাতার মতে, 'বেশীর ভাগ লোক বীমা এজেন্টকে বিক্রী কর্মচারী বলে ভুল করে ফেলে। তাই তারা এজেন্টের ফোন নম্বর পর্যন্ত কাছে রাখার প্রয়োজন বোধ করে না, কিন্তু বীমার সাথে সম্পর্কিত প্রতিটি প্রয়োজন পূরণ করার ব্যাপারে বীমা এজেন্ট গুরুত্বপূর্ণ ভূমিকা পালন করে। যদি কোন মামলা ফেঁসে যায় তবে সেই ক্ষেত্রে অভিজ্ঞতা সম্পন্ন বীমা এজেন্ট খুবই কার্যকারী বলে প্রমাণিত হয়।'

আজকাল বহু লোক পার্ট টাইম জব হিসাবে বীমা এজেন্টের কাজ করে থাকে, কিন্তু আপনি এমন কোন এজেন্ট নির্বাচন করবেন যে ফুল টাইম প্রফেশান হিসাবেই এই কাজ করে। এটাও জেনে নেবেন যে আপনি যার সেবা গ্রহণ করতে চলেছেন সে নিজে এজেন্ট নাকি অন্য কাউর হয়ে কাজ করছে। বেশীর ভাগ চেনা শোনা লোকরা নিজের স্বামী স্ত্রীর নামে এজেন্সি নিয়ে নেয় আর তারপর নিজের সম্পর্কের ভিত্তিতে পলিসি বিক্রী করতে থাকে। এই ধরণের লোকেরা কবে ব্যবসা

তুলে দেবে তা কিচ্ছু বলা যায় না। এমন অবস্থায় ফুল টাইম ডায়রেক্ট এজেন্টের উপরে ভরসা করাই শ্রেয়।

আপনি যাকে বীমা এজেন্ট বানাচেছন তার সাথে সম্পর্ক গড়া কতটা সুবিধাজনক ? এই প্রশ্নের উত্তর জানা জরুরী। আপনি তাকে জিজ্ঞাসা করে নেবেন যে তার কোন অফিস আছে কিনা বা ক্লাইন্ট কোথায় কিভাবে তাকে খুঁজে পাবে ? এই সহজ প্রশ্নের উত্তর পেলেই আপনি বুঝতে পারবেন যে আপনার এজেন্ট আপনার কাজটাকে কতটা গুরুত্ব দিচেছ। যদি এজেন্টের কোন অফিস না থাকে বা যদি তার সাথে সহজে যোগাযোগ করা না যায় তবে এমন এজেন্টের সেবা না নেওয়াই শ্রেয়।

এরপর দেখতে হবে যে, আপনার হবু এজেন্ট আপনার কাজ কতটা জানে, যদি এই এজেন্ট বিশেষ কিছু পলিসি সম্পর্কেই না জানে তবে বুঝতে হবে যে সে এই কাজে দক্ষ নয়। ভালো পলিসি সম্পর্কে ওয়াকিবহাল হওয়ার সাথে সাথে আর্থিক মামলাতেও পর্যাপ্ত জ্ঞান থাকা খুবই জরুরী। যদি সে আপনার জন্য কোন ভুল পলিসি নির্ণয় করে তবে ক্ষতি আপনারই হবে।

এজেন্টকে পরীক্ষা করার জন্য তাকে এমন কিছু প্রশ্ন করা উচিত যার সাহায্যে বোঝা যাবে যে সে বীমাকে কি রূপে নেয়। যদি সে শুধুমাত্র পলিসির কথাই বলে তবে প্রয়োজনের সময় আপনি বিশেষ কোন সমাধানের আশা করতে পারেন না। এর মানে তার লক্ষ্য শুধুমাত্র পলিসি বিক্রী করাও কমিশান পাওয়ার মধ্যেই সীমিত।

■ ■ ■

অর্থ বিনিয়োগ করুন, কর বাঁচান

বেশীর ভাগ সময় লোকেরা আর্থিক বছরের শুরুর থেকেই অর্থ বিনিয়োগ শুরু করে দেয়, যাতে ডী ডী এস বাঁচানো যায় কিন্তু এমন কিছু লোক আছে যারা এই সব কিছু জানেই না। আসুন আমি আপনাদের বলে দিচ্ছি যে আয়কর মুক্ত মিউচ্যুয়াল ফাণ্ড এবং অন্যান্য ইকিউটী লিঙ্ক সঞ্চয় পরিকল্পনা ছাড়া এমন কোন ঐতিহ্যবাহী সঞ্চয় পরিকল্পনা আছে যাতে উপার্জন ছাড়া করের ছাড়ও পাওয়া যাবে।

পি পি এফ ঃ

আয়করের হাত থেকে মুক্তি পাওয়ার জন্য সবচেয়ে জনপ্রিয় সঞ্চয় পরিকল্পনার মধ্যে অন্যতম হল পাবলিক প্রভিডেন্ট ফাণ্ড অর্থাৎ পি পি এফ। পি পি এফ-এ আয়করের ধারা 80C এর অনুসারে ছাড় পাওয়া যায়। পী পী এফ এ সঞ্চিত অর্থের উপর আপনাকে বছরে আট শতাংশ সুদ দেওয়া হয়। আপনি যদি 15 বছর ধরে প্রতি বছর সত্তর হাজার টাকা জমা করেন তবে সময় সীমার শেষে আপনি 20.52 লক্ষ টাকা পাবেন। আপনি বিনিয়োগ করছেন 10.5 লাখ টাকা। পোস্ট অফিস বা সার্বজনিন ব্যাঙ্কে আপনি পি পি এফ খাতা খুলতে পারেন। পি পি এফ-এ টাকা জমালে তার ভিত্তিতে আপনি ঋণ পেতে পারেন এবং সাত বছর পর আপনি তার থেকে কিছু পয়সাও বার করতে পারেন।

ন্যাশনাল সেভিঙ্গ স্কীম ঃ

ধারা 80C অনুসারে পোস্ট অফিসের ন্যাশনাল সেভিঙ্গ স্কীমে টাকা জমা করলে আয়করের হাত থেকে ছাড় পাওয়া যায়। কিন্তু এক্ষেত্রে প্রাপ্ত সুদের উপর কর দিতে হয়। এতে অর্থ বিনিয়োগের কোন সীমা নেই, কিন্তু যদি আপনি দশ হাজারের এন এস সী নেন তবে 8.15 শতাংশ হিসাবে 5 বছর বাদে 16,010 টাকা পাবেন. দশ হাজার সঞ্চয় করলে বছরে যে সুদ পাওয়া যায় তার উপর ধরা 80C অনুসারে ছাড় পাওয়া যায়।

ব্যাঙ্কে সঞ্চয় পরিকল্পনা ঃ

ব্যাঙ্কে সঞ্চয়ের পরিকল্পনা অনুসারে যে পরিকল্পনা ব্যাঙ্ক টার্ম ডিপোজিট স্কীমে আসে শুধুমাত্র তাতেই ধরা 80C অনুসারে কর ছাড় পাওয়া যায়। কোন কোন ব্যাঙ্ক এতে নয় শতাংশ ও বরিষ্ঠ নাগরিকদের 9.5 শতাংশ সুদ দিয়ে থাকে। এই পরিকল্পনায় 5 বছরের লকইন প্রিয়ড থাকে অর্থাৎ যদি পাঁচ বছরের আগে পয়সা বার করতে চান তবে আপনি সুদ পাবেন না এবং আয়কর ছাড়ও পাবেন না। ধারা 80C অনুসারে এই পরিকল্পনায় এক লক্ষ টাকা পর্যন্ত কর ছাড় পাবেন। বেশীর ভাগ ক্ষেত্রে ব্যাঙ্ক জানুয়ারীতেই এর সুদের কথা ঘোষণা করে থাকে, সুতরাং এই পরিকল্পনার দিকে চোখ রাখবেন আর যে ব্যাঙ্ক সর্বাধিক সুদ দেবে সেই ব্যাঙ্কেই নিজের টাকা জমা করুন।

বীমা পরিকল্পনা ঃ

বীমা পলিসি নিলে আপনি জীবন বীমাতেও লাভ পাবেন এবং তার সাথে আছে আয়কর মুক্তির আনন্দ। বেশীর ভাগ অর্থনৈতিক পরামর্শদাতা বীমা পরিকল্পনায় অর্থ বিনিয়োগকে ভালো মাধ্যম বলে মনে করে না। তাদের মতে বীমা শুধুমাত্র আপদকালীন স্হিতির থেকেই উদ্ধার করে তাই অর্থ বিনিয়োগের ক্ষেত্র এটা নয়, কিন্তু বীমা পলিসিতে অর্থ বিনিয়োগ করলে ধারা 80C অনুসারে প্রিমিয়াম স্বরূপ প্রদেয় অর্থে কোন রকম আয়কর দিতে হয়না। বীমা কোম্পানীর মানি ব্যাক পলিসিতে একটা নির্দ্দিষ্ট সময় অন্তর একটা নির্দ্দিষ্ট অর্থ ফেরত পাওয়া যায়। এই পরিমাণ বীমার মোট অর্থের 6 থেকে 8 শতাংশ হয়ে থাকে এবং তার জন্য কোন রকম কর দিতে হয়না। ইনডাম্যান্ট পলিসিতেও পয়সা পাওয়া যায় এবং এতেও কর ছাড় আছে, পেনশিয়ান প্ল্যানেও আয়কর মুক্তির লাভ আছে।

গৃহ ঋণের করের সুবিধা ঃ

কর ছাড় পাওয়ার পরিকল্পনা গুলির মধ্যে অন্যতম জনপ্রিয় পরিকল্পনা হল গৃহ ঋণ। গৃহ ঋণ হিসাবে নেওয়া এক লক্ষ্য টাকা এবং সুদ হিসাবে প্রদেয় দেড় লক্ষ টাকার উপর কোন রকম আয়কর দিতে হয়না। এইভাবে আপনি বাৎসরিক আয়ের উপর আড়াই লক্ষ টাকার কর ছাড় পেতে পারেন। অর্থনৈতিক পরামর্শদাতারা কর বাঁচানোর ব্যাপারে এই উপায়টিকে যথেস্ট গুরুত্ব দিয়ে থাকে।

মেডিক্লেম পলিসি ঃ

কর বাঁচানোর ব্যাপারে মেডিক্লেম পলিসি খুবই ভালো এবং এর সুবিধা দু দিক থেকে পাওয়া যায়। এক, হাসপাতালে ভর্তি থাকার সময় যে খরচ হয় আপনাকে তা দিতে হয়না এছাড়া ধারা 80 C অনুসারে কর মুক্তির সুবিধাও পাওয়া যায়। যদি আপনি বছরে 10 হাজার প্রিমিয়াম স্বরূপ প্রদান করেন (বরিষ্ঠ নাগরিকদের জন্য 15 হাজার টাকা) তবে আপনি 3,060 টাকা পর্যন্ত কর ছাড় পেতে পারেন। আপনি যদি উচ্চ আয়ের জন্য কর প্রদানের সর্বোচ্চ শ্রেণীতে থাকেন তবে আপনি স্ত্রী, বাচ্চাও বাবা-মার নামে অবশ্যই মেডিক্লেম পলিসি খুলে ফেলুন।

■ ■ ■

বছরের শুরুতেই সঞ্চয়ের কথা ভেবে নিন

আর্থিক বছরের শেষে লোকেরা কর বাঁচানোর জন্য খুবই বিব্রত হয়ে ওঠে। তখন তাদের সঞ্চয় ও বীমা প্রভৃতির কথা মনে পড়ে। যদি সম্পূর্ণ বছর ধরে ফায়নান্সিয়াল প্লানিং করা যায় তবে এই সমস্যার হাত থেকে বাঁচা সম্ভব।

বছরের শুরুতে যে কোন ব্যক্তিই নতুন সংকল্প নিয়ে ফেলে। যদি বছরের শুরুটা অর্থনৈতিক পরিকল্পনার সাথে করা যায় তাহলে তার থেকে ভালো আরকিছু হতেই পারেনা। বলার অপেক্ষা রাখে না যে, এটা করতে পারলে ট্যাক্স রিটার্ন জনিত কোন রকম সমস্যাই থাকেনা, অর্থাৎ হঠাৎ করে প্রচুর সঞ্চয়ের কাগজপত্র জোগার করার প্রয়োজন পড়েনা।

বর্তমান চাকরিতে যুবা শ্রেণী ফায়নান্সিয়াল প্ল্যানিং এর গুরুত্বকে বুঝতে পেরেছে। এই কারণে তারা জানুয়ারি থেকে শুরু করে সম্পূর্ণ বছর ধরেই সঞ্চয়ের কথা ভাবতে থাকে। অন্য ভাবে বলা যায় তারা সিস্টেমেটিক ইনভেস্টমেন্ট প্ল্যানে (এম আই পি) বিশ্বাস করে।

ফায়নান্সিয়াল প্ল্যানিং যত শীঘ্র করা যায় ততই ভালো। এটা করলে আপনি উন্নতর উপায়ে ট্যাক্স প্ল্যানিং করতে পারবেন ফলে আর্থিক বছরের শেষে তাড়াহুড়োর হাত থেকে রেহাই পাবেন। যে সমস্ত লোকেরা বছরের শুরু থেকেই অর্থ বিনিয়োগ করতে শুরু করে দেয় প্রায় সময়তেই তারা তাদের লক্ষ্য পূরণে সক্ষম হয়। যেমন, গাড়ী, বাড়ী বা টি.ভি-র মতন দামী জিনিস পত্র গুলি সময় থাকতে কিনে নেওয়া। যদি আপনার কাছে অর্থ বিনিয়োগ পরিকল্পনা প্রস্তুত থাকে তবে আপনি স্মার্ট উপায়ে অর্থ সঞ্চয়ে সক্ষম হবেন।

এইভাবে আপনি অনেক বেশী রিটার্নের সুবিধা ভোগ করতে পারবেন। আজকালকার যুবকরা সময় থাকতেই সঞ্চয়ের কথা ভাবতে শুরু করে দেয়। তারা জানে যে বছরে দুবার ছুটির মজা উপভোগ করার জন্য বা অনেক বড় স্বপ্ন বাস্তবায়িত করার জন্য ফায়নান্সিয়াল প্ল্যানিং করা খুবই জরুরী। তা বেতন প্রতি বছর না বৃদ্ধি পেলেও রিটার্ন অবশ্যই বৃদ্ধি পেতে থাকবে। ■ ■ ■

বাড়ীরও বীমা করিয়ে রাখুন

অনেক কোম্পানী জীবন বীমার মতন বাড়ীর বীমাও করে থাকে। এই বীমা করার মতন লোক সংখ্যা অতি নগন্য। যদি আপনি নিজের বাড়ীটিকে ভালোবাসেন তবে তার বীমা করতে ভুলবেন না।

প্রত্যেক ব্যক্তিই নিজের বাড়ীর স্বপ্ন দেখে। একজন ব্যক্তি তার সারা জীবনের উপার্জন দিয়ে বাড়ী তৈরী করে। সেই বাড়ীকে যে সে ভালোবাসবে তাতে কোন সন্দেহ নেই, কিন্তু দুর্ঘটনা কাউকে বলে কয়ে আসেনা। ভূমিকম্প, বন্যা, চুরি বা ডাকাতি যে ভাবে বাড়ীর ক্ষতি করে তাতে মানুষের অন্তরাত্মা কেঁপে ওঠে। মানুষের আবেগ আহত হলে সেই ক্ষতি কেউ পূরন করতে পারেনা ঠিকই, কিন্তু বাড়ীর বীমা এমন অবস্হায় খানিকটা উপশমের কাজ করে। বীমার সমস্ত শাখার মধ্যে বাড়ীর প্রচলিত সবচেয়ে কম। তবে বর্মমানে বীমা কোম্পানী গুলি মাথা চাড়া দেওয়ায় এই দৃশ্য অনেকটা পরিবর্তিত হয়েছে। পরিণাম স্বরূপ বহু কোম্পানী জীবন বীমার মতন বাড়ীর বীমাও করছে ফলে আপনার কাছে পছন্দ করার মতন বহু বিকল্প রাস্তা এসে গেছে।

বিভিন্ন বীমা কোম্পানী ঃ

আই সি আই সি লাম্বার্ড, বাজাজ এলায়েন্স, জেনারেল ইন্‌শিয়োরেন্স কোম্পানী, ইফ্কো টোক্যো, ন্যাশানাল ইন্‌শিয়োরেন্স কোম্পানী, নিউ ইণ্ডিয়া ইন্‌শিয়োরেন্স, ওরিয়েন্টাল ইন্‌শিয়োরেন্স প্রভৃতি কোম্পানী গুলি বাড়ীর বীমা করে থাকে।

কত প্রকারের ঃ

বাড়ীর বীমা তিন প্রকারের হয়ে থাকে। এক বিল্ডিং-এর, দুই বাড়ীর আসবাব পত্রের, এবং তিন দুটোরই। এর জন্য বীমা কোম্পানীগুলির আলাদা-আলাদা স্কীম আছে, যাতে যেকোন প্রাকৃতিক দুযোগ বা মানবীয় দুর্ঘটনার জন্য ইনশিয়োর্ড অবজেক্টের যা ক্ষতি হয় তা পূরণ করে দেওয়া হয়।

রিস্ক কভার করা হয় ঃ

– আগুন

- বিস্ফোরন
- ভূমিকম্প
- বাজপড়া
- ঝড় বা ঘূর্ণিঝড়
- বন্যা
- গ্যাস লিকেজ
- ওয়াটার ট্যাঙ্ক বা পাইপ লিক জনিত দুর্ঘটনা
- চুরি বা ডাকাতি, কোন বানবাহন দ্বারা হওয়া ক্ষতি।

জিনিসের কভার হয় ঃ

- ইলেকট্রনিক বা ইলেট্রিকাল্ বস্তু সামগ্রী
- ফার্নিচার ও পিকচার্স
- ক্লোসিং
- গয়না বা মূল্যবান রত্ন
- অন্যান্য আসবাব পত্র

মূল্য নির্ধারণ ঃ

বাড়ীর বীমা বাড়ীর বাজার দর করে করেনা। বাড়ীর বাজার দরে জমি এবং তার উপর তৈরী বাড়ী দুটোরই দাম সংযোজিত থাকে, কিন্তু বীমা কোম্পানী জমির দামের দিকে লক্ষ্য করেনা। জমির বীমা হয়না। এই কারণে শুধুমাত্র বিল্ডিং-এরই বীমা হয়। আপনার ঘরের ক্ষেত্র ফল এবং প্রতি বর্গ ফুটের জন্য হওয়া খরচ গুণ করে বীমার মোট অর্থ নির্ধারণ করা হয়। বর্তবান বাজার দরের ভিত্তিতেই সমস্ত আসবাব পত্রের দাম নির্ধারণ করা হয়। এর অর্থ হল যদি আসবাব পত্রের ক্ষতিপূরণ চাওয়া হয় তবে এই আসবাব পত্রের নতুন সেটের দাম থেকে ডেপ্রোসিয়েশান বাদ দিয়ে যে টা হয় তাইই প্রদান করা হয়।

বীমা নেওয়ার সময় ঃ

আপনি যখনই বাড়ীর বীমা করবেন তখনই নিম্নলিখিত বিষয়গুলির দিকে অবশ্যই নজর দেবেন ঃ

1. যে কোন গৃহবীমা পলিসি নেওয়ার সময় একটা বিষয় খুব ভালো করে দেখে নেবেন যে প্লান অনুসারে আপনার গৃহের কোন কোন জিনিস কভার হচেছ।
2. বীমা করার সময় আপনাকে ক্লেমের পদ্ধতিও বুঝে নিতে হবে। হয়তো দুটো

কোম্পানী আপনাকে একই টাকা দেওয়ার প্রতিশ্রুতি করতে পারে কিন্তু ক্লেম পাওয়ার সময় এই পরিমাণ টাকা নাও পেতে পারেন। এই সমস্যার হাত থেকে রেহাই পাওয়ার জন্য এটা জেনে নিন যে, ক্লেম স্বরূপ যতটা পয়সা দেওয়ার প্রতিশ্রুতি করা হচ্ছে এই পরিমাণ টাকা পাবেন নাকি তার থেকে কম।

3. এটাও দেখে নেবেন যে আপনার যে সমস্ত আসবাব পত্রের ক্ষতি হয়েছে সেগুলির দাম পাবেন নাকি যে গুলি পুণরায় কিনতে চলেছেন শুধুমাত্র সেগুলির দাম পাবেন।
4. আপনি যখনই কোন ক্লেম করবেন তখন কোম্পানী দুটি বিষয়ে অনুসন্ধান করে নেয় ঃ এক, বাস্তবে এই সমস্ত জিনিসগুলি আপনার কাছে ছিল কিনা এবং দ্বিতীয়ত আপনার বলা দাম ঠিক না ভুল, আপনার কথার সত্যতা প্রমাণ করার জন্য পলিসি করার সময়তেই আপনার জিনিসপত্র গুলির ভিডিও করে রাখুন। কিন্তু এই সি ডি বাড়ীতে রাখবেন না কারণ বাকি জিনিস পত্র গুলির সাথে এগুলিও চুরি হয়ে যেতে পারে।
5. যদি আপনি কোন সংবেদনশীল এলাকার বাসিন্দা হোন অর্থাৎ ভূমিকম্প ঝ বন্যা প্রবন এলাকায় বাসিন্দা হলে নিজের পলিসিতে সেটা কভার করতে ভুলবেন না।

ক্লেম কখন পাওয়া যায় না ঃ

- ❑ যুদ্ধের সময় হওয়া ক্ষতিতে।
- ❑ ভেঙে গেলে এবং ডেপ্রীসিয়েশান।
- ❑ সম্পত্তি না দেখলে।
- ❑ পলিসির শর্ত পূরণ না হলে।
- ❑ বীমা গ্রহণকারী বা তার আত্মীয়স্বজনরা জেনে বুঝে ক্ষতি করলে।

■ ■ ■

সাবধানতার সাথে অর্থ বিনিয়োগ পরিকল্পনা করুন

বর্তমান বাজেটে অর্থ মন্ত্রী ট্যাক্স স্ল্যাবে অনেকটা বৃদ্ধি করে সাধারণ মানুষের মন জয় করে ফেলেছে। ট্যাক্সের সীমা সংশোধিত হওয়ার ফলে সাধারণ মানুষের পকেটের পয়সা বেঁচেছে তাতে কোন সন্দেহ নেই। এমন অবস্থায় বেশী পয়সা সঞ্চয় করে অনেক বেশী লাভ পাওয়া যায়। আর্থিক পরামর্শদাতাদের মতে, আর্মিক বছরের শুরুতেই অগ্রিম প্রস্তুতি নিয়ে নেওয়া উচিত যাতে বছরের শেষে ট্যাক্সের হাত থেকে বেশী পয়সা বাঁচানো যায়। আর্থিক বছরের শুরুর থেকেই অর্থ বিনিয়োগ শুরু করে দেওয়া উচিত। আসুন দেখা যাক্ কিভাবে আপনি তা করতে পারবেন।

আর্থিক বছরের শেষ দুমাসে (ফেব্রুয়ারী ও মার্চ) ট্যাক্স বাঁচানোর জন্য অর্থ বিনিয়োগকারীদের ভিড় দেখা যায়। বেশীর ভাগ লোক একটা বিষয় মাথাতেই রাখেনা যে, যদি তারা বছরের প্রথম থেকেই সঞ্চয়ের কথা মাথায় রেখে চলে তবে অনেক বেশী পয়সা বাঁচাতে পারবে। যদি আর্থিক বছরের শেষে সঞ্চয়ের কথা ভাবেন তাহলে এই মাসে আপনাকে কম টাকা নিয়ে বাড়ী যেতে হবে। বছরের প্রথম থেকেই সঞ্চয় করতে শুরু করলে বছরের শেষ মাসে পয়সার অভাব অনুভব করবেন না, কারণ এই মাসে আপনাকে সবথেকে বেশী খরচ করতে হয়। উদাহরণ হিসাবে বলা যায় বাচ্চাদের মার্চ-এপ্রিলেই নতুন স্কুলে ভর্তি করতে হয় ফলে স্কুলের ফিস দিতে হয়। হয় তো এই মাসে আপনাকে বাড়ী তৈরী করার জন্য প্রথম কিস্তীও দিতে হতে পারে।

অনুমানের ভিত্তিতে বলা যায় ট্যাক্সের স্ল্যাব পরিবর্তিত হওয়ার জন্য একজন ব্যক্তি নিজের উপার্জনের ভিত্তিতে 4000 থেকে 42000 টাকা বাঁচাতে পারে। ভবিষ্যৎ-এর কথা ভেবেই ঠিক মতন অর্থ বিনিয়োগ করাটা খুবই জরুরী। বেশীর

ভাগ ক্ষেত্রে দেখা যায় চাকরিতে যুবক বৃন্দ বেশী ঝুঁকি নেওয়ার ক্ষমতা রাখে। এই কারণে তারা বেশীর ভাগ ক্ষেত্রে মিউচ্যুয়াল ফাণ্ড বা ইকিভটী-তে অর্থ বিনিয়োগ করে থাকে। যদি কোন ব্যক্তি সম্প্রতি বিয়ে করে থাকে তবে বাড়ীর পিছনে অর্থ বিনিয়োগ করা তার জন্য খুবই বুদ্ধিমানের। আপনার বাড়ী শুধুমাত্র আপনাকেই মানসিক শান্তি দেয় না তা আপনার পরিবারকেও মানসিক শান্তি প্রদান করে। এছাড়া রিটায়ারমেন্ট পরিকল্পনা ও বীমা পলিসিতেও অর্থ বিনিয়োগ করা বুদ্ধিমানের কাজ।

আপনি যদি মধ্যবিত্ত সমাজের মাবা বয়সী নাগরিক হন এবং যদি আপনার উপর স্ত্রী-বাচ্চার দায়িত্ব থাকে তবে আর্থিক পরামর্শদাতা আপনাকে বাচ্চাদের পড়াশোনা ও অন্যান্য প্রয়োজন পূরণ করার জন্য বীমা পলিসি করার পরামর্শ দেয়। এই ধরণের লোকেদের বাচ্চাদের প্রয়োজনের কথা মাথায় রেখে এল আইসির মাধ্যমে মিউচ্যুয়াল ফাণ্ডে অর্থ বিনিয়োগ করা উচিত। যে ব্যক্তিদের মেয়ের বিয়ে দিতে হবে তাদের ফাণ্ড থেকে টাকা বার করে ব্যাঙ্কের এফডীটিতে রাখার পরামর্শ দেওয়া হচেছ।

সেকশান 80C অনুসারে জীবন বীমা পলিসির জন্য আপনি কর ছাড় চাইতে পারেন। এই সময় আপনার নিজের জন্য ও পরিবারের জন্য স্বাস্থ্য বীমা করা উচিত। বিশেষ করে ক্যাশলোন পলিসি খুবই ভালো পথ। এর জন্য আপনি সেকশান 80C অনুসারে 15000 টাকার পর্যন্ত কর ছাড় চাইতে পারেন। সেই সাথে বাবা-মায়ের স্বাস্থ্য বীমা পলিসির জন্য অতিরিক্ত 15000 টাকার উপর কর ছাড় চাইতে পারেন।

একটা শাশ্বত নিয়ম আপনার সর্বদাই মাথায় রাখা উচিত যে কখনও একটাই খাতে সম্পূর্ণ অর্থ বিনিয়োগ করবেন না। ফায়নান্সিয়াল প্লানিং এক বিস্তৃত টার্ম। এটিকে রণনৈতিক ও ব্যবহারক প্লানিং-এ ভাগ করা যায়। রণনৈতিক প্লানিং হয় দীর্ঘকালীন, প্রায় 20 থেকে 30 বছরের জন্য এবং বর্তমান আর্থিক বছরের জন্য হয় ব্যবহারিক প্লানিং। আপনার জীবনশৈলী, কর বাঁচানোর প্রভৃতি বিষয় গুলি ব্যবহারিক প্লানিং-এর মধ্যে পড়ে।

রণনীতিক প্লানে আপনার তখনই পরিবর্তন করা উচিত যখন তার সম্পূর্ণ স্ট্রাকচার বদলানোর কথা ভাববেন, কিন্তু ব্যবহারিক প্লানিং-এর কথা এলে একটা বিষয় মাথায় রাখবেন যে এটা সেই বিষয় যা আপনার রননৈতিক প্লানকে তৈরী

করে। এমন অবস্হায় আলাদা-আলাদা খাতে পয়সা বিনিয়োগ করা উচিত। ইকিভিটি, মিউচ্যুয়াল ফাণ্ড, প্রপার্টি, পী পী এবং ব্যাঙ্ক ডিপোজিট, সোনা প্রভৃতি খাতে আপনি অর্থ বিনিয়োগ করতে পারেন।

ব্যবহারিক প্লানিং সম্পর্কে নির্ণয় নেওয়ার আগে আপনার উপার্জন বৃদ্ধি পাবে কিনা এবং তা আপনার জীবন শৈলীতে কতটা প্রভাব ফেলবে তা বিবেচনা করে নেবেন। এরপর নিজের খরচের টাকা বাদ দিয়ে কতটাকা বিনিয়োগ করতে পারবেন তা ঠিক করে নেবেন, নিজের ক্যাশ প্লোর গণনা করুন ও অর্থ বিনিয়োগের দিকে বেশী মন দিন।

■ ■ ■

এই ভাবে নিজের ব্যাঙ্কের বই করুন

ব্যাঙ্কের নির্বাচন ঃ

কোন পাশ বই করার আগে কোন ব্যাঙ্কে কি ধরনের বই করবেন তা ঠিক করে নিন। নিজের গুরুত্বপূর্ণ কাজগুলি নির্ধারিণ করুন এবং কোন ব্যাঙ্ক আপনার প্রয়োজন পূরণ করতে পাচেছ তা দেখুন।

ব্যাঙ্ক বা তার ওয়েবসাইট দেখুন ঃ

অনলাইন বই খুলতে চাইলে ব্যাঙ্কের ওয়েবসাইট দেখুন। অনলাইনে বই করলে বহু সুবিধা পাওয়া যায়। যদি সাইট না জানা থাকে তবে গুগল সার্চ করে দেখুন। যদি আপনি অনলাইন বই করতে না চান তবে সরাসরি ব্যাঙ্কের শাখায় চলে যান।

নিজের প্রোডাক্ট নির্ণয় করুন ঃ

যে কোন ব্যাঙ্কের কাছে আপনার জন্য প্রচুর প্রস্তাব থাকে। এর মধ্যে থেকে আপনি নিজের পছন্দানুসারে নির্বাচন করে নিতে পারেন। এই ব্যাপারে ব্যাঙ্কের সাথে কথা বলুন। সে আপনাকে নিজের প্রয়োজনানুসারে পরামর্শ দিয়ে দেবে। যদি আপনি সাইট দেখেন তবে আপনার নিজের অ্যাকাউন্টে ক্লিক করতে হবে। তারপর চেকিং-এ ক্লিক করুন আর তারপর ফ্রী চেকিং-এ।

তথ্য প্রদান ঃ

আপনি যে ব্যাঙ্কে বই করতে চাইছেন সেই ব্যাঙ্কে আপনাকে নিজের সম্পর্কে কিছু তথ্য দিতে হবে। আপনার পরিচয়ের প্রমাণ স্বরূপও কিছু কাগজপত্র ব্যাঙ্কে দিতে হবে। যদি আপনি সমস্তটাই অনলাইনে করেন তবে আপনাকে সমস্ত তথ্য টেক্সট বুক্সে দিতে হবে।

শর্ত মেনে নেওয়া ঃ

এরপর আপনাকে এই বিষয়ে গারেন্টি দিতে হবে যে কিছু সৃষ্ট নিয়ম ও শর্ত আপনি মেনে নেবেন। যদি আপনি পুরো ব্যাপারটাই অন লাইনে করে থাকেন তবে

আপনাকে 'আই এগ্রী টার্ম'-এ ক্লিক করতে হবে, আর এর মাধ্যমেই আপনার কাজ সম্পূর্ণ হয়ে যাবে।

প্রিন্ট, সাইন এবং মেল ঃ

যদি আপনি ব্যাঙ্কে গিয়ে খাতা খোলেন তবে আপনার এই ব্যাপার গুলি নিয়ে মাথা ঘামাবার প্রয়োজন নেই। যদি অনলাইনে কাজ করেন তবে প্রয়োজনীয় কাগজপত্র গুলি ব্যাঙ্কে পাঠাতে হবে।

কিছু দিনের অপেক্ষা ঃ

আপনার খাতা খুলে গেছে। এখন আপনাকে আর কিছু দিন অপেক্ষা করতে হবে যাতে ব্যাঙ্ক আপনার পেপার ওয়ার্ক সম্পূর্ণ করতে পারে। এরপর আপনার চেক্ বুক, চেভিং কার্ড যাইই প্রয়োজন হোক না কেন তা ব্যাঙ্ক আপনাকে মেল করে দেবে।

■ ■ ■

বাড়ী কেনার ব্যাপারে কিছু টিপস্

1. বাড়ী কেনার আগে যথার্থবাদী হতে হবে।
2. প্রথমে টাকার ব্যবস্হা করুন। আপনার টাকাই স্হান এবং কতটা বড় স্হান আপনি কিনতে পারবেন তা ঠিক করে।
3. ব্যবহারিক দিক থেকে 'সম্পূর্ণরূপে সন্তুষ্টিদায়ক ঘর' হতে পারেনা–শুধুমাত্র নিজের প্রয়োজনের কথাটা মাথায় রাখুন।
4. সাবধানতার সাথে প্রপার্টি ব্রোকার নির্বাচন করুন। যে যেন এই এলাকার সাথে পরিচিত হয়, পূর্ব অভিজ্ঞতা থাকে এবং যেন কোন বিশেষ প্রপার্টি নেওয়ার জন্য বেশী জোড়জবরদস্তি না করে।
5. যদি রি সেলে প্রপার্টি কেনেন তবে আগের মালিক উপযুক্ত কারণে বাড়ী বিক্রি করছে কিনা তা জেনে নিন।
6. আপনি সারা জীবন এই বাড়ীতে থাকবেন কিনা, কিছুদিন থাকবেন নাকি অর্থ বিনিয়োগের জন্য এই বাড়ী কিনছেন সেই বিষয়টাই ঠিক করবে যে আপনি কি ধরণের বাড়ী কিনবেন ও কতটাকা ঋণ নেবেন।
7. বাজেট খুব বেশী বড় করবেন না। যদি এদিক-ওদিক থেকে পয়সা সংগ্রহ করেন তবে বাড়ী সাজানোর জন্য বা তার দেখাশোনার জন্য আপনার হাতে একদমই পয়সা থাকবে না।
8. সাধারণত প্রতি বছরই বাড়ীর দাম বৃদ্ধি পায়, কিন্তু বাড়ী কেনার আগে এই এলাকা কতটা উন্নত হতে পারে সেদিকে নজর দিন, কতদিনে কতটা দাম বৃদ্ধি পেতে পারে সেই সম্পর্কে একটা অনুভব করে নিন।
9. কখনই অনুমান বা বিশ্বাসের ভিত্তিতে সওদা করবেন না। সমস্ত খুঁটি নাটি বিষয়ের গুণমান গুলিও পরীক্ষা করে নেবেন, যেমন–সোসাইটি রেজিস্টার্ড কিনা প্রভৃতি।
10. আপনি কি চান সেই বিষয়টা খুবই স্পষ্ট রাখবেন। বেশী লোকের কাছে পরামর্শ নেবেন না। আপনি যদি পরামর্শ নেওয়ার প্রয়োজন বোধন করেন তবে একজন বা দুজনের সঙ্গে এই বিষয়ে কথা বলুন।

■ ■ ■

মিউচ্যুয়াল ফাণ্ডে অর্থ বিনিয়োগ করা লাভজনক

বর্তমান দিনে সর্বত্র সুদের পরিমান বৃদ্ধি পেলেও বইতে বছরে 3 থেকে 5 শতাংশ সুদ দেওয়া হয়। আর এটা প্রী-ট্যাক্স। যদি এই অর্থের সাথে ট্যাক্স যুক্ত করে গণনা করেন তবে সুদের দর 2.45 শতাংশের আশেপাশে হবে। বর্তমান দিনে মুদ্রাস্ফীতির পরিমাণ প্রায় 4.8 থেকে 5 শতাংশ নেগেটিভের পরিমাণ 2.68 দাঁড়ায় এর অর্থ হল আপনার পয়সা ধীরে ধীরে শেষ হয়ে যাচ্ছে।

লিকিউড ফাণ্ড–একটা বিকল্প ঃ

লিকিউড ফাণ্ড এমন এক ধরনের মিউচুয়াল ফাণ্ড যাতে খুবই কম সময়ের জন্য অর্থ বিনিয়োগ করা হয়, এতে এক বছর বা তার থেকেও কম সময়ের জন্য টাকা রাখা হয়। এই কারণে এর পোর্টফোলিওতে কমার্শিয়াল পেপার্স, ট্রেজারী বিলস্, ডিপোজিট সার্টিফিকেট এবং রেপো প্রভৃতি সমাহিত থাকে। এই ফাণ্ডের উদ্দেশ্য হল কম সময়ের অর্থ সুরক্ষিত স্হানে বিনিয়োগ করা।

সঞ্চয়ের খাতায় অর্থ ফেরত না পাওয়ার কোন প্রশ্নই আসে না কিন্তু লিকিউড ফাণ্ডে টাকা ফেরত পাওয়ার কোন গারান্টি নেই এর কারণ হল এতে বিনিয়োগ করা অর্থ অনেক গুলি পরিকল্পনাতে খাটিয়ে দেওয়া হয়।

ট্যাক্স ঃ

আপনি যদি ডিভেডেন্ট আপশান নির্বাচন করেন তবে এর থেকে প্রাপ্ত অর্থ ট্যাক্স ফ্রী হয়ে থাকে। কোম্পানী যদিও এর জন্য 14.25 শতাংশ ট্যাক্স প্রদান করে, আপনি যদি এক বছরের মধ্যে টাকা তুলে নিতে চান তবে তা অল্পকালীন পুঁজিগত লাভ হওয়ার কারণে আপনাকে প্রাপ্ত অর্থের উপর ট্যাক্স দিতে হবে। যদি এক বছরের পর অর্থ ফেরত চান তবে তা দীর্ঘকালীন পুঁজিগত লাভের মধ্যে পড়ে. এতে বিনা ইনডক্শনে 10 শতাংশ এবং ইনডক্শন সহ 20 শতাংশ (এর মধ্যে থেকে যা কম হয়) ট্যাক্স লাগে।

লিকিউডিটি ঃ

পয়সা ফেরত চাওয়ার জন্য আবেদন করার 24 ঘন্টার মধ্যে কোম্পানী হয় আপনাকে চেক্ দিয়ে দেবে নয়তো আপনার বইতে পয়সা জমা করে দেবে। ব্যাঙ্কের সঞ্চয় বইতেও যদিও এই সুবিধা আছে, এতে ব্যাঙ্কের কার্য সময়ের বাইরে পয়সা বার করতে চাইলে আপনি এটি এম কার্ডের সাহায্যে টাকা বার করতে পারেন।

ন্যূনতম অর্থ বিনিয়োগের পরিমাণ ঃ

এটা স্কীমের উপরে নির্ভর করে। এর পরিমাণ 500 টাকার থেকে কম হতে পারে। এর বিপরীত সঞ্চয়ের খাতা 100 টাকা দিয়েও খোলা যায়।

মিউচ্যুয়াল ফাণ্ড কোম্পানী গুলি নিকিউডিটির প্রক্রিয়াকে আরোও সহজতর করে তোলার চেস্টা করছে। রিলায়েন্স মিউচ্যুয়াল ফাণ্ড তো রিলায়েন্স এনিটাইম মানিকার্ডের অফার দিয়েছে। এই কার্ডের সাহায্যে আপনি পৃথিবীর যে কোন স্থানে যে কোন কোম্পানীর মিউচ্যুয়াল ফাণ্ড কিনতে পারেন। এতে টাকা তুললে তাকে রিডেম্পাশান বলা হয় এবং যত ইউনিট আপনার কাছে আছে তার থেকে বার করা অর্থের সাপেক্ষে নেট আসেট ভ্যালু (এনএচী) কম করে দেওয়া হয়। আপনি যদি বেলা তিনটের আগে ট্রানজাকশান করেন তবে এন এভী সেই দিনই আপডেট করে দেওয়া হয়। বিদেশে বহু মিউচ্যুয়াল কোম্পানী নিজেদের গ্রাহকদের চেক্ বুক ইশ্যু করে থাকে, এখন ভারতেও কিছু কোম্পানী এই সুবিধা প্রদান করছে।

লিকিউড ফাণ্ড অত্যাধিক দ্রুততার সাথে সঞ্চয়ের বইয়ের স্থান নিয়ে নিচেছ। মিউচ্যুয়াল ফাণ্ড গ্রাহকদের লিকিউডিটি এবং উচ্চ সুদের হার দুইই প্রদান করে থাকে।

■ ■ ■

দীর্ঘকালীন শেয়ার বিক্রী লাভজনক

বাড়ী-ঘর (রিয়েল ইস্টেট) ও শেয়ার বিক্রীর মধ্যে পার্থক্য কি ? আপনার কাছে তো দুটোই অর্থ বিনিয়োগ। কিন্তু ট্যাক্সের দৃষ্টিভঙ্গীতে শেয়ার বিক্রী ও জমি বাড়ী বিক্রীর তুলনা করা যায়না। বর্তমানে যে পরিস্থিতি তৈরী হচ্ছে সেই অনুসারে সূচীবদ্ধ কোম্পানী গুলির শেয়ার কিনে তা 12 মাসে রাখার পর বিক্রী করলে তা থেকে প্রাপ্ত লাভ আয়কর কানুনের হাতের বাইরে। কিন্তু জমি-বাড়ীর ক্ষেত্রে ব্যাপার এই রকম হয়, 12 মাস রেখে তা বিক্রী করে লাভ উপভোগ করা সম্ভব নয়, যদি আপনি তা করেন তবে প্রাপ্ত লাভের উপর আপনাকে ট্যাক্স দিতে হবে। মাথায় রাখবেন যে, যদি জমি-বাড়ীর উপর দীর্ঘকালীন পুঁজিগত লাভ চান (লং-ট্রাম ক্যাপিটাল গেন) তবে জমি-বাড়ীতে অর্থ বিনিয়োগ করার 36 মাস পরেই তা বিক্রীর কথা ভাবুন। কিন্তু মনে রাখবেন যে কমপক্ষে 36 মাস বাদে প্রপার্টি বিক্রী করলে লঙ্গ ট্রাম ক্যাপিটাল গেনের উপর ন্যূনতম কর দিতেই হবে। এত একটা বিষয় স্পস্ট যে স্টক 12 মাস পর বিক্রী করলে লঙ্গ ট্রাম ক্যাপিটাল গেন পাওয়া যাবে এবং এর বিপরীতে জমি-বাড়ী বিক্রীর ক্ষেত্রে এই সময় সীমা ন্যূনতম 36 মাস এবং তাও শুধুমাত্র প্রাপত লং ট্রাম ক্যাপিটাল গেনের উপর ন্যূনতম করের জন্য। এটা মাথায় রাখতে হবে যে শেয়ার থেকে প্রাপ্ত লঙ্গ টার্ম ক্যাপিটাল গেনের কোন উচ্চতম সীমা নেই, শুধুমাত্র 12 মাসের জন্য বিনিয়োগ আর তারপর আয়করের হাত থেকে মুক্তি। অন্যদিকে রিয়েল ইস্টেটে অর্থ বিনিয়োগ করলে 36 মাস বাদেও সম্পূর্ণ রূপে ট্যাক্সের হাত থেকে মুক্তি পাওয়া যায়না। আয়কর আইন অনুসারে 36 মাস বাদে রিয়েল ইস্টেট বিক্রী করলে সম্পূর্ণরূপে ট্যাক্সের হাত থেকে মুক্তি পাওয়া যায়না। সাধারণত রিয়েল ইস্টেটের লং টার্ম ক্যাপিটাল গেনের উপর 20 শতাংশ দরে আয়কর দিতে হয়। ট্যাক্সের এই দর

প্রপার্টির লং টার্ম ক্যাপিটাল গেনের উপর প্রয়োজ্য, যা কোন জমি, অ্যাপার্টমেন্ট বা পুরো বাড়ী করে পাওয়া যায়। রিয়েল ইস্টেটের লং টার্ম ক্যাপিটাল গেনে আয়কর প্রদানের হার কমানোর জন্য আরো কিছু বিষয় আছে। যারা জমি-বাড়ীতে অর্থ বিনিয়োগ করে আয়করের হাত থেকে বাঁচার জন্য তাদের ন্যূনতম 36 মাস অপেক্ষা করতেই হবে, একবার 36 মাস অপেক্ষা করতে পারলে আপনি কস্ট ইংফ্লেশান ইনডেক্সের মধ্যে পড়ে যাবেন, যা ভবিষ্যৎ-এ আপনার লাভের উপর কাটা ট্যাক্সের পরিমাণ আরও কমিয়ে দেবে। এই কারণে রিয়েল ইস্টেট কেনার তারিখটা স্মরণে রাখা খুবই জরুরি, আর বিক্রী করার পূর্বে ন্যূনতম সীমা পূরণ হয়েছে কিনা অবশ্যই দেখে নিন। সেই সাথে এটাও মনে রাখবেন যে শেয়ার বাজার ও রিয়েল ইস্টেটের ক্ষেত্রে লং টার্ম ট্যাক্সের পরিমাণ ভিন্ন-ভিন্ন।

■ ■ ■

বীমা ক্ষেত্র ঃ ছোট বিনিয়োগ, বড় লাভ

জীবনের পথে বিপদের সম্ভাবনা কমানোর জন্য বিনিয়োগকারীরা বিভিন্ন ধরণের পরিকল্পনা গ্রহণ করে থাকে। জীবনের আর্থিক অনটন দূর করার জন্য বীমায় অর্থ বিনিয়োগই সবচেয়ে বেশী সুরক্ষিত। একদিন আয়কর বাঁচানো আর অন্য দিকে এক মুঠো অর্থ দুদিক থেকেই এর লাভ পাওয়া যায়। বর্তমান দিনে সার্বজনিক এবং নিজেস্ব ক্ষেত্র দু-দিক দিয়েই কোম্পানীগুলি জীবন বীমা ও সাধারণ বীমার সুবিধা লাভ করে থাকে। জীবন বীমা, পেনশিয়ান পরিকল্পনা এবং যানবাহনের বীমাই বর্তমান দিনে সর্বাধিক প্রচলিত। কিন্তু এমনও কিছু বীমা আছে যেগুলিতে খুব কম টাকা বিনিয়োগ করে প্রতিকূল সময়তে খুবই লাভ পাওয়া যায়।

অক্ষমতার 'জীবন বিশ্বাস' ঃ

সীমিত গণ্ডীর মধ্যে আবদ্ধ জীবন বীমা নিগমের 'জীবন বিশ্বাস' পলিসি সেই সমস্ত লোকেদের জন্য উপযুক্ত যাদের আশ্রমে বিকলাঙ্গ ব্যক্তি থাকে। এতে প্রতিবছর ছয় শতাংশ টাকা বৃদ্ধি পাবেই। সেই সাথে যদি বীমা চলাকালীন সময়ে বীমা ধারকের মৃত্যু হয় তবে বিকলাঙ্গ আশ্রিত ব্যক্তি মোট বীমার অর্থের ছয় শতাংশ তখনই পেয়ে যাবে এবং বাকি টাকা 5 থেকে 15 বছরের মধ্যে কিস্তীতে পাবে। এই ব্যাপারে এল আই সির বিশিস্ট অফিসার রাজেশ কুমার বলেছেন, এই পরিকল্পনার প্রতি মোহ ধীরে ধীরে বৃদ্ধি পাচ্ছে।

শিক্ষার বীমা ঃ

বাচ্চাদের ভালো শিক্ষা প্রদান করা প্রত্যেক বাবা-মার সবচেয়ে বড় দায়িত্ব কিন্তু মাঝা পথে মৃত্যু হলে বাচ্চার ভবিষ্যৎ-এর কি হবে ? এর জন্য স্টার হেল্থ এ্যাণ্ড এলায়ড ইনশিয়োরেন্স স্টুডেন্ট কেয়ার নামক পরিকল্পনা পেশ করেছে। কম নগদের এই পরিকল্পনায় প্রতি এক লক্ষ টাকার মৃত্যু বীমার খরচ মাসে 60 টাকা।

এই পরিকল্পনা গ্রহণ করার পর আপনার সন্তানের উচ্চ শিক্ষা নিয়ে তার কোন চিন্তা থাকবে না।

বিকলাঙ্গতার জন্য আর্থিক শ্রোত ঃ

আপনার পরিবারের একমাত্র উপার্জনকারী যদি আপনি হন এবং স্থায়ী ও অস্থায়ী বিকলাঙ্গতার জন্য যদি চাকরি যাওয়ার সম্ভাবনা থাকে তবে এই পরিকল্পনা আপনার জন্য খুবই লাভদায়ক বলে প্রমাণিত হবে। উপার্জনের বিকল্প হিসাবে এই পলিসি খুবই উপযুক্ত। এর নগদও খুব কম, অক্ষমতা বা দুর্ঘটনা জনিত কারণে এক লক্ষের উপর 150 টাকা খরচ দিতে হয়। দুর্ঘটনার ফলে সম্পূর্ণ অক্ষমতা দেখা দিলে পুরো অর্থ প্রদান করে দেওয়া হয়। আংশিক বা অস্থায়ী রূপে অক্ষমতা দেখা দিলে আপনি যত দিন কাজ করতে পারবেন না ততদিনের জন্য প্রত্যেক সপ্তাহে টাকা প্রদান করা হবে। বাহন চালক, কুরিয়ার বালা, কলকারখানার শ্রমিকদের জন্য এই পরিকল্পনা খুবই উপযোগী। যে কোন কোম্পানীর ব্যাপারেই এই পলিসির সুবিধা পাওয়া যায়।

গুরুতর অসুখের ক্ষেত্রে ঃ

ক্যান্সার, কিড্‌নির সমস্যা, হেপাটাইটিস সি, প্লাস্টিক এনেমিয়া প্রভৃতি গুরুতর অসুখের ঝুঁকি কম করার জন্য বেশ কিছু বীমা কোম্পানী ক্রিটিকাল ইলনেস মেডিকেল ইন্‌শিয়োরেন্সের সুবিধা প্রদান করে থাকে। ইফকো টোকিয়ো জেনারেল ইনশিয়োরেন্স কোম্পানীর বিশিষ্ঠ অফিসার বলেছেন যে এই পরিকল্পনায় 50 হাজার থেকে 5 লক্ষ টাকা পর্যন্ত বীমা করানো যায় যাতে 2500 টাকা কিস্তী স্বরূপ প্রদান করতে হয়। এই পরিকল্পনায় দ্বিগুণ বোনাসও পাওয়া যায়। এই পরিকল্পনা অনুসারে সাধারণ অসুখের জন্যও বীমা করানো যায়।

সদ্যজাত বাচ্চার স্বাস্থ্য বীমা ঃ

বাবা-মা একই ব্লাড গ্রুপের হলে বা দুজনের মধ্যে একজনের বংশে কোন গুরুতর অসুখ থাকলে সদ্যজাত বাচ্চাদর স্বাস্থ্য নিয়ে একটা চিন্তা থেকেই যায়। এমন অবস্থায় বাচ্চার স্বাস্থ্যের জন্য সাধারণ বীমা কোম্পানী নিউ ইণ্ডিয়া ইন্‌শিয়োরেন্স এবং ইউনাইটেড ইণ্ডিয়া ইন্‌শিয়োরেন্স বাচ্চার জন্মের থেকে দুবছর পর্যন্ত বীমা সুরক্ষা প্রদান করে থাকে। মাসে 1500 টাকা কিস্তি দিলে আপনি 75 হাজার টাকার বীমা পাবেন।

হাসপাতালের বেতন ঃ

পরিবারের উপার্জনকারী যদি একজন হয় ও বাকি সকলেই যদি তার ভরসায় থাকে তবে সেই ব্যক্তি অসুস্থ হলে আর্থিক স্রোত শুকিয়ে যায়। হাসপাতালে থাকাকালীন বেতন সম্পর্কিত ক্ষতি দূর করার জন্য কিছু সাধারণ কোম্পানী বীমা পরিকল্পনা প্রদান করছে। এই পলিসির জন্য বছরে 250 টাকার থেকে 4500 টাকা পর্যন্ত প্রদান করা যেতে পারে। যাতে হাপাতালে ভর্তি থাকা কালীন প্রতিদিন 500 থেকে 2500 টাকা পাওয়া যেতে পারে। এই পরিকল্পনা বছরে তিরিশ দিন হাসপাতালে ভর্তি থাকলে পাওয়া যায়। এই পরিকল্পনা অনুসারে কিস্তীতে অর্থ প্রদান করা যায়।

■ ■ ■

শেয়ার বাজারে অর্থ বিনিয়োগ করার আগে সাবধানতা অবলম্বন করুন

শেয়ার বাজার সর্বদাই পরিবর্তনশীল। এই কারণে এতে অর্থ বিনিয়োগের আগে এটা দেখে নিন যে আপনি কতটা পর্যন্ত ঝুঁকি নিতে পারেন। একটা বিষয় বিশেষ ভাবে মাথায় রাখবেন যে আপনার ইনভেস্টমেন্ট আপনার রিক্স প্রোফাইল অনুসারেই হবে।

শেয়ার মার্কেটের ফর্মূলা হল 'বেশী ঝুঁকি বেশী লাভ', কারণ শেয়ার বাজারে সর্বদাই ওঠা-পড়া লেগেই থাকে। অন্যদিকে যারা বেশী ঝুঁকি নিতে চায়না তাদের জন্য আছে বণ্ড, ফিক্সড ডিপোজিট, সী পী এবং পোস্ট অফিস সেভিং স্কীম প্রভৃতি।

অর্থ বিনিয়োগ করার আগে আপনার বয়সটা মাথায় রাখার সবচেয়ে বেশী জরুরী, ধরে নিন আপনার বয়স 25 বছর সুতরাং আপনি বেশী ঝুঁকি নেওয়ার সম্ভাবনা রাখেন। 25 বছর বয়সে আপনার উপর দায়িত্বের বোঝা অনেক কম থাকে তাই আপনি নিজের উপার্জনের অনেকটা অংশ বিনিয়োগ করতে পারবেন। এছাড়া কম বয়সে অর্থ বিনিয়োগ করলে পুঁজির বৃদ্ধি ঘটে ও ক্ষতির সম্ভাবনা অনেক কমে যায়।

শেয়ার বাজারে অর্থ বিনিয়োগ করার আগে একটু রিসার্চ করে নেওয়াটা খুবই লাভজনক বলে প্রমাণিত হবে। রিসার্চের কিছু বিশেষ ফর্মূলা আছে যা বিনিয়োগকারীর বিপদকে কমিয়ে দিতে পারে এমন নয়, কিন্তু আপনার নিজেস্ব অবস্হা এবং কিনে অর্থ বিনিয়োগ করছেন তার উপর বিষয়টা অনেকটাই নির্ভর করে। আলাদা-আলাদা কোম্পানীর শেয়ারের ভালো মন্দের দিকটাও আলাদা-আদালা হয়, তিন মাসে বা বছরে পরিনাম প্রাপ্তি, ক্যাশ ফ্লো, ম্যানেজমেন্ট, মার্কেট ক্যাম্প, গত বছরে কোম্পানীর পরিস্হিতি ও শেয়ার বাজারে কোম্পানীর

অবস্থা প্রভৃতি বিষয় অবশ্যই দেখে নেওয়া উচিত।

আপনি যত সাবধানতার সাথেই অর্থ বিনিয়োগ করুন না কেন শেয়ার বাজারে অর্থ বিনিয়োগের পর নিশ্চিন্ত থাকা অসম্ভব. আপনি কোম্পানী সম্পর্কে সব কিছু জানার পরেই অর্থ বিনিয়োগ করবেন ঠিকই কিন্তু আপনার অনুমান সঠিক হবেই এমন কথা বলা যায়না। বাজারের গতি কখন কোন দিকে চলে যায় তা কেউ বলতে পারেনা তাই সর্বদাই বিপদের জন্য প্রস্তুত থাকুন।

একই সাথে যদি আপনার নিজের নির্ণয় নেওয়ার ক্ষমতা থাকে তবে সেটাই করুন। বেশী পরামর্শ নিলে দ্বিধার সৃষ্টি হয় যার ফলে নির্ণয় গ্রহণ করা সমস্যা জনক হয়ে ওঠে।

ভ্যালু স্টক এবং গ্রোথ স্টক বিনিয়োগকারীদের মধ্যে দুই ধরণের স্টক খুবই জনপ্রিয়। যারা ভ্যাল স্টকে অর্থ বিনিয়োগ করে তারা তাৎক্ষণিক রিটার্ন আশা করে, কিন্তু যারা গ্রোথ স্টকে অর্থ বিনিয়োগ করে তারা তৎকালের পরিবর্তে ভবিষ্যৎ-এ ভালো রিটার্ন পাওয়ার আশা করে। যদি ঝুঁকি কম নিতে চান তাহলে দুই ধরণের স্টকে অর্থ বিনিয়োগ করা খুবই ভালো কাজ হবে। আপনি যদি অন্য ধরণের কোন সিদ্ধান্ত নিতে চান তবে নিজের অবস্থার পরিপ্রেক্ষিতে বিচার করুন। আপনি কেন বিনিয়োগ করতে চাইছেন তাও বিচার করে নিন। শেয়ার বাজারে অর্থ বিনিয়োগ করার আগে অবশ্যই একটা প্রশ্ন করে নিন যে আপনি কি উদ্দেশ্য অর্থ বিনিয়োগ করতে চাইছেন, এটা জানতে পারলে আপনি অর্থ বিনিয়োগের সঠিক কারণ জানতে পারবেন। এর সাথে আপনার বিপদের সম্ভাবনাও কমে যাবে।

■ ■ ■

কিভাবে উইল করবেন ?

পৃথিবীর প্রত্যেক ব্যক্তিই তার পরিশ্রমে দ্বারা অর্জিত অর্থ তার হাতেই তুলে দিতে চায় যাকে সে স্নেহ করে, ভালোবাসে। এমন অবস্থায় উইল করাটা খুবই জরুরি। উইল করার সময় মাথায় রাখা উচিত এমন কিছু জরুরি বিষয় আমি আপনাদের বলতে চাই।

উইল কি ?

উইল এমন এক আইনি কাগজ যা আপনার অবর্তমানে আপনার ইচ্ছানুসারেই আপনার ধন-দৌলত বন্টিত করে। সংক্ষেপে বলা যায় উইলের মাধ্যমেই আপনার মৃত্যুর পর আপনার প্রপার্টি সেই পাবে যার সম্পর্কে ইচ্ছা প্রকাশ করতে পারেন।

উইল কে করতে পারে ?

18 বছরের পর যে কোন মহিলা ও 21 বছরের বয়সের পর যে কোন পুরুষ উইল করতে পারে।

উইলের পক্ষে কে থাকবে ?

টেস্টেটর ঃ সেই ব্যক্তি যে উইল লেখে।

এগজিকিউটর ঃ যে ব্যক্তি উইল তৈরী করছে তার আইনি প্রতিনিধি। তার মৃত্যু পরেই এগজিকিশউটারের ভূমিকা শুরু হয়। উইলের দিকে দৃষ্টিপাত করানোই এগজিকিউটারের প্রধান ভূমিকা, যে উইল তৈরী করেছে তার ইচ্ছানুসারে ধনের বন্টনই তার প্রধান কাজ।

সাক্ষী ঃ উইল করার সময় সাক্ষী রাখা খুবই জরুরী। একে-আপনার থাকা কালীন হস্তাক্ষর করতে হবে এবং সেই সময় যে উইল করছে তাকেও থাকতে হবে।

লাভার্থী ঃ উইল অনুসারে যে সম্পত্তি পায়, তাকেই লাভার্থী বলা হয়।

উইলের কিছু বিশেষত্ব ঃ

কোন বিশেষ ভাষা বা ফর্মাট নয় ঃ উইল কোন বিশেষ ফর্মাটে হয় না, তা

যে কোন ভাষাতেই লেখা যায়। কোন কঠিন আইনি ভাষার প্রয়োগ করতেই হবে এর কোন মানে নেই। সবচেয়ে জরুরি বিষয় হল ভাষার স্বচ্ছতা এবং তা যেন ভেঙে চুড়ে বুঝতে না হয়। যে উইল করছে তার ইচ্ছাটা স্পষ্ট থাকাই উইলের প্রধান উদ্দেশ্য।

আইনি স্বচ্ছতা ও সত্যতা ঃ যেন উইল অবৈধ্য বলে প্রমাণিত না হয়, তার জন্য তাতে ঠিক ভাবে হস্তাক্ষর এবং সত্যতা থাকা খুবই জরুরি। যে উইল করছে উইলের প্রত্যেক পৃষ্ঠায় তার হস্তাক্ষর থাকাটা খুবই জরুরি। একসাথে দুটি সাক্ষী বর্তমান থাকা খুবই জরুরী। এবং সাক্ষীর সময় যে উইল করছে, তাকেও উপস্থিত থাকতে হবে। পারসি ও খ্রীস্টান আইন অনুসারে এগজিকিউটার বা লাভার্থী সাক্ষী হতে পারেব না। হিন্দু আইন অনুসারে লাভার্থী কখনই সাক্ষী হতে পারেনা।

প্রপার্টি সমর্পন করা ঃ উইলে যে বাধা নিষেধ থাকবে তা এই প্রপার্টির সাপেক্ষেই থাকবে যার উপর যে উইল করছে তার অধিকার হবে।

মৃত্যুর পরেই তা প্রযোজ্য ঃ প্রপার্টি ভাগ করার ব্যাপারে উইলে যা বলা থাকবে তা যে উইল করছে তার মৃত্যুর পরেই প্রযোজ্য হবে।

উইলে পরিবর্তন ঃ আপনি নিজের ইচ্ছানুসারে যে কোন সময়ে আপনার উইল পরিবর্তন করতে পারবেন।

স্ট্যাম্প ডিউটির প্রয়োজন নেই ঃ উইল পরিবর্তন করার সময় কোন স্ট্যাম্প ডিউটির প্রয়োজন নেই। উইল স্ট্যাম্প পেপারেই হতে হবে এমন কোন বাধ্য বাধকতা নেই।

উইলের রেজিস্ট্রেশান ঃ এমনিতে ভারত বর্ষে উইল রেজিস্ট্রে করার প্রয়োজন হয়না কিন্তু তা সত্ত্বেও যদি তা রেজিস্ট্রি করিয়ে দেওয়া যায় তবে তা লাভজনকই হবে। যে উইল করছে যদি সেই রেজিস্টার্ড করে দেয় তবে উইলের গুরুত্ব বৃদ্ধি পায়। রেজিস্ট্রি করা থাকলে এটা প্রমাণ হয়ে যায় যে আসলে তার পক্ষে কে আছে। উইলে যারা সাক্ষী প্রদান করেছ তারা যে অফিসার রেজিস্ট্রি করবে তার কাছে যায় এবং সত্যতা প্রমাণিত করার জন্য নিজেদের পরিচয়ও সুনিশ্চিত করে। উইল রেজিস্ট্রি করার সবচেয়ে বড় সুবিধা হল একবার রেজিস্ট্রি করার পর তা রেজিস্টারের কাস্টেডিতে চলে যায়। ফলে তা ছেড়ার সম্ভাবনা থাকেনা, নষ্ট

হওয়ার বা চুরিরও সম্ভাবনা থাকেনা। রেজিস্টার সাব্ রেজিস্টারের কাছে উইল রেজিস্ট্রি করা যায়। এর জন্য সামান্য রেজিস্ট্রেশান ফিস দিতে হয়। এছাড়া যে উইল করবে তাকে রেজিস্টারের অফিসে উপস্থিত হতে হয়। সেই সাথে দুজন সাক্ষীকে সঙ্গে করে নিয়ে যেতে হয়, তবে একটা কথা মনে রাখবেন যে, উইল রেজিস্ট্রি না হলে তা ঠিক নয় এমন নয়।

ট্যাক্স দিতে হয়না : উইলের মাধ্যমে প্রাপ্ত সম্পত্তি উপহার স্বরূপ হয়ে থাকে। আপনি যদি উইলের মাধ্যমে কোন সম্পত্তি পেয়ে থাকেন তবে তার জন্য আপনাকে ট্যাক্স দিতে হবেনা। লাভার্থি ট্যাক্স প্রদানের হাত থেকে বেঁচে যায়।

■ ■ ■

হঠাৎ টাকার দরকার হলে ?

জীবনে এমন অনেক টক-ঝাল-মিষ্টি মুহুর্ত্ত আসে যখন হঠাৎ করে বেশ কিছু টাকার প্রয়োজন পড়ে। এমন অবস্থায় অপেক্ষা করা সম্ভব হয়না, অর্থাৎ তার কাছে এত সময় থাকে না যে টাকার উৎসের জন্য অপেক্ষা করবে। যদি কেউ শেয়ার বাজারের হঠাৎ উন্নতি থেকে লাভ নিতে চায় বা যদি কেউ উচ্চ শিক্ষার গ্রহণের জন্য কোথাও ভর্তি হতে চায় বা জীবনে হঠাৎ কোন সমস্যা উপস্থিত হলে, যেমন অসুখ-বিসুখ...প্রভৃতি ব্যাপারে কি করা যেতে পারে। এমন অবস্থায় পয়সার প্রয়োজন সবচেয়ে বেশী হয়ে ওঠে। এই কথা মাথায় রেখে এখানে আমি কিছু বিকল্প রাস্তার কথা বলছি, ইচ্ছা করলে আপনারা প্রয়োগ করে দেখতে পারেন।

এমনি বলা হয় যে, সমস্যার সময় জমানো পুঁজিই কাজে আসে আর আমিও সেই জমানো–পুঁজির কথাই বলছি। আপনি যদি কোথাও অর্থ বিনিয়োগ করে থাকেন তবে তা ব্যাঙ্কের কাছে রেখেও ঋণ নিতে পারেন।

এই ঋণ কি ধরণের হয় ?

আপনি যে খাতে অর্থ বিনিয়োগ করেছেন তার ভিত্তিতে ঋণ নিতে হলে ব্যাঙ্কের কাছে এই কাগজ জমা রাখতে হয়। অর্থাৎ যদি আপনার কাছে শেয়ার, মিউচ্যুয়াল ফাণ্ড, সরকারি বণ্ড, বীমা পলিসি, এন এস জি, কিসান বিকাশ পত্র, ফিক্সড ডিপোজিট প্রভৃতি থাকে তবে তা ব্যাঙ্কের কাছে জমা রেখে ঋণ গ্রহণ করতে পারেন।

ঋণের অর্থের উপর কর নির্ধারণ ঃ

ভারতীয় রিজার্ভ ব্যাঙ্ক অনুসারে কাগজপত্রের মোট মূল্যের প্রায় 50-60 শতাংশ ব্যাঙ্ক নিজের কাছে রেখে দেয় আর বাকি অর্থ ঋণ স্বরূপ ঋণ গ্রহণকারীকে প্রদান করে থাকে। আপনার কাছে যদি শেয়ার, মিউচুয়াল ফাণ্ড প্রভৃতি থেকে থাকে তবে তার মোট মূল্যের 50-60 শতাংশ ঋণ হিসাবে পাবেন।

বণ্ড, কিসান বিকাশ পত্র, এবং ন্যাশনাল সেভিং সার্টিফিকেটের ক্ষেত্রে তার পরিমাণ 70-95 শতাংশ পৌঁছে যায়। ঋণের অর্থ ঠিক করার সময় এই সার্টিফিকেটের মেচিউরিটির দিকটাও লক্ষ্য করা হয়।

ঋণ কিভাবে দেওয়া হয় ঃ

কোন কাগজপত্রের ভিত্তিতে ব্যাঙ্ক যদি কোন ব্যক্তিকে ঋণ দেয় তবে তা ওভার ড্রাফটের মাধ্যমে দেওয়া হয়ে থাকে। মাঝে মধ্যে ব্যাঙ্ক লেনদেনের কাগজ পত্রেরও সমীক্ষা করে থাকে। এমন অবস্থায় ওভারড্রাফটের বীমা এই কাগজপত্রের মূল্যের হিসাবে বদলাতে থাকে। ঋণ গ্রহণকারীকে হাল্কা করার জন্য মাঝে মধ্যে নগদ অর্থের দ্বারা ঋণ শোধ করার পথ খোলা থাকে। যদি কোন ঋণ গ্রহণকারী সময় মতন ঋণ পরিশোধ করতে না পারে তবে ব্যাঙ্কের কাছে এই কাগজ বিক্রী করার অধিকার তার থাকে।

সুদ ও অন্যান্য নগদ ঃ

এমনিতে ভিন্ন-ভিন্ন ব্যাঙ্কে সুদের দর ভিন্ন-ভিন্ন, কিন্তু তা 11-18 শতাংশের মধ্যে হয়ে থাকে। প্রতিদিন ঋণ গ্রহণ কারীর বইয়ে বকেয়া অর্থের হিসাব করা হয় এবং সেই হিসাবে সুদের গণনা করে অর্থ তার খাতে ডেবিট করে দেওয়া হয়।

ব্যাঙ্ক এই অর্থের উপর ততদিন পর্যন্তই সুদ নেয় যার ব্যবহার ঋণ গ্রহণকারী করে থাকে, এছাড়া ব্যাঙ্ক ঋণে মোট অর্থের 0.5-2 শতাংশ পর্যন্ত প্রোসেসিং চার্জ রূপে কেটে থাকে।

ঋণ গ্রহণের আগে ভেবে দেখুন ঃ

ঋণ নেওয়ার আগে অন্যান্য বিকল্প গুলির কথাও চিন্তা করে নেবেন। অর্থাৎ যদি আপনার কাছে ফিক্স ডিপোজিড থাকে এবং যদি তা আপনার প্রয়োজন মেটাতে পারে তবে তা ক্যাশ করে নেওয়াই বুদ্ধিমানের কাজ। সেই সাথে যে উদ্দেশ্যে আপনি ঋণ নিচেছন তাও সম্পূর্ণ পরিস্কার থাকা চাই। ঋণ নেওয়ার আগে অবশ্যই দুটো তিনটে ব্যাঙ্কের সাথে কথা বলে নিন আর যেখানকার সুদের দর ও অন্য শর্ত আপনার অনুকূলে বলে মনে হবে সেখান থেকেই ঋণ গ্রহণ করুন।

■ ■ ■

বাড়ী কেনার জন্য লাভজনক টিপ্‌স

আগে বাড়ীর আনন্দ ঃ

নিজের প্রথম বাড়ী কেনার থেকে বড় আনন্দ বোধ হয় আর কিছুতেই নেই। ভারতবর্ষের বেশীর ভাগ ক্রেতাই বোধ হয় প্রথমবারই বাড়ী কিনে থাকে। জীবন সবচেয়ে বড় ও আনন্দজনক অর্থ বিনিয়োগবোধ হয় এটাই। তাই যথেস্ট চিন্তা ভাবনা করে সিদ্ধান্ত নিতে হয়। আসুন এমন কিছু টিপ্‌স আপনাদের দিচ্ছি যা আপনাদের কাছে খুবই লাভজনক বলে প্রমাণিত হবে।

অবশ্যই বাজেট করুন ঃ

দেখুন, বাজারে বিকল্পের অভাব নেই। আপনি যা দেখবেন সর্বদাই তার থেকে উন্নততর বিকল্প থেকে যায়। তাই যে কোন অবস্হাতেই বাজেট নির্ধারিণ করতেই হবে যাতে আপনি এটা বুঝতে পারেন যে আপনার কি প্রয়োজন। তা না হলে ডীলার্স আপনাকে এমনিই ঘোরাতে থাকবে। যদি ডীলার্স আপনাকে আপনার বাজেট খুবই কম বলেতবে তার বিশ্বাস করবেন না। আজ ভারতে যে কোন মূল্যের প্রপার্টি পাওয়া যায়, বাজেটের অর্থ শুধুমাত্র প্রপার্টির মূল্য নয়। এতে ডীলারের খরচ, স্ট্যাম্প ডিউটি, উকিলের ফিস প্রভৃতি খরচ অন্তর্ভুক্ত। যদি আপনি নতুন বাড়ী কেনেন তাহলে তার পিছনেও আপনাকে পয়সা খরচ করতে হবে।

বাজেট বৃদ্ধি করবেন না ঃ

পয়সা ছাড়া নিজের স্বপ্নের বাড়ীর সন্ধান করা বুদ্ধিমানের কাজ নয়। আপনাকে একটা কথা মাথায় রাখতে হবে যে একবার বাড়ী কেনার পর তাতে থাকা এবং সেই হিসাবে নিজের স্টেটাসও বজায় রাখতে হবে। ব্যক্তিগত ঋণ গ্রহণ করে পয়সার অভাব পূরণ করার চেস্টা করবেন না। আপনার কাছে যে অর্থ থাকবে তা দিয়েই ডাউন পেমেন্ট করার চেস্টা করুন, দামী বাড়ী কেনার জন্য নিজের বাজেট টেনে বৃদ্ধি করতে চাইবেন না। এতে আপনার ই এম আই বেশী হয়ে যাবে। এত আপনার জীবন শৈলীও প্রভাবিত হবে।

বাড়ী কোথায় ঃ

বাড়ী কেনার সময় লোকেশানের ব্যাপারটা খুবই গুরুত্বপূর্ণ ভূমিকা পালন করে। এতে আপনার জীবনের গুণমান নির্ধারিণ হয়। ভালো লোকেশান আপনার বাড়ীর রেট ভ্যালুও বৃদ্ধি করে। যদি সম্ভব হয় আপনি যে লোকেশানে বাড়ী কিনছেন। সেখানে তিন-চার মাস ভাড়া থাকুন। এতে আপনি এই স্থানের ভালো মন্দ সমস্তটাই জানতে পারবেন। লোকেশান ঠিক করার সময় স্কুলের দূরত্ব, অফিসের দূরত্ব, ট্রান্সপোর্টের সুবিধা এবং শপিং সেন্টার্স সবই দেখে নেবেন।

ধৈর্য্য ধরুন ঃ এটাই বাড়ী কেনার মূল মন্ত্র। বাড়ী কেনা একটি দীর্ঘ ও অসুবিধা জনক প্রক্রিয়া। এতে একটা ছোট্ট ভুলও খুব ক্ষতিকারক বলে প্রমাণিত হতে পারে। তাই দেরী হচেছ বলে হতাশ হবেন না, ধৈয্য বজায় রাখুন। এর জন্য 3-6 মাস সময় হাতে রাখুন।

সবচেয়ে প্রয়োজনীয় কোনটা ঃ প্রথম থেকেই নিজের গুরুত্বপূর্ণ ব্যাপার গুলি বুঝে নিন তা হলে এজেন্ট আপনাকে এমন জিনিস দেখাবে আপনার কাছে যা সম্পূর্ণ রূপে অপ্রয়োজনীয়। যেমন, আপনি কি রান্না ঘরটা বড় চান ? আপনি কি প্রত্যেক ঘরের সাথে অট্যাচড্ বাথরুম চান ? আপনি স্টোরেজ ক্যাপাসিটি কতটা চান ? আপনি প্রচীন কন্সট্রাকশন নাকি মর্ডান বাড়ী চান ? এইভাবে আপনি যদি নিজের প্রয়োজন বুঝতে পারেন তবে অনেক পয়সা ও সময় বাঁচবে।

এক-দু-বার নয় বার-বার দেখুন ঃ আপনি নিশ্চই না দেখেই বাড়ী কিনবেন না। কিন্তু সম্পূর্ণ পরিবার প্রথমে না যাওয়াই শ্রেয়। ওখানে গিয়ে আপনারা অত্যাধিক উৎসাহিত হলে ব্রোকার তার সুযোগ নেবে। বার-বার বাড়ীটা দেখুন। যে বিষয়টা আপনার পছন্দ হচেছ সেটা কি তা বোঝার চেস্টা করুন। দ্বিতীয় বা তৃতীয় বারে পরিবারের আলাদা-আলাদা সদস্যদের নিয়ে যান। তাহলে অনেক নতুন বিষয় ধরা পড়বে। একটা চেক্ লিফট্ বানান এবং যে বাড়ী গুলি আপনি দেখেছেন সেগুলি ভালো-ও মন্দ দিক অনুসারে নম্বর দিন। মাথায় রাখবেন, ব্রোকার যেন অন্য সিদ্ধান্ত না নিয়ে ফেলে।

কারপেট এরিয়া কতটা ঃ বাড়ী কিনতে যাওয়ার আগে আপনাকে রিয়েল ইস্টেটের ভাষা গুলি জানতে হবে। যেমন, যখন আপনাকে বাড়ীর এরিয়া কতটা তা বলা হবে তখন তার ইউনিট অবশ্যই জিজ্ঞাসা করুন কারণ অনেক সময় যতটা এরিয়ার দাম আপনি দিচেছন বাড়ী তার থেকে অনেক ছোট হয়ে যায়। আপনাকে

হয়তো 2000 স্কোয়ার ফুটের দাম দিতে বলা হল, হয় তো আপনারইউজেবেল এরিয়া 1500 স্কোয়ার ফুট বা তার থেকেও কম। কারণ এতে দেওয়াল, করিডোর, লিফট্ স্পেসের মতন স্হান গুলিও অন্তর্ভুক্ত থাকে। সর্বদা জিজ্ঞাসা করবেন যে কারপেট এরিয়া কতটা।

টাকা-পয়সা প্রস্তুত রাখবেন ঃ

সময় মতন হাতে পয়সা না থাকার জন্য অনেক সময় ভালো প্রপার্টি হাত থেকে বেরিয়ে যায়। যদি আপনি নিজে পেমেন্ট করেন তবে সময় মতন পয়সা প্রস্তুত রাখবেন। যদি লোন নিতে হয় তাহলে সমস্ত কাগজ-পত্র প্রস্তুত রাখবেন, যাতে সময় মতন কোন সমস্যার সৃষ্টি না হয়। আপনি প্রপার্টি পছন্দ করার আগেই লোন আপ্রুভ করাতে পারেন। তাই আগে থেকেই আবেদন করুন।

বাড়ী কার থেকে কিনবেন ?

হয় বাড়ী ডেভলপার তা না হলে ওনারের থেকেই বাড়ী কেনা শ্রেয়। অনেক সময় নতুন বাড়ীও ওলার বা ইনভেস্টরের থেকে কিনতে হয়। এই দুটি সওদার মধ্যে পার্থক্য আছে। ডেভলাপারকে আপনি চেকের সাহায্যে পেমেন্ট করতে পারেন। কিন্তু ওনার যতটা সম্ভব বেশী লাভের আশা করে। তাই সে নগদ অর্থই পছন্দ করে। আপনি কতটা নগদ অর্থ প্রদান করতে পারেন তা আপনাকেই দেখতে হবে।

প্রথম বাড়ীই শেষ বাড়ী নয় ঃ প্রথম বাড়ী কেনা মানেই সব শেষ হয়ে যাওয়া নয়। জীবন যত এগোবে তাতে তত পরিবর্তন আসবে। অপানার বিয়ে হবে, বাচ্চা হবে, আপনার বাবা-মা আপনার সাথে থাকতে আসতে পারে, অন্য কোন শহরে আপেনার বদলিও হয়ে যেত পারে। সময়ের সাথে সাথে আপনার প্রয়োজন বৃদ্ধি পাবে ও বদলাতে থাকবে। তাই আপনি অন্য বাড়ীতে শিফ্ট হতে পারেন। তাই প্রথম বাড়ী কেনার অভিজ্ঞতাটা মূল্যবান বলে প্রমাণিত হতে পারে।

■ ■ ■

বাচ্চাদেরও আর্থিক প্রবন্ধন শেখান

কথায় বলে বাচ্চাদের ঠোঁটের সাথে পেড়ে ওঠা অতটা সুবিধাজনক নয় আর আপনিও প্রায়ই এর সম্মুখীনতা করে থাকেন। প্রায় সময়তেই আপনার বাচ্চা আপনার কাছ থেকে খেলনা, ইলেকট্রনিক্স জিনিস, ডল্‌স, স্টাইলিশ ঘড়ি, জামা-কাপড় প্রভৃতি বিভিন্ন জিনিস চেয়ে থাকে আর সর্বদা সমস্ত বায়না পূরণ করার মতন অবস্থা আপনার থাকে না। যদি প্রায়ই বাড়ীতে এই ধরণের পরিস্থিতির সম্মুখীনতা করতে হয় তবে অবশ্যই আপনার বাচ্চাকে/বাচ্চাদের অর্থ প্রবন্ধনের রাস্তা দেখান। এই বিষয়ের লাভ আপনি জীবনের প্রতিটা পদক্ষেপে অনুভব করবেন।

বাচ্চাদের পয়সা জমানোর কথা বলা আর তাদের দিয়ে তা করানো দুটোর মধ্যে বহু পার্থক্য আছে। বর্তমান দিনে আমরা সকলেই ব্রাণ্ডের জঙ্গল ও বাজারবাদের ও প্রতিযোগিতায় বেঁচে আছি। যাতে যে কোন জিনিস বিদ্যমান। এমন অবস্থায় মানুষের পরিচয় গ্রাহক রূপেই বেশী হচ্ছে এবং এর মধ্যে বাচ্চারাও গুরুত্বপূর্ণ ভূমিকা পালন করছে। এই কারণেই আজ বাচ্চাদের ব্রাণ্ডের ব্যাপারে শৌখিন দেখেও আশ্চর্য হওয়ার কিছু থাকে না। ছোট-ছোট বাচ্চারাও নিজেদের পছন্দের ব্রাণ্ডেরই জিনিস কিনে থাকে। উচ্চ বর্গের প্রভাব নিম্ন ও মধ্যবিত্ত বর্গের মধ্যেও প্রসারিত হয়ে চলেছে। আর এই সমস্ত কারণের জন্য বাচ্চাদের সঞ্চয় মনভাবাপন্ন করে তোলা সমস্যা জনক হয়ে উঠছে, নিম্নলিখিত পরামর্শ গুলি বাবা-মায়ের অনেকটাই সাহায্য করবে।

- ❑ একটা অতি সাধারণ কথা, পয়সা কেন দরকার বা পয়সা দিয়ে কি কেনা যায় বা কি কেনা যায়না, তা বাচ্চাদের ভালো মতন বোঝান।
- ❑ বাড়ীতে পয়সা সঞ্চয়ের ব্যাপারটা নিয়ম করে তুলুন।
- ❑ বাচ্চাদের পকেট মানি দেওয়ার পর কিছু টাকা সঞ্চয় করতে বলুন।
- ❑ ছোট বাচ্চাদের জন্য আকর্ষণীয় পিগ্গী ব্যাঙ্ক বা ঘট কিনে দিন, এটা ভালো এবং প্রভাবশালী পদক্ষেপ।

- বাচ্চারা প্রায়ই বড়দের নকল করে থাকে। যদি খরচের ব্যাপারে আপনার হাত খোলা হয় তাহলে আপনার বাচ্চারা খরচের ব্যাপারেও কিভাবে লাগাম দেবে। সুতরাং আপনি নিজেই তার সামনে অর্থ সঞ্চয় করার চেস্টা করুন। বাবা-মারা এটা বুঝুক বা নাই বুঝুক বাচ্চাদের ভেতরে অর্থ সঞ্চয়ের ব্যাপারটা বংশানুক্রমেই সঞ্চারিত হয়। বাবা-মারা কিভাবে পয়সা খরচ করে, ধার নেয়, সঞ্চয় করে নাকি তা বিলিয়ে দেয়, অর্থ বিনিয়োগ করে নাকি তা সুরক্ষিত রাখে, বাচ্চারা সেই সমস্ত দেখে এবং শেখে।

বাচ্চাদের কাছে কোনটা প্রয়োজন আর কোনটা তাদের শখ তা বোঝানো খুবই প্রয়োজন। অনেক সময় বড়রা অন্ধ ভালোবাসার কারণে বাচ্চাদের সমস্ত চাহিদা পূরণ করে। উপহার স্বরূপ বা পুরস্কার স্বরূপ বিভিন্ন খাদ্য বস্তু ও টাকা-পয়সা দিয়ে বড়রাই বাচ্চাদের স্বভাব নস্ট করে। বাচ্চাদের ছোট থেকেই এটা বোঝান যে আমরা যা চই সেই সমস্ত কিছু কেনা সম্ভব না। কোন গুলি আমাদের প্রয়োজনীয় বস্তু তা আমাদের নিজেদেরই বুঝতে হবে, গুরুত্ব নির্ধারণ করতে হবে। এছাড়া তাদের নিম্নলিখিত বিষয় গুলিও শেখান ঃ

- বাচ্চাদের সমস্ত চাহিদা পূরণ করার ব্যাপারে অপেক্ষা করতে শেখান।
- বাচ্চাদের কম সঞ্চয় এবং দীর্ঘকালীন সঞ্চয় সম্পর্কে বলুন।
- টি.ভি. বন্ধ করে হোমওয়ার্ক করলে তারাই খেলার জন্য বেশী সময় পাবে, তাদেরকে সেটা বোঝান, দশ টাকার নোট বা চকলেট দিয়ে টিভি বন্ধ করার চেস্টা করবেন না।
- ডিস্কের পরিবর্তে তাদের ভালো কোন বই কেনার শিক্ষা দিন, এবং উচ্চ শিক্ষার জন্য পয়সা জমানো কতটা প্রয়োজন তাও বোঝান।
- বাচ্চাদের নিজেদের সাথে ব্যাঙ্কে নিয়ে যান, সেখানে তাদের নামেও বই করান এবং সেই ব্যাপারে তাদের শিক্ষিত করা খুবই জরুরী।
- নিজেদের সাথে ব্যাঙ্কে নিয়ে গেলে বাচ্চারা পয়সার গুরুত্ব বুঝতে পারবে।
- নিজেদের প্রয়োজন এবং অর্থনৈতিক ব্যবস্থাপনা সম্পর্কেও বাচ্চাদের সঙ্গে কথা বলুন। আপনাদের বাচ্চারাও যেন জানতে পারে যে আপনাদেরও কিছু ইচ্ছা কিছু শখ আছে। সীমিত পয়সা হওয়ার কারণে আপনারা তা পূরণ করতে পারেন না এবং খরচের ব্যাপারে আপনাদের একটা সীমা নির্ধারিত আছে।

■ ■ ■

বড়দের 'আশীর্বাদের' দ্বারা উপার্জিত অর্থ

পাখিদের বাচ্চারা বড় হওয়ার পরেই বাসা ছেড়ে উড়ে যায়, ঠিক একই ভাবে আজকাল আমাদের সন্তানরাও বিদেশে গিয়ে বসবাস শুরু করে দিচ্ছে আর বৃদ্ধাবস্থায় বাবা-ছাড়া একাই জীবন অতিবাহিত করছে। গুরুজনদের এই অবস্থার কথা মাথায় রেখে যদি রিয়েল ইস্টেটে অর্থ বিনিয়োগ করা যায় তবে শুধুমাত্র যে তাদের থাকার সুবন্দোবস্ত হবে তাই না বরং তা অর্থ উপার্জনেরও একটা পথ হয়ে উঠবে। দেশের পরিবর্তিত আর্থিক পরিদৃশ্যের সাথে পরিবারের মূল্যবোধও বদলে যাচ্ছে এবং সেই কারণে লোকেরা শীঘ্র অর্থ উপার্জনের পিছনে ছুটে চলেছে। এর ফলে দেশে সুপার ডিলক্স সিনিয়ার সিটিজেন হোমসের নুতন ধারনা নিজের স্থান করে নিচ্ছে। ফাইভ স্টার হোটেলের থেকেও অনেক বেশী জাকজমক পূর্ণ বাড়ী আপনার জন্য ধন কুবের বলে প্রমাণিত হতে পারে, শুধুমাত্র তা নির্মাণ করারই আবশ্যকতা থেকে যায়।

এই বিরাট মহল কিনবে কে সেই প্রশ্নই এসে যায় রিয়েল ইস্টেট ডেভালপারদের মনে। কে সুপার ডীলাক্স লাকজারী হোটেলের জন্য এত টাকা খরচ করবে। প্রকৃত পক্ষে আমাদের দেশে এমন অনেক বয়স্ক নাগরিক আছেন যাদের কাছে পুরানো বাঙ্গলো থাকার জন্য তারা প্রচুর টাকার মালিক কিন্তু তা মেরামত করার জন্য বা দেখাশোনার জন্য কোন লোকই নেই। এই ধরণের বয়স্ক নাগরিকদের হয় সন্তান নেই বা থাকলেও তারা তাদের ছেড়ে হয় কোন মহানগরে বা বিদেশের কোন স্থানে আস্থানা গড়েছে।

আর এক শ্রেণীর মানুষ আছে যার নিজেদের পয়সা সুপার ডীলক্স সিনিয়ার সিটিজেন হোমে লাগাতে চায়। এরা ভারতীয় কিন্তু বেশ কিছু বছর আগে বিদেশে গিয়ে বসবাস শুরু করেছিল, বর্তমানে তারা পুণরায় ভারতে আসতে চাইছে। এই

ধরণের লোকেরা বিদেশে যথেস্ট লাক্জারি ভাবে অতিবাহিত করার ফলে ভারতেও তারা সেই সমস্ত সুবিধা গুলিই খুঁজে বেড়াচেছ।

ভালো গুণমানের সিনিয়ার সিটিজেন হোম আমেরিকা ইউকে বা কানাডাতে নেই এমন নয়, কিন্তু সেই সিটিজেন হোম গুলিতে সেই বিশেষত্ব নেই যার ফলে বয়স্ক এন আর আই নাগরিকরা দেশে ফেরার জন্য লালায়িত হয়ে উঠছে। সেই বিশেষত্ব গুলি হল মাতৃত্ব প্রেম, সদ্ভাবের দ্বার সমস্ত প্রকারের সুবিধা যার প্রয়োজন বয়স্কদের হয়ে থাকে। যদি উপরোক্ত সুবিধা গুলির সাথে লাক্জারি হোম তৈরী করা যায় এবং তা পরিচালনা করা যায় তবে তা যথেস্ট সফলতা প্রদান করবে।

লণ্ডনের সামাজিক সংগঠন সিনিয়ার সিটিজেন হোম তৈরী ও তা রক্ষনাবেক্ষন করতে বিশেষ আগ্রহী। ভারতে ফ্র্যাংচাইজী মডলে তৈরী ও চালানো যেতে পারে। সিনিয়ার সিটিজেন হোমসের ফ্র্যাংচাইজী সংগঠন বয়স্ক নাগরিকদের হলিডের সুবিধাও প্রদান করে থাকে। বেশ কিছু দেশ ঘোরার পর আমার মনে হয় যে যদি বয়স্ক নাগরিকদের মেডিকেল সুবিধার সাথে বাধাহীন জীবন যাপনের সুযোগ দেওয়া হয় তো বিদেশে বসে থাকা ভারতীয়রা ভারতে সুপার ডীলক্স লাক্জরী স্টার সিনিয়ার সিটিজেন হোম বানাত ইচ্ছুক ডেভলপারদের একটা বিষয় অবশ্যই মাথায় রাখতে হবে যে তাদের বাড়ীতে যেন কোন ব্যক্তির সাথে কথা বলার সুবিধা থাকে। এরজন্য ডেভলপার প্রতি ব্যক্তির জন্য একজন অটেন্ডেন্ট কাছাকাছি হওয়া উচিত। সেই সাথে নার্সিং কেয়ার এম্ব্যুলেন্স, ব্যাঙ্ক, বাজার, যাওয়ার জন্য মেস প্রভৃতি বিষয় গুলিও মাথায় রাখতে হবে।

■ ■ ■

কর বাঁচানোর অন্যতম উপায় হল পুঁজিগত লাভ

যে কোন ব্যক্তি তার নিজের বসত সম্পত্তি বিক্রি করে দিয়ে একটা নির্দিষ্ট সময় অবধিতে অন্য বসত সম্পত্তি কিনে তবে সে আয়কর আইন অনুসারে 1961-র ধারা 54 অনুসারে পুঁজিগত লাভের উপর আয়করের হাত থেকে মুক্তি পায়। সী আই টি নাম শ্রীমতী সুমীতার মামলায় দিল্লির হাইকোর্ট এক সুন্দর সিদ্ধান্ত দিয়েছিল। এই মামলায় মাননীয় জজ বলেছিলেন, আয়কর আইনের ধারা 54 অনুসারে আয়করের ব্যাপারে ছাড় পাওয়ার জন্য যদি কোন ব্যক্তি একটা সম্পত্তি বিক্রী করে একটা নির্দ্দিষ্ট সময় পর্যন্ত অন্য আর এক সম্পত্তির চারটে অংশ থাকে তবে এই সম্পত্তি বিক্রীর জন্য চারটে উইল চাই। এছাড়া এই ধরণের সম্পত্তির মালিক একজনই হতে হবে তবেই পুঁজিগত লাভের উপর করের ছাড় পাওয়া যাবে। হাইকোর্টের জজ আয়কর আপিলের ট্রিব্যুনালেরএই বিষয়টা মেনে নিয়েছিল যে প্রপার্টির চারটে অংশের চারটে দলিল সওদার প্রকৃতিকে প্রভাবিত করে না। বিশেষ করে প্রপার্টি যখন নিজের বসবাস করার জন্য কেনা হচেছ তখন এই প্রপার্টি কেনার জন্য যে অর্থ খরচ হয় তার উপর কোন রকম আয়কর দিতে হয়না। বিষয়টা ভালো মতন বোঝার জন্য আমরা একটু গভীরে প্রবেশ করতে পারি। এক ব্যক্তি তার শাহপুর গ্রামে অবস্থিত বাড়ীটি প্রায় তিরিশ লক্ষ টাকায় বিক্রী করেছে আর এই টাকা দিয়ে সে দিল্লির রামকিশোর রোডে অবস্থিত এক বাড়ী কিনে তা মেরামত করে নিয়েছে।

যে আয়কর আইনের ধারা 54 অনুসারে কর ছাড়ের জন্য আবেদন করে কিন্তু আয়কর অফিসার তার আবেদন না মঞ্জুর করে দেয় কারণ প্রপার্টি বিক্রীর সওদা শুধুমাত্র কাগজে হয়েছিল এরপর এই ব্যক্তি আয়কর বিভাগের সর্বোচ্চ অফিসারের কাছে আপিল করে কিন্তু সে ও তার আপিল না মঞ্জুর করে দিয়ে বলে এই ব্যক্তি

যে প্রপার্টি কিনেছে তার দুটি আলাদা-আলাদা মালিক আছে। এই অফিসারের মতে শুধুমাত্র একজনের কাছ থেকে সম্পত্তি কিনলে তবেই কর ছাড় পাওয়া সম্ভব। ট্রিব্যুনালের সমক্ষে আপিল করার পর ট্রিব্যুনাল পুরো বিষয়টিকে গম্ভীরতার সাথে বিচার বিবেচনা করে বলে তাতে পরিবর্তন আনে। সাক্ষীর মতানুসারে এই ব্যক্তি একজন মালিকের কাছ থেকেই এই প্রপার্টি কিনেছিল এবং সম্পত্তি কেনার দিন থেকে সে তা বসবাসের উদ্দেশ্যেই ব্যবহার করেছে। যে হেতু এই ব্যক্তি প্রপার্টির চারটে আলাদা অংশের জন্য আলাদা-আলাদা উইল তৈরী করেছিল, তাই তা সওদার প্রকৃতিকে প্রভাবিত করে না। তাই সে আয়কর ছাড়া পাওয়ার অধিকারী। এই ব্যাপার থেকে পরিস্কার বোঝা যাচেছ যে কোন ব্যক্তি যদি একটাই সম্পত্তির দুটি-তিনটে অংশ কেনে, তবে যেহেতু তা একটাই সম্পত্তির অংশ সেই কারণে তা একটাই সম্পত্তি বলে ধরে নেওয়া হয়।

■ ■ ■

বাড়ীর মালিকগণ বেশী কর ছাড় পায়

নিজের বাস করারজন্য কেনা বসত বাড়ী এবং ভাড়া দেওয়ার জন্য কেনা বাড়ীর উদ্দেশ্যে যে হোম লোন নেওয়া হয় তার উপর কর ছাড়ের ব্যাপারে আয়কর আইন 1961-এ আলাদা নিয়ম ও প্রক্রিয়ার উল্লেখ আছে। এটা সকলেই জানে যে, ব্যক্তি সে বাড়ীতে নিজে বাস করে তার জন্য নেওয়া হোম লোনের সুদের উপর বছরে দেড় লক্ষ টাকা ছাড় দেওয়া হয়। এছাড়া আইনএটা দেখানো যে এই লোন কার থেকে নেওয়া হচেছ। সুতরাং এটা বোঝা যাচেছ যে, নিজের বাস করার জন্য কেনা বাড়ীর ক্ষেত্রে যে কোন ব্যক্তির থেকে লোন নেওয়া যায় এবং তা ফেরত দেওয়ার সময় সর্বাধিক দেড় লক্ষ টাকার উপর কর ছাড় পাওয়া যায়। যদিও 1999 সালের 1 এপ্রিলের পরেই বাড়ী কেনা বা নির্মাণের ব্যাপারে এই নিয়ম ধার্য্য হয়েছে। সমস্ত করদাতাকে অপর যে শর্ত পূরণ করতে হবে তা হল বসত বাড়ী কেনা বা নির্মাণের জন্য যে লোন নেওয়া হচেছ লোন গ্রহণের তিন বছরের মধ্যেই সেই বাড়ী কেনা বা নির্মাণের কাজ সম্পূর্ণ করতে হবে।

আপনি যখন লোন নিয়ে বাড়ী কেনার ব্যাপারটা সুনিশ্চিত করেই ফেলবেন তখন এটাও দেখে নেবেন যেন বিল্ডার তিন বছরের মধ্যে আপনাকে বাড়ীর পজিশান দিয়ে দেয়। যদি তা না হয় তবে হাউসিং লোনের পুরণ প্রদানের ব্যাপারে আপনি আর কর ছাড় পাবেন না। আপনার বাড়ী যদি 1999 সালের 1 এপ্রিলের আগে কেনা বা বানানো হয় তবে আপনি শুধুমাত্র 30 হাজার টাকার উপরেই কর ছাড় পাবেন।

ভাড়ায় দেওয়া বাড়ীর লোনের সুদ প্রদানের ব্যাপারে আইন আয়কর ছাড়ের জন্য কোন রকম সীমা নির্ধারণ করেনি। নিজস্ব বসবাসের জন্য কেনা বাড়ীতে বছরে সর্বাধিক দেড় লক্ষ্য টাকার ছাড পাওয়া যায়। এই কর ছাড় বসত বাড়ীর

জন্যই সীমিত। ভাড়ায় দেওয়া প্রপার্টির ক্ষেত্রে কর ছাড়ের ব্যাপারে কোন সীমা নির্ধারিত নেই। বাড়ীর যে অংশে ভাড়া দেওয়া হয় তার জন্য কর ছাড়ের সুবিধা পাওয়া যায়। এর জন্য কোন রকম সীমা নির্ধারিত নেই সুতরাং ভাড়া দেওয়ার জন্য যত খুশী বাড়ী কিনুন ও তার জন্য গৃহিত লোনের সুদ প্রদানের ব্যাপারে সম্পূর্ণ রূপে আয়কর মুক্তির জন্য আবেদন করতে পারেন।

বাস্তবে এই ছাড় সেই সমস্ত লোকেদের কাছে আশীর্ব্বাদ হয়ে উঠেছে যারা প্রপার্টি ভাড়া দিয়ে অর্থ উপার্জন করতে চায়। কখন কখন একটা বাড়ীর এক অংশে মালিক স্বয়ং বসবাস করে এবং অপর অংশে ভাড়া বসানো হয়। এমন অবস্থায় করদাত বসত ভিটির ব্যাপারে দেড় লক্ষ টাকার কর ছাড় পায় আর যে অংশে ভাড়া দেওয়া আছে তার জন্য প্রদেয় সুদের ব্যাপারে কোন সর্বোচ্চ সীমা নেই।

■ ■ ■

এইচ ইউ এফ-এর নামে অর্থ বিনিয়োগ লাভজনক

আয়কর আইন অনুসারে ব্যক্তি হিন্দু অবিভাজিত পরিবার (এইচ ইউ এফ)-এর নামে প্রপার্টি কিনতে পারে, এই প্রপার্টি বসবাস যোগ্য বা কমার্শিয়াল দুইই হতে পারে। সেই সাথে প্রপার্টির কেনার জন্য সে আয়কর লাভও পেতে পারে। যেভাবে একজন ব্যক্তিগত করদাতা কর ছাড় পায়, সেই ভাবে হিন্দু অবিভাজিত পরিবারের জন্যও কর ছাড় পেয়ে থাকে।

পাঠক এটা জেনে খুশী হবে যে, হিন্দু অবিভাজিত পরিবার যে সম্পত্তি কিভাবে আয়কর আইন অনুসারে তার জন্য প্রদেয় লোনের সুদের টাকার উপর বাৎসরিক দেড় লক্ষ টাকার ছাড়ের আবেদন করতে পারে। একই ভাবে যদি লোন নিয়ে হিন্দু অবিভাজিত পরিবার কোন সম্পত্তি কেনে তবে প্রদেয় সুদের দেড় লক্ষ টাকার উপর কর ছাড়ের আবেদন করতে পারে। এতে সবচেয়ে গুরুত্ব বিষয় হল পরিবারের সদস্যও সম্পত্তি কেনার জন্য পরিবারকে লোন দিতে পারে। এই পরিবার যদি 1999 সালের 1 লা এপ্রিলের পর সম্পত্তি কেনে তবেই তার অধিকতম সীমা দেড় লাখ টাকা হবে। আয়কর আইনের ধারা 70C অনুসারে এইচ ইউ এফ আর একটা ছাড় পায়। একজন ব্যক্তির মতন হিন্দু অবিভাজিত পরিবার ও হাউজিং লোনের পুণর প্রদানের ব্যাপারে কর ছাড় পেতে পারে। হাউজিং লোন পুরন প্রদানের ব্যাপারে এইচ ইউ এফ এক লক্ষ টাকা কর ছাড় পেয়ে থাকে।

যদি এইচ ইউ এফ তার সম্পত্তিতে ভাড়া বসায় তাহলেও কর ছাড়ের আবেদন করতে পারে। এক্ষেত্রে এইচ ইউ এফ সম্পত্তির ভাড়া স্বরূপ যে টাকা পায় বছরে তার থেকে তিরিশ শতাংশ কেটে নিয়ে কর ছাড়ের লাভ পেতে পারে। এক্ষেত্রে একটা গুরুত্বপূর্ণ বিষয় হল ভাড়া দেওয়া সম্পত্তির আংশিক বিভাজন

সম্ভব না। আসলে হিন্দু অবিভাজিত পরিবার তার পরিবারের সদস্যকে ভাড়ায় বসাতে পারেনা। এমন অবস্থায় প্রপার্টির মালিকানা এইচ ইউ এফ-এর অন্য কোন সদস্যের হাতে চলে যেতে পারে, এই সম্পত্তির থেকে প্রাপ্ত আয়কে হিন্দু অবিভাজিত পরিবারের আয় বলে ধরা হয়না। এর কারণ হল আয়কর আইন আংশিক বিভাজনকে মান্যতা দেয়না। তাই যখন হিন্দু অবিভাজিত পরিবার ভাঙার পরিকল্পনা করবেন, তখন করের দৃষ্টিতে তা সম্পূর্ণ হতে হবে আংশিক হলে চলবেনা। আইনে যে সংশোধন এসেছে সেই অনুসারে এইচ ইউ এফ-এর মহিলা মহিলা সদস্য বিয়ের পরেও এইচ ইউ এফ-এর সদস্য থেকে যায়। তাই মনে রাখবেন যে যদি আপনার মেয়ে থাকে তবে বিয়ের পরেও সে আপনার পরিবারেরই সদস্য থেকে যাবে।

■ ■ ■

লোন নিয়ে বাড়ী সারানো লাভজনক

একবার বাড়ী কেনার পর মাঝে মধ্যে তা সারানোর জন্য পয়সা খরচ করতে হয়। এখন প্রশ্ন ওঠে, বাড়ী সারানোর ব্যাপারে কর সম্পর্কিত ব্যবস্থাপনা কি। এর অতি সাধারণ উত্তর হল আলাদা-আলাদা করদাতার জন্য প্রপার্টি ব্যবহাররের হিসাবে করের ব্যবস্থাপনাও ভিন্ন-ভিন্ন। বিভিন্ন পরিস্থিতিতে প্রপার্টি রক্ষনাবেক্ষণের জন্য বিভিন্ন ধরণের কর প্রযোজ্য হয়ে থাকে। যে প্রপার্টি মেরামত করা হবে তাতে মালিক নিজেই বসবাস করে নাকি তা ভাড়ায় দেওয়া আছে, নাকি তা বিজনেসের জন্য ব্যবহৃত হয় এ সমস্ত কিছুর উপর কর প্রদানের ব্যাপারটা নির্ভর করে। আসুন বিভিন্ন পরিস্থিতির ভিত্তিতে সম্পত্তির উপর কর প্রদানের ব্যাপারটির দিকটা লক্ষ্য করা যায়।

সে সম্পত্তিতে মালিক স্বয়ং বসবাস করে তা মেরমত করার জন্য ব্যক্তি শুধুমাত্র সেই টাকার উপরেই কর ছাড় পায় যা সে সুদ রূপে প্রদান করবে। যদিও মেরামত-এর উদ্দেশ্যে গৃহিত লোনোর সুদের উপরেই এই ছাড় পাওয়া যায়। আয়কর আইন 1961-এর ধারা 24 অনুসারে এই ধরণের লোনের উপর বছরে সর্বাধিক তিরিশ হাজার টাকার সুদের ছাড় পাওয়া যায়। এখন আমরা এই প্রপার্টি সম্পর্কে কথা বলব যাতে ভাড়া বসানো হয় এবং সেই প্রপার্টির মেরামত করা হয়। এই ধরণের প্রপার্টি মেরামত-এর ক্ষেত্রে যে টাকা খরচ হয় তার উপর কোন রকম করে ছাড় পাওয়া যায়না। এর প্রধান কারণ হল আয়কর আইন 1961-এ আগে থেকেই সেই করদাতাদের ছাড় দেওয়ার বন্দোবস্ত করা আছে যারা ভাড়ার থেকে আয় করে থাকবে। এর উপর বছরে তিরিশ শতাংশ কর ছাড়ের সুবিধা আছে। যদি লোন নিয়ে ভাড়া দেওয়া প্রপার্টির মেরামত করা হয় তবে সেই পরিস্থিতিতে লোনের সুদ ভাড়ার থেকে কাটা যেতে পারে। এক্ষেত্রে সবচেয়ে আনন্দের বিষয় হল

এই সুদের ব্যাপারে কর ছাড়ের কোন নির্ধারিত সীমা নেই।

এখন আমরা সেই প্রপার্টির কথা বলব যা কোন বিজনেস বা পেশার ক্ষেত্রে ব্যবহৃত হয়। এমন অবস্থায় যে সমস্ত লোকেরা বসত বাড়ীটি বিজনেস বা পেশার জন্য ব্যবহৃত করে তাদের বাড়ী মেরামত-এর জন্য যে টাকা খরচ হয় তা সম্পূর্ণটাই ছাড় যোগ্য, কিন্তু তার পিছনে শর্ত হল খরচের প্রকৃতি যেন পুঁজিগত না হয়। প্রপার্টি মেরামত জনিত খরচ সম্পর্কে কর ছাড়ের ব্যাপারে কোন সীমা নির্ধারিত নেই। এছাড়া যদি লোন নিয়ে প্রপার্টি মেরামত করানো হয় তবে লোনের জন্য প্রদেয় সুদের সম্পূর্ণ রাশির উপর কর ছাড় পাওয়া যাবে। এই ছাড়ের বিশেষত্ব হল এর জন্য কোন সীমা নির্ধারিত নেই। এছাড়া কি ধরণের লোকেরা লোন পাবে সেই ব্যাপারে কোন বাধা নিষেধ নেই।

■ ■ ■

বাড়ী হোক বা জমি সবেতেই কর ছাড়

কোন ব্যক্তি বা হিন্দু অবিভাজিত পরিবার তখন সম্পত্তির উপর কর প্রদান করে যখন শুদ্ধ কর যোগ্য সম্পত্তি পনেরো লাখ টাকার বেশী হয়। যদিও সম্পত্তির ব্যাপারে বিভিন্ন ধরণের ছাড় পাওয়া যায় যার ফলে দেশের বেশীর ভাগ আয়কর দাতার সম্পত্তি করের আওতার বাইরে চলে যায়। আপনার প্রথম সম্পত্তির মালিক হিসাবে আপনি এটা জেনে খুবই খুশী হবেন যে আপনার প্রথম বসত সম্পত্তির উপর আপনাকে কোন রকম কর প্রদান করতে হবেনা। এক্ষেত্রে প্রপার্টির মূল্যের দিকেও কোন রকম ধ্যান দেওয়া হয়না। একটা অচল সম্পত্তির ক্ষেত্রে কর ছাড়ের মূল সীমা পনেরো লক্ষ টাকারও উপরে। আপনি নিজের নামে একটা প্রপার্টি কিনে কর প্রদানের হাত থেকে রেহাই পেতে পারেন। ধরুন আপনি 70 লক্ষ টাকা মূল্যের একটা অট্টালিক কিনেছেন তার জন্য আপনার কর প্রদানের পরিমাণ হবে শূন্য। তাই কোন পরিবারের প্রত্যেক প্রাপ্তবয়স্ক সদস্যের নামে সম্পত্তি কিনে অর্থ বিনিয়োগের লাভ নেওয়া যায়।

এই ভাবে করদাতার কেনা সমস্ত কমার্শিয়াল সম্পত্তি কর প্রদানের আওতার বাইরে এবং তা সম্পূর্ণ রূপে কর মুক্ত। যদি আপনার কাছে দোকান অফিস বা ফ্যাক্টরী বিল্ডিং রূপে কোন সম্পত্তি থাকে তবে এই ধরণের কমার্শিয়াল সম্পত্তির জন্য আপনার কোন রকম চিন্তা করতে হবে না। তাই আপনি নিজের ইচ্ছা মতন নিজের নামে কমার্শিয়াল সম্পত্তি কিনতে পারেন তাও কোন রকম সম্পত্তি কর প্রদানের চিন্তা ছাড়াই। সম্পত্তি কর আইনের ব্যবস্হাপনার অনুসারে সমস্ত বসতবাড়ীতে এক বছরের মধ্যে তিনশো দিনের বেশী ভাড়া থাকলে সেই সম্পত্তি কর প্রদানের গণ্ডীর বাইরে। তাই আইন অনুসারে অসংখ্য সম্পত্তিরউপর কর ছাড়ের যে সুবিধা পাওয়া যায় তা মাথায় রেখে রিয়েল ইস্টেটে অর্থ বিনিয়োগ

করাই সবাধিক লাভজনক সওদা। আমি আগেই বলেছি যে একটা বসত বাড়ীর জন্য কোন রকম কর দিতে হয়না। সম্পত্তি কর আইনের ধারা 5 অনুসারে হাউস প্রপার্টির ব্যাপারে যে ছাড় পাওয়া যায় তা হাউস প্রপার্টির মধ্যেই সীমা বদ্ধ নয়, বরং খালি পড়ে থাকা জমির ব্যাপারেও এই ছাড় পাওয়া যায়, কিন্তু শর্ত হল। সেই জমি যেন 500 বর্গ ফুটের বেশী না হয়। তাই এই সব বিষয় মাথায় রেখে আপনার বাড়ীর প্রত্যেক প্রাপ্ত বয়স্ক সদস্যের নিজেদের নামে অচল সম্পত্তি কেনা উচিত। যদি অচল সম্পত্তি কিনতে না চান তবে পরিবারের প্রাপত বয়স্ক সদস্যদের নামে 500 বর্গ মিটার পর্যন্ত খালি জমি ও কিনতে পারেন।

সম্পত্তি করের জাল থেকে বাঁচার জন্য সবচেয়ে বুদ্ধিমানের কাজ হল আপনি নিজের নামে একাধিক বসত ভিটে কিনবেন না। এতে আপনি সম্পত্তি কর আইনের ব্যবস্হাপনার লাভ নিয়ে রিয়েল ইস্টেটে অর্থ বিনিয়োগ করতে পারেন এবং সম্পত্তি করের হাত থেকে রেহাই পেতে পারেন।

■ ■ ■

বাড়ী বন্ধক রেখে লোন নেবেন না

ব্যবসায়ী ফ্যামেলিতে বসত বাড়ী বন্ধক রেখে প্রায়ই লোন নেওয়া হয়ে থাকে। লোন স্বরূপ প্রাপ্ত টাকা দিয়ে হয় ব্যবসায়ীক উদ্দেশ্য পূরণ করা হয় তা না হলে সংসার চালানো হয়। কিন্তু আমার মনে হয়, বসত বাড়ী বন্ধক না দেওয়াই বুদ্ধিমানের কাজ। এছাড়া অন্য প্রপার্টির সাথে সম্পর্কিত গতিবিধির জন্যও নিজের বাড়ী বন্ধক দেবেন না।

যদি আয়কর আইন 1961-এর ধারা 24 এর ব্যবস্থাপনার দিকে নজর দেওয়া যায় তবে বোঝা যাবে যে হাউস প্রপার্টির ক্ষেত্রে বেশ কিছু নিশ্চিত করের ছাড় দেওয়া হয়েছে। এর মধ্যে অন্যতম ব্যবস্থাপনা বসত বাড়ী বন্ধক রেখে নেওয়া সুদের ক্ষেত্রে করা হয়েছে। নিজে থাকার জন্য যদি আপনি লোন নিয়ে বসতবাড়ী ক্রয় করেন তবে এই সুদের উপর বছরে সার্বাধিক দেড় লক্ষ টাকার ছাড় দেওয়া হয়ে থাকে।

এক্ষেত্রে 1999 এবং 1 লা এপ্রিলের পরে লোন নিয়ে থাকলে তবেই ছাড় পাওয়া সম্ভব। আয়কর আইন অনুসারে সবচেয়ে গুরুত্বপূর্ণ শর্ত হল বাড়ী কেনা বা বানানো। যদি প্রপার্টি বন্ধক রেখে লোন নেওয়া হয় অথচ এই টাকায় বাড়ী কেনা বা নির্মাণ করা না হয় তবে সুদ স্বরূপ প্রদেয় অর্থের উপর কোন রকম কর ছাড় পাওয়া যাবে না।

কর বাঁচানোর কথা ভাবার সময় কখনও প্রপার্টি বন্ধক রাখার কথা মাথায় আনবেন না বা অন্যের প্রপার্টির উপর কোন রকম পয়সা খরচ করবেন না। যদি আপনার লোন নেওয়াটা খুবই প্রয়োজন বলে মনে হয় তবে সেই টাকা দিয়ে বাড়ী কিনুন বা নির্মান করুন আর তারপর সুদ প্রদানের সময় ধারা 24 এর অন্তর্গত আইন অনুসারে কর ছাড়ের জন্য আবেদন করুন। বিদেশ যাত্রা, বিয়ে বা অন্য কোন খরচের জন্য পয়সার ব্যবস্থা অন্য কোন স্থান থেকে করুন। আপনি যখন প্রথম বাড়ীটা কিনবেন তখন এক বছর চলার মতন ব্যবস্থা করে রাখবেন কারণ এই সময় আপনাকে আর্থিক সংকটের মধ্যে দিয়ে কাটাতে হতে পারে।

■ ■ ■

প্রয়োজন বুঝে বাড়ী কিনুন

প্রথম বার বাড়ী কেনা বা তৈরী করার আগে একটু ভেবে নেবেন। প্রথম বাড়ী কেনার আগে আপনি যদি একটু চিন্তা ভাবনা করে নেন তবে আপনার প্রয়োজনটা আপনি ভালো বুঝতে পারবেন। প্রথম বার চিন্তা ভাবনা না করে বাড়ী কিনে ফেললে ভবিষ্যৎ-এ তার জন্য চরম মূল্য দিতে হতে পারে বিশেষ করে আধুনিকিকরন করার সময়। আমরা সকলেই জানি যে, যে সম্পত্তি আপনি কিনছে তার জন্য আপনাকে স্ট্যাম্প শুল্ক প্রদান করতেই হবে। যদি প্রত্যেক দু-তিন বছর অন্তর আপনি প্রপার্টি বদলানোর কথা ভাবেন তবে স্ট্যাম্প শুল্কের জন্য আপনাকে অতিরিক্ত বোঝা বহন করতে হবে। এর হাত থেকে বাঁচার জন্য সর্বপ্রথম প্রয়োজনের কথা মাথায় আনুন আর তারপর প্রথম প্রপার্টি কেনার কথা ভাববেন।

অঙ্কিত গত বছর কালকাজীত একটা স্টুডিও অ্যাপার্টমেন্ট কিনেছিল। সেই সময় ও ছিল অবিবাহিত। গত সপ্তাহে অঙ্কিত বিয়ে করার পর অতি শীঘ্রই বুঝতে পারে যে, ভালো ভাবে থাকার জন্য এই স্টুডিও অ্যাপার্টমেন্টের জায়গা যথেস্ট নয়। সে অতি শীঘ্রই এক কামরার অ্যাপার্টমেন্টে সিফ্‌ট করে যায়। স্টুডিও অ্যাপার্টমেন্ট থেকে রুম অ্যাপার্টমেন্টে শিফ্‌ট হওয়ার সময় প্রপার্টি রেজিস্টেশানে আরো পয়সা খরচ করতে হয়। নতুন অ্যাপার্টমেন্টে শিফ্‌ট হওয়ার কিছু দিন বাদেই অঙ্কিতের বাবা-মা ফোন করে জানায় যে, তারা দিল্লি আসতে এবং এরপর থেকে তার সাথেই থাকবে। ফলে অঙ্কিতের অন্তত পক্ষে দুটো বেডরুম যুক্ত ফ্ল্যাটের প্রয়োজন হয়ে পড়ল।

যখনই আপনি বাস করার জন্য বাড়ী কেনার কথা ভাববেন তখনই ভবিষ্যৎ-এর সম্ভাবনা গুলির কথা চিন্তা করার পরেই পরিকল্পনা করুন। অন্ততপক্ষে পরবর্তী পাঁচ বছরের কথা মাথায় রেখে বাড়ী কিনলে শুধু যে আপনার পয়সাই বাঁচবে তাই নয়, বরং বারবার শিফ্‌ট করার ঝামেলা থেকেও মুক্তি পাবেন। পাঁচ থেকে দশ বছর বাদে প্রপার্টির দাম কি হতে পারে আপনি নিজে অবশ্যই তা বুঝতে

পারছেন।

বসত বাড়ীতে কতটা স্হানের প্রয়োজন সেই সম্পর্কে চিন্তা করার সময় পরিবারের পরিস্হিতির কথা মাথায় রাখবেন।

উদাহরণ স্বরূপ বলা যায়, আপনি যদি কোন মহানগরে কাজ করেন এবং আপনার পরিবারে সবাই যদি (বাবা-মা, ভাই-বোন) কোন ছোট গ্রামে থাকে তবে তারাও হয়তো নিজেদের পায়ে দাঁড়াবার জন্য আপনার কাছে এসে থাকতে চাইবে। তাই প্রথম বাড়ী কেনার সময় কমপক্ষে একটা গেস্টরুমের কথা অবশ্যই মাথায় রাখবেন। এতে করে আপনার আত্মীয় স্বজন এলে আপনি তাদের প্রয়োজন পূরণ করতে পারবেন।

কখন কখনও আপনার কোন বিশেষ আত্মীয় গুরুতর রোগে আক্রান্ত হলে আপনার একটা অতিরিক্ত ঘরের প্রয়োজন হতেই পারে। আপনার বাবা-মার বয়স হলে আপনি যে মহানগরীতে থাকেন যদি সেখানকার মেডিকেল সুবিধা খুবই ভালো হয় তবে তারা আপনার সাথে এসে থাকতে চাইতে পারে। তাই প্রথম বাড়ী কেনার সময় এই বিষয় গুলির কথা মাথায় রাখতেই হয়।

■ ■ ■

সার্কিল রেটের কথা মাথায় রেখে বাড়ী কিনুন

প্রথম বার বাড়ী কেনার সময় সমস্ত রেজিস্টার অফিসে স্ট্যাম্প শুল্ক দর করার সময় বিশেষ সাবধানতা অবলম্বন করতে ভুলবেন না। স্ট্যাম্প শুল্কের দর বিক্রীত দলিলের অনুসারে না হয়ে 'সার্কিল রেট' অনুসারে হওয়া উচিত, যেভাবে সমস্ত রেজিস্টার তৈরী করে। 'সার্কিল রেট' সম্পর্কে জানার পর যে সম্পত্তি আপনি কিনছেন তার স্ট্যাম্প শুল্কের জন্য কত টাকা প্রদান করতে হবে তা আপনি নিজেই বুঝতে পারবেন। প্রপার্টির রেজিস্টেশানে স্ট্যাম্প শুল্ক বাবদ মোটা টাকা প্রদানের হাত থেকে বাঁচারজন্য নিজের স্বপ্নের বাড়ী কেনার আগে নিজের ক্ষেত্রের সার্কিল রেট সম্পর্কে জেনে নিলে তা খুবই লাভজনক বলে প্রমাণিত হবে।

সাধারণত দেশের বেশীরভাগ অংশে সাব্-রেজিস্টার দ্বারা সৃষ্ট সার্কিল রেট সমস্ত অর্থ বিনিয়োগকারীরাই স্বীকার করে নেয়। কিন্তু যদি আপনি সাব রেজিস্টার দ্বারা সৃষ্ট সার্কিল রেটে সত্যিই খুশী না হন তবে আপনি ক্রয় করা সম্পত্তি রেজিস্ট্রি করে নিতে পারেন এবং সেই সম্পর্কিত অফিসার আপনার দলিল ও প্রদেয় টাকার সঠিক অনুমান করে নেবে। ব্যবহারিক ক্ষেত্রে এমনটা খুব কমই হয়।

আয়কর আইনের ব্যবস্হাপনা অনুসারে 1961 এর ধারা 50C তে যে প্রপার্টি বিক্রী করছে তার সম্পর্কে নিশ্চিত কিছু সিদ্ধান্ত গ্রহণ করা হয়েছে। এতে বিক্রীর দলিলে প্রপার্টির যে দাম উল্লেখ করা আছে প্রপার্টির প্রকৃত দাম তা গণ্য না করে সার্কিল রেট হিসাবে তা মানা হয়। এই কারণে প্রথম প্রপার্টি কেনার সময় উচ্চ সার্কিল রেট থাকার জন্য স্ট্যাম্প শুল্ক হিসাবে মোটা টাকা প্রদান করতে হয়। যদিও যে প্রপার্টি বিক্রী করছে সে অনেক উঁচু দাম পাওয়ার জন্য পুঁজিগত লাভের উপর তাকেও কর প্রদান করতে হয়।

এক্ষেত্রে একটা বিষয় মাথায় রাখতে হবে যে, ভবিষ্যৎ-এ আপনি যদি অনেক

বড় বাড়ী কিনতে চান এবং তার জন্য যদি আপনাকে আপনার প্রথম বাড়ী বিক্রী করতে হয় তবে ধার 50C-এর ব্যবস্হাপনা আপনার উপরেও প্রযোজ্য হবে এবং সার্কিল রেট অনুসারে পুঁজিগত লাভের উপর কর প্রদান করতে হবে। একটা উদাহরণের সাহায্যে সার্কিল রেটের ব্যাপারটা অতি সহজেই বোঝানো যেতে পারে। ধরুন কানাই লাল তার এক স্কুলের বন্ধু রাম লালের কাছ থেকে কুড়ি লক্ষ টাকা দিয়ে একটা প্লট কিনেছে। এই প্লটের রেজিস্ট্রেশানের জন্য কানাই লাল দশ শতাংশ হারে স্ট্যাম্প শুল্ক প্রদান করেছে।

বিক্রীর টাকার ভিত্তিতে প্লটের রেজিস্ট্রেশানের উপর দুই লক্ষ টাকার স্ট্যাম্প শুল্ক লাগবে। কিন্তু সার্কেল রেট অনুসারে এই জমির ম্যূল 32 লাখ টাকা। সার্কিল রেট অনুসারে স্ট্যাম্পের শুল্ক গণনা করলে তা 32 লাখ টাকার উপরেই করা হবে। তাই সেল ডিড প্রযোজ্য করার জন্য 320 লাখ টাকার স্ট্যাম্প শুল্ক ব্যবহার করতে হবে যা সার্কিল রেটের দশ শতাংশ। এই অনুসারে কানাই লালকে 3.20 লাখ টাকার স্ট্যাম্প পেপার কিনতে হবে এবং সেল ডিডে তার উল্লেখ করতে হবে। বিক্রয় মূল্য ও সার্কিল রেটের মধ্যে যে পার্থক্য হচ্ছে তার জন্য তাকে অতিরিক্ত আইনি স্ট্যাম্প পেপারের সাহায্যে অর্থ প্রদান করতে হবে, যার উপর দলিল স্ট্যাম্প করানো হবে। স্ট্যাম্পের অর্থ প্রদানের ব্যাপারে যে পার্থক্য দেখা যায় তার জন্য কখন-কখন সাব রেজিস্ট্রারকেও নগদ অর্থ প্রদান করা যেতে পারে। এরজন্য ক্রেতাকে অর্থ প্রদানের রসিদ সাব রেজিস্ট্রারের অফিস থেকেই নিয়ে নিতে হয়।

■ ■ ■

এইচ আর এ এবং হোম লোনের মাধ্যমে রিটার্নের লাভ নিন

এইচ আরএ এবং হোম লোন দুটির জন্যই কর্মচারীরা ছাড় পাবে কিনা তাই নিয়ে অধিকাংশ কোম্পানীর মনেই সংশয় আছে। এই অধ্যায়ে পুণরাবৃত্তির জন্য আমি নিয়মিত পাঠকদের কাছে ক্ষমা চাইছি, কারণ কিছুদিন আগেই আমি হাউস রেন্ট এলাউন্স সম্পর্কিত বিভিন্ন কর ব্যবস্থা সম্পর্কে বিস্তারিত আলোচনা করেছি। কিন্তু রিটার্ন জমা দেওয়ার তারিখ এসে যাওয়ার ফলে পাঠকদের মনে এখনও দ্বিধা রয়েই গেছে। এবং এই সমস্ত পাঠকদের দ্বিধা দূর করার জন্যই আমি চেষ্টা করে চলেছি। বিনায়ক সান্ভের মতে তার কোম্পানী এক সাথে দুটো ছাড়ের সুযোগ দেয় না।

আয়কর আইনে এমন কোন ব্যবস্থাপনা আছে কি যার সাহায্যে একত্রে দুয়ো ছাড় পাওয়া সম্ভব, আয়কর আইনের ধারা 10 (13A)-এর নিয়ম 2A তে এইচ আর এ সম্পর্কিত কর ব্যবস্থাপনার কথা বলা আছে। ধারা 24 অনুসারে হোম লোনের সুদের উপর ছাড় পাওয়া যায়। ধারা 10 এবং 24 দুটোর মধ্যে কোথাও এমন কথা লেখা নেই যে এইচ আর এ এবং হোম লোন দুটির ছাড় এফ সাথে পাওয়া সম্ভাবনা। এখন ধারা 70C (তার অন্তর্গত পিঁ পি এফ, এন এস সি, ই এল এস এস প্রভৃতি পড়ে) এবং ধারা 70D (মেডিকেল ইন্‌শিয়োরেন্স প্রিমিয়াম)-এর কথা বলছি। সকলেই জানে যে ধারা 70C ও 70D দুটোর জন্যই আলাদা-আলাদা ভাবে আবেদন করা যায়, কিন্তু একথাও কোথাও স্পষ্ট ভাবে বলা হয়নি অন্যদিকে ধারা 70G তে যে সমস্ত করদাতারা এইচ আর এ পায়না তাদের জন্য ভাড়ায় ছাড়ের কথা বলা হয়েছে। সেতুকুমার একটা খুবই ভালো প্রশ্ন করেছিল যে যদি কোন ব্যক্তি এই ধরণের বাড়ীতে ভাড়া থাকে তবে তার নিজের বাড়ী কিভাবে তৈরী হবে ? একজন ব্যক্তি একই সময়ে দুটো স্থানে থাকবে কি করে ?

এই সমস্যার সমাধান খোঁজার জন্য আমরা আয়কর আইন ধারা 23(2)-এর

আলোচনা করব। এই অনুসারে আপনাকে নিজের বাড়ীতে থাকতেই হবে এমন কোন বাধ্যবাধকতা নেই বা এই প্রপার্টির সাথে আপনার ব্যবসায়িক সম্পর্ক থাকবে তারও কোন মানে নেই। দীপেশ ভাটিয়া বাবা-মার সাথে তার বাবার বাড়ীতে থাকে। তার প্রশ্ন হল বাবা বাড়ীতেই ভাড়া আছে তা দেখিয়ে।

এইচ আর এ-তে কর ছাড়ের জন্য আবেদন করতে পারে কি? অবশ্যই পারেন। দীপেশ তার বাবাকে কতটাকা ভাড়া স্বরূপ প্রদান করবে তার বাবার বাৎসরিক আয়ের সাথে যুক্ত হবে আর সেই হিসাবেই তাকে কর প্রদান করতে হবে।

দীপেশকে প্রমাণ স্বরূপ কোম্পানীকে ভাড়ার রসিদও দেখাতে হবে, তবে স্বামীস্ত্রীর ব্যাপারে বিষয়টা আলাদা। অর্থাৎ যদি এই দেখিয়ে এইচ আর এ-তে ছাড় পেতে চান যে আপনি আপনার স্বামী/স্ত্রীর কাছে ভাড়া থাকেন, তবে তা মান্য করা হবেনা। কিছু কিছু লোক এটাও প্রশ্ন করেছে যে যদি প্রপার্টি কর দাতা এবং তার বাবা-মা দুজনের নামেই হয় তবে সে মত অবস্থায় করদাতা বাবা-মাকে ভাড়া দিতে পারে কি। প্রকৃত পক্ষে এই ধরণের লেনদেন সম্ভব না। এটিকে ট্যাক্স প্রদান না করার বাহানা বলে ধরে নেওয়া হবে। তাই তা উচিত হবে না। এই সম্পর্কিত আর একটি ব্যবস্থাপনা আছে, যে সম্পর্কে বহু লোক ওয়াকিবহাল নয়। পাঠকদের একটি বিষয় জানা উচিত যে তার নিজের প্রপার্টির বার্ষিক ভ্যালু শূন্য। তার অন্তর্গত বছরে দেড় লক্ষ টাকার পর্যন্ত সুদের ছাড় পাওয়া যায়।

মনে করুন যে কোন করদাতার নিজস্ব বাড়ী থাকা সত্ত্বেও সে পাশেই অবস্থিত তার বাবা মার বাড়ীতে থাকে। তার নিজের বাড়ী খালি পড়ে আছে। তাতে কোন ব্যবসায়ীক কার্য হয়না। এমন অবস্থায় সেই বাড়ীর বার্ষিক ভ্যালু শূন্য ধরা হবে না এবং অনুমানিক ভাড়ার ভিত্তিতে তাকে ট্যাক্সও প্রদান করতে হবে। যদি এই করদাতা বাবা-মাকে ভাড়া দেয় তবে সে এইচ আর এ-তে ছাড়ের জন্য আবেদন করতে পারে।

এতে একটা কথা বিশেষ ভাবে উল্লেখ আছে যে করদাতা বা তার স্ত্রী/স্বামী বা নাবালোক বাচ্চার কাছে নিজের নামে এমন কোন বাড়ী থাকতে পারবেনা যাতে সে কোন অফিস চালায় বা অন্য কোন ব্যবসা করে। এছাড়া এতে এও বলা আছে যে যদি করদাতার কাছে উপরে বর্ণিত প্রপার্টি ছাড়াও অন্য প্রপার্টি থাকে তবে সে এইচ আর এ-এর জন্য আবেদন করতে পারবে না। তা পরিস্কার মানা করা আছে। আয়কর আইনে এই ধরণের কোন ব্যবস্থাপনা নেই।

■ ■ ■

স্ত্রীর নামে বাড়ী কিনলেও কর ছাড় পাওয়া যায়

পরিবারের লোকসংখ্যার পরিমাণ বৃদ্ধি পেলে সকলেরই বড় বাড়ীর প্রয়োজন হয়। সাধারণত এমন অবস্হায় লোকেরা ছোট বাড়ী বিক্রী করে বড় বাড়ী কেনার কথা ভাবে। এখন প্রশ্ন হল প্রথম বাড়ী বিক্রী করে যে লাভ পাওয়া যায় তার উপর কোন রকম আয়কর দিতে হবে কি ? আয়কর আইন 1961-এর ধারা 52 অনুসারে ব্যক্তি যদি নিজের বসবাসের বাড়ী বিক্রী করে প্রাপ্ত লাভ দ্বার অপর আর একটা বাড়ী কেনে তবে এমন অবস্হায় সে কর ছাড়ের লাভ পাবে। এই ব্যবস্হাপনা সেই সমস্ত করদাতাকে সাহায্য করে যারা পুরানো বাড়ী বিক্রী করে নতুন বাড়ী কিনতে চায় এবং পুঁজিগত লাভও বাঁচাতে চায়। এখন প্রশ্ন হল কোন ব্যক্তি যদি নিজের পুরানো বসত বাড়ী বিক্রি করে দ্বিতীয় বাড়ীটি স্ত্রীর নামে কিনতে চায় তবে পুঁজিগত লাভের ব্যাপারে আয়করের স্হিতি কি হবে।

এটা খুবই গুরুত্বপূর্ণ বিষয় এবং মাদ্রাজ হাইকোর্ট সী আই ডি নটরাজনের মামলার দ্বারা এই সমস্যার সমাধান করে। কোর্ট বলে যে, যখন একজন ব্যক্তি নিজের বসত বাড়ী বিক্রি করে একটা নির্দ্দিষ্ট সময়ের মধ্যে আর একটা বসত বাড়ী কিনছে কিন্তু সেই বাড়ী কিনছে তার স্ত্রীর নামে, এমন অবস্হায় পুঁজিগত লাভের উপর কর বাঁচানোর জন্য ধারা 54-এর লাভ পাওয়া সম্ভব।

এই মামলায় করদাতা তার ব্যাঙ্গালোর স্হিত বাড়ী বিক্রি করে তার স্ত্রী শ্রীমতি মীরার নামে মাদ্রাজে বাড়ী কিনেছিল। ব্যক্তি প্রথম বাড়ী বিক্রি করে যে টাকা পেয়েছিল তা দিয়েই দ্বিতীয় বাড়ী কিনেছিল। আয়কর আইনের ধারা 54-তে পরিস্কার ভাবে উল্লেখ আছে যে যদি করদাতা প্রপার্টির মালিক হয় তবে সে কর ছাড় পাওয়ার যোগ্য।

হাইকোর্টের মাননীয় বিচার পতি বলেছিলেন যে আয়কর অপিলিয় ট্রিব্যুনালের তথ্যকে খারিজ করা যায়না। যদিও বিক্রিত সম্পত্তির থেকে যে টাকা পাওয়া যায় তা প্রপার্টির মালিকের আয় বলে গণ্য করা হয়। আমার মতে পুরানো বাড়ী বিক্রি করে নতুন বাড়ী কিনলে তা নিজের নামেই কেনা শ্রেয়।

■ ■ ■

ডায়মণ্ড বুক্স
নতুন প্রকাশন
ম্যানেজমেন্ট গুরু ভগবান শ্রীরাম
Rs.95.00
ম্যানেজমেন্ট গুরু চাণক্য
Rs.95.00
সাহস আছে
Rs.195.00
201 টিপস্ ফর হাই ব্লাডপ্রেশার কন্ট্রোল
Rs.100.00
পোজিটিভ থিঙ্কিং
Rs.125.00
সোনালী ভবিষ্যতের দিকে
Rs.125.00
বড় ভাবুন... সফল হোন্!
Rs.150.00
টিপস্ অফ্ সাকসেস
Rs.125.00
যদি সংকল্প করেন
Rs.110.00
জিততে পারো তো জিতে নাও
Rs.110.00
শিখুন জীবন কাটানোর কলা
Art of Living
Rs.110.00
বারাক ওবামা
Rs.95.00
অম্বানী & অম্বানী
Rs.95.00
কর্পোরেট গুরু ধীরুভাই অম্বানী
Rs.95.00
Rs.95.00
ডায়নামিক মেমোরী ইন্টারভিউতে সফলতা
Rs.95.00
কি করবেন যখন মা হবেন
Rs.295.00
দ্যাট থিং কল্ড লাভ
Rs.95.00
নেটওয়ার্ক মার্কেটিং
No. 1 Bestseller
Rs.100.00
নেটওয়ার্ক মার্কেটিং জানুন
Rs.150.00
DIAMOND BOOKS
X-30, Okhla Industrial Area, Phase-II, New Delhi-110020
Ph : 011-40712100, 40716600 Fax : 011-41611866 e-mail : sales@dpb.in website : www.dpb.in